KB115236

형부와의 결혼생활

형부와의 결혼 생활 2

사랑은없다 N세대 연애 소설

초판 1쇄 찍은 날 § 2003년 12월 5일
초판 1쇄 펴낸 날 § 2003년 12월 15일

지은이 § 사랑은없다
펴낸이 § 서경석

편집장 § 문혜영
편집책임 § 이종민
마케팅 § 정필 · 강양원 · 이선구 · 김규진 · 홍현경

펴낸곳 § 도서출판 청어람
등록번호 § 제1081-1-89호
등록일자 § 1999. 5. 31
어람번호 § 제4-0034호

주소 § 경기도 부천시 원미구 심곡1동 350-1 남성B/D 3F (우) 420-011
전화 § 032-656-4452 팩스 § 032-656-4453
http://www.chungeoram.com
E-mail § eoram99@chollian.net

ⓒ 사랑은 없다 2003

값 9,000원

ISBN 89-5505-909-4 (SET)
ISBN 89-5505-911-6 04810

※ 파본은 본사나 구입하신 서점에서 교환하여 드립니다.
※ 저자와 협의하여 인지를 붙이지 않습니다.

형부와의 결혼생활 2

도서출판
청어람

목차

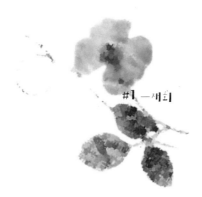

#1 ―재회

#1 —재회

　기다란 테이블을 사이에 두고 정장을 차려입은 남자들이 서류들을 훑어보고 있다. 그리고 한쪽 벽면에 걸린 모니터 옆에 한 여자가 미소를 지으면서 회의를 이끌어가고 있다.

　"이번 저희 회사의 중요 사업은 일본 시장을 개척하는 것입니다. 아무래도 현지에서 지지도가 높은 기업인 요케 기업과의 계약이 저희 회사에 더 이익이라고 생각되는 바입니다. 우선 여기에 있는 통계 자료에 의하면……."

　준비한 자료들을 꼼꼼하고 정확하게 설명하는 여자의 모습은 오늘따라 유난히 더 자신감이 넘쳐 보였다. 그런 그녀의 모습을 한 남자가 턱을 괸 채 흐뭇하게 바라보고 있었다.

"그럼 이제 이 사업안에 대해서 여러분의 생각을 들어보겠습니다. 앞에 놓여진 리모컨을 이용해서 투표해 주십시오."

잠시 후, 대형 모니터에 투표 결과가 나오고 결과는 과반수 이상으로 통과되었다. 그러자 한참 동안 그저 여자를 지켜보고 있던 남자가 일어나 그녀에게 다가갔다. 그리고 사람들의 시선에도 아랑곳하지 않고 여자의 귀에 대고 속삭였다.

"수고했어, 김수아 씨."

"네, 감사합니다. 독고준 이사님."

그들이 한국 땅을 떠난 지도 벌써 3년이라는 시간이 지났다. 미국에 와서 수아는 독고준의 권유로 경영학을 공부하기 시작했고, 조금씩 성호그룹의 중요인물로 자리매김하고 있었다. 물론 독고준의 도움이 컸지만 그녀가 일에 매달릴 수 있었던 건 단 하나의 이유였다. 그것은 자신이 미치도록 그리워하는 남자 이서진. 서진을 향한 그리움에서 수아는 잠시라도 벗어나고 싶었다. 그를 잠시 잊혀지게 할 수 있는 것이 일이었기에 수아는 일에 매달릴 수밖에 없었다.

준은 자연스럽게 수아의 손을 잡고 회의장에서 나왔다. 로비로 내려가는 엘리베이터를 기다리는 동안 준이 입을 열었다.

"계약을 성사시키려면 일본에 들어가야지."

일본이라는 말에 수아는 놀라서 준의 손을 놓고 그를 바라보았다. 평소 같으면 수아의 눈을 바라보며 이야기했을 그였지만 오늘은 엘리베이터의 층수를 나타내는 전광판에 시선을 고정시킨 채 말을 이어갔다.

"걱정 마. 이서진 때문이라면 만나고 싶어도 만날 수 없을 테니까."

"네?"

"요즘 여자 사업 때문에 바쁘시잖아. 그리고 만나더라도 아무런 문제 없을 거야."

여자 사업이라니? 수아는 준이가 무슨 말을 하는지 알아듣지 못했다. '땅' 소리와 함께 엘리베이터의 문이 열렸지만 수아는 꼼짝도 할 수 없었다. 그녀는 이서진이라는 이름을 듣는 순간 모든 사고가 정지해 버렸음을 느꼈다.

"뭐 해? 안 탈 거야?"

"아… 네."

준의 부름에 엘리베이터를 탄 수아의 머리 속은 이미 뒤엉켜졌다. 하지만 그녀의 머리 속에 한 가지 확실히 정리된 사실은 일본에 가는 것은 서진을 만난다는 것이었다.

일주일 후 일본으로 갈 모든 준비를 끝낸 수아와 준은 일본행 비행기에 몸을 실었다. 기나긴 비행의 종착지는 꿈속에서 그리워할 만큼 제2의 고향이 되어버린 일본이었다.

"자, 가자. 오늘 일정이 바쁘다."

"네."

마치 호기심 많은 어린아이처럼 공항의 이곳저곳을 둘러보던 수아의 손을 잡고 준이 공항 밖으로 빠져나왔다. 3년 만에 이곳을 와서 그런지 수아에게는 모든 것이 새롭게 다가올 뿐이었다.

호텔에 도착해 간단히 짐을 푼 수아와 준은 호텔 지하에 마련된 파티장으로 내려갔다. 금방 달려나갈 듯한 얼음으로 된 말 조각과 색색의 천들로 장식된 화려한 파티장이었다. 바로 이곳에서 오늘 성호그룹의 사업 발표식이 거행된다. 이번 계약 건만 해결된다면 성호그룹은 명실상부한 대한민국 최고의 그룹이 되는 것이다. 그걸 알기에 수아는 더욱더 긴장할 수밖에 없었다.

"떨리지?"

"네, 제가 처음 맡은 일이라 잘해야 할 텐데 걱정이에요."

"걱정 마. 너라면 잘할 테니까."

이윽고 식이 시작되고, 발표를 준비하던 수아는 자신의 눈을 의심해야 했다. 그녀의 눈에 파티장 입구에 조그마한 여자 아이와 함께 들어오는 남녀의 모습이 보였기 때문이다. 서진이었다. 그리고 그의 아내 예영과 아이가 들어오고 있었다. 연신 입가에 미소를 띠며 이야기를 주고받는 그들의 모습에 수아는 눈물이 날 정도로 행복했다. 그가 행복하다면 그걸로 수아는 만족할 수 있으니까.

[오랜만입니다, 리즈키 씨.]

[네, 오랜만이군요.]

"예영아, 오랜만이네. 얘가 해지야?"

"응. 서진이와 내 아이야."

예영은 자랑스러운 듯이 자신의 아이를 소개했다. 서진이를 닮은 검은 눈동자와 예영의 하얀 피부를 닮은 듯한 딸아이. 누가 봐도 두

---

*[ ] 안에 들은 말은 모두 일본어입니다.

사람의 아이라는 게 느껴질 정도였다. 수아는 잠시 발표 준비를 미루고 크게 심호흡을 한 후 천천히 이들에게 다가갔다. 그러자 예전에 짧은 머리가 아닌 긴 갈색 머리를 가진 예영이 수아를 보고 미소를 띤다.

"오랜만이다. 잘 지냈지?"

"응, 언니도 잘 지냈지?"

"왜 우리 해지 보러 안 왔어? 하나밖에 없는 이모인데. 우리 해지 이쁘지?"

수아는 시선을 돌려 서진이의 품에 안겨 있는 해지를 바라보았다. 맑고 검은 눈을 가진 해지가 빤히 바라보자, 수아는 그런 해지에게 밝게 웃어 보였다.

"와~ 니가 해지구나? 정말 예쁘네. 안녕? 반가워."

[예영아, 이 사람이 니 동생이야?]

[응. 수아야, 김수아.]

[진짜 많이 닮았네. 인사하고 싶은데 한국말을 못하니까 안 되겠다.]

해지의 눈을 마주 보고 인사를 하던 수아는 자신의 귀에 들리는 말들을 믿을 수가 없었다. 자신을 기억하지 못하는 서진, 어떻게 이럴 수가!! 수아는 해지를 바라보고 있던 눈길을 서진이에게 돌려 그를 바라보았다.

하지만 서진이는 그런 수아에게 엷은 미소만을 보여주며 살며시 고개 숙여 인사할 뿐이었다. 무언가에 크게 얻어맞은 듯한 충격이 수아의 몸을 휘감았다. 수아를 바라보는 서진이의 눈은 예전에 그녀를 바라보던 따뜻한 눈이 아니었다.

수아는 한참 동안 그를 바라보았다. 이젠 자신을 잊은 듯한 그를⋯⋯. 그 순간 수아의 눈에서 눈물이 흘러내렸고, 그녀는 급히 손으로 입을 가린 채 고개를 돌려 버렸다. 자신의 이런 모습을 그들에게, 아니, 서진에게 보여주고 싶지 않아서였다.

"아! 미, 미안해요. 언니가 반가워서 그만⋯⋯."

"김수아 씨, 그만 시작해."

수아는 차가운 준의 목소리에 정신을 차리고 단상 위로 올라갔다. 떠나기 전에 수아가 바랐던 것은 서진이 자신을 잊어주는 것이었다. 그래, 잘된 일이었다. 그런데 어째서 이렇게 가슴이 무너져 내리는 것인지 알 수 없었다. 브리핑을 하는 동안 수아는 자신이 지금 무엇을 하고 있는지도 알 수가 없었다. 그저 한 번씩 눈에 들어오는 서진의 미소를 보면서 쓰린 가슴을 부여잡을 뿐이었다.

당연히 그날의 브리핑은 엉망이었다. 수아는 계속해서 같은 말을 반복하는 실수를 하는가 하면 말을 더듬는 가장 초보적인 실수까지 했다.

"김수아, 대체 정신을 어디에 두고 있는 거야!!"

"죄송합니다."

"수아야, 왜 이래!! 이게 얼마나 중요한 건지 너도 잘 알잖아!!"

"죄송합니다. 정말 죄송합니다."

"휴⋯ 그래. 내일 간부들하고 식사 약속이 있으니까 오늘은 쉬도록 해."

"네. 그럼……."

"어서 이 일 마무리 짓고 결혼하자."

준의 방에서 나가려는 수아의 발걸음이 멈춰 섰다. 수아는 살며시 고개를 들어 준을 바라보고 되물었다.

"겨, 결혼이요?"

"그래. 벌써 우리 하람이도 2살인데 난 더 이상 늦출 수 없어. 빨리 하자."

"새, 생각해 볼게요."

"생각!! 생각만 하지 말구!! 다음 달에 결혼식 할 거야. 그렇게 알고 있어!!"

잔뜩 성난 목소리로 그렇게 말을 하고 준은 욕실 안으로 들어가 버렸다. 수아는 어쩌면 그와 결혼해야 하는 것은 당연한 일일지도 모른다고 생각했다. 사랑하지는 않지만 그는 좋은 남자다. 그녀의 남은 인생을 맡길 만큼……. 하지만 아직도 그녀의 마음은 아팠다. 아직도 그녀의 가슴 한구석을 차지하고 있는 그 남자 때문에…….

수아는 준의 호텔 방에서 나와 바닥에 시선을 고정한 채 터벅터벅 자신의 방으로 걸어갔다. 그리고 점점 자신의 방과 가까워질수록 그녀의 눈에 또렷한 형체가 들어왔다. 그것은 그녀의 방문에 기대어 서 있는 서진이 모습이었다. 그 모습에 수아는 자신도 모르게 가슴이 빠르게 뛰기 시작했다. 수아는 심호흡을 하며 천천히 한 발자국씩 그에게 다가가 말을 건넸다.

"여긴 어쩐 일이세요?"

하지만 서진은 그녀의 물음에 답할 생각은 하지 않은 채 수아의 얼굴을 빤히 들여다만 보았다. 빤히 자신을 바라보는 서진 때문에 수아는 당황해 금세 얼굴이 달아오름을 느낄 수 있었다. 그런 수아의 모습에 서진은 빙그레 미소를 지으면서 말했다.

[죄송하지만, 무슨 말인지 모르겠는데요.]

[아, 깜빡했네요. 그러니까 무, 무슨 일로 여기 오셨냐구요.]

무슨 일이냐고 묻는 수아의 목소리가 떨려왔다. 혹시나 하는 생각이 그녀를 붙잡았다. 자신을 기억하고 찾아와 준 것이라면 어쩌지라는 두려움과 설레임이 그녀의 마음속에 교차했다. 오, 내 눈앞에 서진이가 있다니……

[아, 예영이가 다음 주에 같이 저녁을 하고 싶다고 해서요. 그럼 이만.]

그뿐이었다. 단지 그는 예영의 말을 전하기 위해서 수아를 찾았을 뿐이다. 수아는 그렇게 뒤돌아서 가는 서진이의 모습을 멍하니 바라볼 뿐이었다. 자신에게 무심한 어조로 말하는 것보다도 그녀를 더욱더 가슴 아프게 하는 것은 그녀를 바라보던 그의 눈이었다. 마치 모르는 사람을 대하는 듯한 그의 눈이 그녀를 절망하게 만들었다.

수아는 힘없이… 벽에 기대 바닥으로 미끄러져 내렸다. 정말 이젠 모르는 사람이 되었다. 서진에게 있어 이제 수아는 그저 아내의 동생일 뿐이었다. 수아는 뒤도 돌아보지 않고 걸어가는 서진의 뒷모습을 보면서 하염없이 눈물을 쏟아냈다. 다시는 울지 않겠다던 그녀의 다짐이 서진을 보는 순간 파도에 의해 부서지는 모래성처럼 무너져 내렸다.

#2 —그의 기억에서
지워져 버린 그녀

　새벽 늦게까지 울다 잠든 수아는 아침에 아주 힘겹게 눈을 떴다. 온몸이 마치 돌덩어리를 매단 것처럼 무거웠지만 자신의 일을 미룰 수 없다는 생각으로 몸을 일으켜 나갈 준비를 했다. 세수를 하는 동안 내내 부운 두 눈 때문에 신경이 쓰였지만, 수아는 간단히 얼음 마사지를 한 후 준이 기다리는 호텔 로비로 내려갔다.

　"뭐야? 어제 울었어?"

　"아, 아니요."

　"또 거짓말하네. 눈이 부었는데 뭘."

　"피~ 그래서 나 이상해요? 안 이뻐요?"

　"하하하! 김수아 너 요즘 애교 많이 늘었다. 당연히 예쁘지~ 근데 지금이 몇시냐? 일본 와서 어째 더 게으름쟁이가 된 거 같다. 가자, 늦겠다."

기분 좋게 웃는 준에게 수아는 애써 미소를 지어 보였다. 그리고 차를 타러 가는 그의 뒤를 그저 힘없이 따라갔다. 자신도 모르게 새어 나오는 한숨들을 수아는 다시 들이마셨다. 그때 준이 몸을 돌려 수아의 어깨를 잡아 자신의 품 안으로 끌어당겼다.

"어제는 미안했어. 하지만 너무 화가 나서 그랬어. 넌 결혼 이야기만 나오면 도망치니까. 내가 너한테 다가가려고 하면 넌 도망가는 거 같아서… 싫어. 싫단 말이야."

그러면서 준은 더욱더 세게 수아를 끌어안았다. 수아는 잠시 머뭇거리다가 이내 준의 어깨를 토닥여 주었다.

"미, 미안해요."

"그런 말 들으려고 한 말 아니다. 다음 달에 결혼하자. 언제까지 기다릴 수 있다고 생각했는데. 수아야, 나도 힘들다. 그리고 우리 하람이 아빠 없는 애로 만드는 게 더 싫어. 결혼하자. 응?"

결혼이라는 말에 수아는 잠시 머뭇했지만, 결정을 내려야만 했다. 수아는 숨을 크게 들이마시고 조용히 눈을 감았다. 그리고 그의 어깨에 기댄 채 고개를 끄덕였다.

"우리… 결혼해요."

"수아야, 정말이지? 정말이지? 고마워!! 이젠 떳떳하게 내가 하람이 아빠라고 해도 되는 거지? 고맙다, 정말!!"

준의 청혼을 받아들인 수아였지만 그녀는 알고 있었다. 자신의 마음속에서 이서진이라는 이름을 지우는 일은 쉽지 않을 거라는 것을……. 아니, 어쩌면 죽는 순간까지 지울 수 없을지도 모른다. 하지만 지금 이 순간만큼은 누군가에게 절실히 기대고 싶었다. 자신의 짐을 덜어줄 수 있는 어느 누군가에게…….

한참을 차를 타고 수아와 준이 도착한 곳은 한 일식집이었다. 그런데 수아는 웃음이 나왔다. 그곳은 그녀와 서진이가 같이 왔던 곳이었기에……. 화가 나 있는 그녀를 풀어주기 위해 서진이가 나를 데리고 왔던 곳이었다. 또다시 수아의 가슴 한구석이 찡해져 왔다.

"수아야, 뭐 해? 들어가자."

"네."

기모노를 입은 직원의 안내를 받아 수아와 독고준은 한 방 안으로 들어갔다. 그런데 너무 이상했다. 직원이 안내해 준 방은 그때 수아와 서진이가 밥을 먹었던 그곳이었다. 계속해서 의문이 꼬리에 꼬리를 물었다. 혹시나 하는 생각이 수아의 머리 속에 가득 찰 쯤 미닫이문의 틈이 점점 벌어지면서 열어졌을 때 수아는 놀랄 수밖에 없었다. 마치 기다렸다는 듯이 그녀를 바라보고 있는 서진이 있었기에. 그가 있었기에…….

당황해하는 수아와는 달리 독고준은 마치 알고 있었다는 듯이 놀란 기색이 전혀 없었다. 하지만 어제 수아가 본 요케그룹의 회장은 다른 사람이었다. 아무 영문도 모른 채 수아는 그저 방문 앞에 굳어진 채 서 있었다. 먼저 안으로 들어간 준이 그녀에게 손짓을 했다.

"저기, 준이 씨."

"수아야, 인사해. 이분이 요케그룹 회장 미즈라 리즈키 씨야."

"그, 그러니까 나, 나한테 설명을⋯⋯."

[김수아 씨, 그리고 독고준 씨, 어서 오십시오.]

[네.]

무언가를 물으려는 수아의 말을 서진이가 가로막았다. 서진의 권유에 얼떨결에 자리에 앉은 수아는 아직도 상황파악이 되지 않았다.

[이것만 확실하게 말하고 싶군요. 전 공과 사가 뚜렷한 사람입니다. 사적인 감정으로 계약하거나 하지는 않습니다. 그럼, 식사하시죠.]

딱딱하고 차가운 말투 수아가 알던 서진이 아니었다. 얼음같이 차가우면서도 가슴 한쪽으로는 다정함으로 가득 찼던 그는 없었다. 지금 수아 앞에 앉아 있는 사람은 기업가 이서진이었다. 냉철하고 차갑기로 유명한 이서진이라는 사람일 뿐이었다.

하지만 수아의 심장은 이미 주인을 알아본 것처럼 빠르게 뛰기 시작했고, 수아는 서진이에게 향하는 자신의 시선을 돌리며 자신의 마음을 바로 잡으려고 노력했다. 그래, 서진이는 나를 기억하지 못해. 정신 차리자, 김수아. 그러나 그녀의 노력에도 불구하고 그의 다음 말에 수아는 다시 서진이를 바라볼 수밖에 없었다.

[자, 그럼 이쯤에서 사업 이야기는 뒤로하고, 전 두 분에 대해서 궁금한데요.]

[그게 무슨 말이신지⋯⋯.]

[예영이 말로는 곧 결혼하신다고 하던데 맞나요?]

[네, 한 달 뒤에 할 겁니다.]

[…한 달 뒤요?]

[네, 미국에 입국해서 바로 할 생각입니다.]

준은 서진에게 말을 건네면서 살며시 수아의 손을 잡았다. 갑작스
런 준의 행동에 수아는 당황했지만 그냥 그가 하는 대로 내버려 두었
다. 아니, 사실은 서진이 이런 그의 모습을 보고 질투해 주기를 바란
것인지도 모른다. 수아는 조심스럽게 그의 반응을 살폈지만, 서진은
아무런 변화도 없이 그저 무덤덤하게 그들을 바라볼 뿐이었다.

[미리 축하드립니다.]

아무 거리낌 없이 독고준에게 축하한다는 말을 건네는 서진을 보
면서 수아는 가슴 한구석이 아파옴을 느꼈다. 그래, 내가 너한테 바
라는 건 이제 다 부질없는 것이니까. 나 왜 이러니. 왜 이렇게 한심스
러운 걸까? 그렇게 멍하니 생각에 잠긴 수아의 귀에 서진의 목소리
가 들렸다.

[김수아 씨, 아니, 처제, 결혼 축하해. 우리도 꼭 초대해 줬으면 좋
겠네요.]

[아, 네…….]

식사를 하는 동안 내내 두 남자는 무엇이 그렇게 즐거운지 웃음이
떠나지 않았다. 하지만 정작 수아는 그 사이에서 정말 숨이 막힐 지
경이었다. 그렇게 기나긴 식사가 끝났다.

[그럼 다음에 뵙죠, 독고준 씨.]

[네. 그럼.]

그렇게 살짝 미소를 지어 보이면서 서진은 대기하고 있던 차에 몸을 싣고 일식집을 떠났다. 아직까지도 정신이 없던 수아의 어깨를 준이 살며시 안았다.

"피곤하지? 가자, 그래야 내일 하람이 보지."

"하람이요?"

그 말에 수아는 깜짝 놀라면서 준에게서 떨어졌다. 그러자 준은 미소를 지으면서 수아의 손을 살며시 잡았다.

"내가 비서 시켜서 데려오라고 했어. 너 보고 싶어했잖아."

"그렇지만……."

"걱정 마, 하람이는 내 아들이잖아."

준은 그렇게 아무렇지도 않게 웃어 보이면서 차에 올라탔다.

"수아야, 안 타? 가자."

"저기… 준이 씨, 하람이……."

"걱정 말라니까. 니가 걱정하는 일은 생기지 않아. 이서진은 기억도 없잖아. 타… 피곤하다."

호텔까지 오는 동안 수아는 아무 생각도 없이 창밖만 바라보았다. 안개 때문에 흩어진 가로등 불빛, 그리고 익숙한 풍경들. 서진이와 함께하던 이 길을 지금은… 다른 사람과 가고 있다.

"그럼 쉬어. 내일 아침에 하람이 같이 보러 가자."

"준이 씨, 하람이……."

"걱정하지 말라니까. 잘 자."

살짝 수아의 볼에 키스를 하는 준. 그리고 저 복도 끝으로 손을 흔들면서 사라진다. 점점 그의 뒷모습이 사라질수록… 수아의 귀에 한 사람의 목소리가 파고든다. 그건…….

"수아야……."

"어, 언니?"

"그래… 할 이야기 있는데 시간 좀 내줄래?"

"그래, 들어가자."

예영의 얼굴을 굳어져 있었다. 수아에게는 아직 예영과의 만남이 어색하기만 했다. 3년이라는 세월은 아직까지 그들의 지난 일을 덮을 수 있기에는 부족한 시간이었던 같다. 호텔방 안으로 들어온 후에도 지루한 침묵은 계속되었고, 마침 그 침묵을 깬 건 예영의 울음 섞인 목소리였다.

"수, 수아야… 이번 일… 빨리 마무리하고… 떠나주면 안 되니?"

"언니?"

"제발… 어서 떠나줘. 제발… 이렇게 빌게. 더 이상 서진이랑 마주치지 말아줘……. 너도 알지? 서진이… 기억 잊어버린 거 알지? 그래서 너라는 사람… 있었다는 거 기억도 못해. 알지? 나… 나… 사실… 서진이… 기억 잊어버린 것이 안쓰러웠지만… 한편으로는 기뻤어. 아니, 사실은 너무나도. 그럼 서진이는 날 떠나지 않을 테니까. 영원히… 나만 사랑해 줄 테니까. 그런데 요즘 서진이가 점점 이상해. 너를 기억해 낼까 봐 두려워. 수아야, 제발 부탁이야. 어서 떠나줘. 나한테서 내 행복을 더 이상은 빼앗지 말아줘… 제발……."

수아는 흐느껴 우는 예영의 어깨를 감싸줄 수 없었다. 예영이 아픈 만큼 수아 역시도 가슴 한구석이 아프기 때문이었다. 왜 언니는 알지 못하는 걸까? 자신이 하는 말 한 마디 한 마디가 나를 얼마나 깊은 절망으로 빠뜨리는지. 정작 울고 싶은 사람은 자신인데 왜 언니가 그러는지라는 생각들이 수아의 머리 속을 가득 채웠지만 그녀는 애써 웃으면서 거짓말을 할 수 밖에 없었다. 예영의 말대로 서진이는 이제 수아의 서진이가 아니니까… 그녀를 기억조차 하지 못하는 예영의 남자… 이서진이니까…….

"언니도 참… 뭐가 걱정이야… 걱정 마. 그리고 나 준이 씨랑… 다음 달에 겨, 결혼해."

"정말? 축하해, 수아야."

"응. 그러니까 걱정 말고 가. 그리고 서진, 아니, 형부… 나 기억 못할 거야."

"미안, 수아야. 너한테도… 아픈 기억인데 미안해. 그럼 가볼게."

조용히 문이 닫히는 동시에 수아의 눈에서 눈물이 흘러내렸다. 그리고 빗방울들이 창문을 두드렸다.

톡. 톡톡.

소리를 내며 부딪치는 빗방울 소리에 나의 울음소리가 묻혀 버렸으면… 내 눈물이 보이지 않았으면… 그러면 비참해 보이진 않을 텐데. 너를 아직까지 사랑하는 내 마음이 이렇게 비참하게 무너지지는 않을 텐데. 서진아. 서진아… 서진아, 사랑해. 서진아, 사랑한단 말야. 아직도 난… 너를 사랑한다구…….

비가 오던 날 수아는 서진에 대한 그리움으로 또 울고 울었다. 어떻게 잠이 들었는지도 모르게 눈부신 햇빛이 또 창문으로 스며 들어오고 있었다. 전날 밤의 비 덕분인지 도쿄의 하늘은 더욱더 깨끗했다. 이렇게만 자신의 머리 속이 깨끗해 질수만 있다면 좋겠다고 수아는 생각했다. 그때 누군가가 수아의 방문을 두드리는 듯했다.

"누구세요?"

"……."

"누구세요?"

아무런 대답도 들을 수가 없었다. 수아는 방문을 두드리는 사람이 누군지를 확인하려고 문을 열었을 때 그녀의 눈에 들어온 것은… 문 앞에서 아이를 안아 들어 올리고 있는 서진이의 모습이었다. 아이를 향해서 살짝 웃어주고 있는 그의 모습이었다. 여전히 눈부신 그의 웃음… 그리고 그의 품 안에 안긴… 나의 아기 하람이……. 이 두 사람의 모습이 내 눈에 들어왔다.

[설마 이 아기… 수아 씨 아기입니까?]

그의 물음에 수아는 자신의 입을 손으로 막은 채 아무 말도 할 수 없었다. 왜 하람이를 서진이가 안고 있는지… 왜 서진이의 품에 안긴 하람이 그렇게 생글생글 웃고 있는지…….

[독고준 씨를 만나러 왔는데 이 방문 앞에서 아기가 문을 두드리고 있더라구요. 그래서… 수아 씨? 내 말 듣고 있어요?]

[아… 죄송해요. 제가 다른 생각을 했네요.]

[그런데 이 아기… 수아 씨 아기입니까? 결혼은 한 달 후에 한다고 그러지 않았나요?]

[아… 그게… 그 아이는… 저기……]

뭐라고 말해야 할지… 수아는 서진이와 눈을 마주칠 수 없었다. 다만… 아직도 서진이의 품에 안겨 있는 하람이만 바라보고 있었다. 그때 멀리서 숨을 몰아쉬며 수아 쪽으로 다가오는 독고준을 수아는 볼 수 있었다.

[안녕하세요, 리즈키 씨. 하하… 하람이 여기 있었구나? 아빠가 걱정했잖아.]

[아빠… 요? 그럼 이 아이……]

[네. 저와 수아의 아이입니다. 없어져서 걱정했는데 여기 있어서 다행이네요.]

[정말… 독고준 씨의 아이입니까?]

[네, 전 하람이의 아빠입니다.]

순간 수아는 안도의 한숨을 내쉬었다. 그런데 나의 착각이었을까? 그런 나의 모습에 서진이의 입꼬리가 묘하게 올라갔다. 무슨 의미의 표정일까? 무슨 의미의… 수아는 서진의 알 수 없는 표정으로 혼란스러웠다.

"수아야, 나는 이서진 씨랑 이야기 좀 할게. 너는 하람이랑 있어. 곧 올게."

"네."

점점 멀어져 가는 서진이와 독고준의 뒷모습을 보면서 수아는 비로소 긴장했던 마음을 풀 수 있었다. 그때 수아의 치마 자락을 잡아당기는 하람이. 그저 수아의 얼굴을 보며 생글 웃기만 하는 천사 같은 아이.

"어… 하람아, 왜?"

"……."

"하람아… 미안. 이럴 줄 알았으면 처음부터 데려오는 거였는데 엄마가 잘못했어. 우리 하람이 혼자 있기 싫어하는데 혼자 둬서 엄마가 미안해. 들어가자. 엄마가 우리 하람이 좋아하는 아이스크림 줄게. 가자."

수아는 아무 대꾸 없는 하람이를 끌어안고 방으로 들어갔다. 하람이는 수아의 셔츠 자락을 붙잡은 채 놓지 않았다. 불쌍한 내 아이… 불쌍한 내 아이……. 수아는 눈물이 났다.

서진이는 알아보지 못했다. 우리 하람이를… 자신을 너무 많이 닮은 우리 하람이를 알아보지 못했다. 일본에 도착해서 그가 기억을 잃었다는 사실을 나는 계속 부정하고 있었다. 하지만… 하지만 오늘 확실히 알 수가 있었다. 그녀와 하람이를 대하는 서진이의 목소리, 표정, 눈빛에는 차가움만이 느껴졌다. 처음 보는 사람들처럼 아무런 느낌도 없는 눈빛. 수아는 가슴이 시렸다. 자신이 그렇게 해달라고 했는데… 잊어달라고… 기억에서 지워 버리라고 했는데… 수아는 왜 이렇게 가슴이 아픈지 모르겠다. 서진이는 수아가 원하는 대로 해줬는데. 마지막까지 자신의 소원을 들어준 건데 왜 이렇게 가슴이 무너져 내리는 걸까?

아직은 어린 나이에 비행기를 탄 탓인지 하람이는 수아의 품 안에서 잠들어 버렸다. 새근새근 조그마한 숨을 내쉬면서 자고 있는 하람이. 낯선 곳이나 다름없었던 미국에서 수아는 몇 번씩 손목을 스스로 그었는지 모른다. 몇 번씩이나 약을 먹었는지 모르겠다. 그렇게 서진이를 보내고 절망에 빠져 있던 수아에게 세상을 살아갈 수 있는 용기를 준 아이. 그리고 서진이가 나에게 준 마지막 선물⋯⋯. 그리고 나의 죄를 대신 받고 있는 불쌍한 내 아이⋯⋯. 수아는 자고 있는 하람이의 이마에 살짝 입을 맞추었다.

"또 시작됐네, 김수아. 그러다가 하람이 깨겠다."

"어? 준이 씨, 언제 왔어요?"

"방금. 그렇게 이뻐? 일본 올 때 어떻게 떼어놓고 왔냐."

"훗, 모르겠어요. 어떻게 그랬는지. 아, 이야기는⋯ 잘했어요?"

"응. 근데 이번 계약 건을 계속 질질 끄네. 도장만 찍으면 끝나는 것을."

"그래요? 마음에⋯ 안 드나?"

"아니, 그럴 리가 없어. 이미 일본 오기 전에 끝낸 일인데. 모르겠다. 저녁은 근사한 데서 먹자. 호텔 밥도 지겹다."

"네."

"그럼 쉬어. 저녁때 보자."

수아는 독고준을 그를 보내고 아무런 생각 없이 창을 내다보았다. 바다가 보이는 전망이 있는 방. 잔잔한 수평선. 그렇지만 저 바다도 태풍이 몰아치면 평화가 깨지겠지? 만약에⋯ 아슬아슬하게 버티고 있는 이 상황이 무너져 내린다면? 이런저런 생각에 빠져 있는데 누군가가 또다시 수아의 방문을 두드렸다.

"누구세요?"

"……."

수아는 독고준인 줄 알았다. 그런데 뜻밖에도 내 방문 앞에 서 있던 사람은… 서진이었다. 혹시……?

[무, 무슨 일이시죠?]

[아, 깜빡하고 이야기를 못 전할 뻔했네. 오늘 저녁에 저희 집으로 와 주십시오. 오늘 저녁에 예영이가 독고준 씨와 수아 씨… 죄송합니다. 처제라고 하기가 조금 그래서요. 그냥 이름 부를게요. 초대하고 싶다고 해서요. 특별한 일이 없으면 와주시길 바랍니다. 그럼.]

또 딱딱한 말을 내게 남긴 채 수아에게 뒤돌아서 멀어지는 서진이. 그녀를 처음 대하는 사람처럼 격식을 차려서 말한다, 그녀에게……. 바보처럼 또 기대했다. 그가 날 기억해 주기를… 바보처럼……. 김수아, 정신 차려. 도대체 왜 이러는 거야. 너 그만 포기해. 이젠… 니 사람이 아니잖아. 니가 보내줬잖아. 그런데 왜 이렇게 집착하니. 니가 떠나라고 했잖아……. 니가… 그랬는데 왜 이렇게 아파해. 서진아, 아직은… 아닌가 봐. 널 떠나보낼 수가 없나봐. 나 이래선 정말 안 되는 거 아는데… 정말 용서받지 못할 일이라는 거 아는데… 너를 붙들고 니 품에 뛰어들고 싶어. 그리고 외치고 싶어, 우린 사랑했다고. 다 거짓말이었다고……. 널 사랑한 게 아니었다고 말했던 것 다 거짓말이었다고. 제발… 나를 기억에서 지우지 말아달라고 말하고 싶어……. 그러고 싶어, 서진아. 나… 잊어버리지 마… 제발 기억해 줘, 널 사랑한 내 모습을…….

3년 만인가? 이 길을 다시 가게 될 줄은 몰랐다. 기억에서 아련해지지 않는 이 길… 서진이의 집으로 향하는 이 길… 3년이라는 길지도, 짧지도 않은 시간 동안 모든 것은 처음 수아가 서진이의 집에 가던 그날처럼 그대로였다.

"무슨 생각 해?"

"아… 그냥요. 창밖으로 지나가는 나무들 세고 있었어요."

"훗. 수아야, 너는 거짓말하면 안 되겠다. 큭… 그렇게 티가 나서 어떡하냐? 떨지 마… 죄지은 거 없잖아. 하람이는 내 아들이야, 내 아들……."

준은 수아의 품 안에서 자고 있는 하람이를 바라보면서 말했다. 그래요, 이젠… 정말 당신이 우리 하람이 아빠예요. 하지만… 하지만 왜 이렇게 알 수 없는 불안감이 생기는지 모르겠어요. 왜 이렇게 가슴이 두근대는지…….

"수아야, 어서 와. 오랜만이지?"

"아… 언니, 초대해 줘서 고마워."

"아니, 뭘. 그런데 그 아기… 누구야?"

"아, 우리… 하람아. 하람아, 이모야. 우리 하람이 이모."

아직은 잠이 덜 깬 탓일까? 갑자기 하람이가 울기 시작했다.

"하람아? 오, 착하지? 우리 아기, 울지 마."

"하하. 예영아, 니가 이해해라. 우리 하람이가 어제 비행기를 타고 와서 피곤해서 그래."

"우리 하람이? 그럼 혹시……?"

"응… 하람이 내 아들이다. 그래서 결혼도 서두르기로 했다. 수아가 일 욕심이 많아서 미루다 보니… 미국에서 할 거니까 꼭 와라."

"추, 축하해… 정말. 꼭 갈게."

수아가 하람이를 달래려고 베란다로 나갔을 때 문을 연 순간 난간에 기대 있는 익숙한 그림자를 보았다. 깊게 담배를 문 채 아무 말 없이 연기를 내뿜는 서진이……. 수아는 베란다 문을 닫고 나오려고 했다. 그 순간……

[들어와요, 괜찮으니까.]

[아, 아니에요. 아기가 울어서 달래려고 나왔어요. 괜…….]

[이리 줘봐요.]

[아니… 괜찮은…….]

수아의 품 안에 있는 하람이를 자신의 품 안으로 데려가는 서진. 그리고 익숙하게 하람이를 달래기 시작한다. 그러자 하람이는 언제 울었냐는 듯이 생글생글 웃어 보이기 시작한다.

[훗, 아기가 착하네요. 그런데 몇 살이죠?]

[아… 2살이요.]

[그런데 왜… 말을 못하죠? 이 정도면 말하려고 할 텐데.]

[말… 못해요. 우리 하람이… 못해요.]

왜… 순간 눈물이 흐르는 건지 모르겠다. 불쌍한 나의 아기… 말할 수 없는 나의 아기……. 그리고 눈물을 닦아주려는 서진이의 손이 수아의 얼굴에 닿으려는 순간…

"[서진아, 여… 기 있었구나. 나와, 밥 먹자…….] 수아야, 너도……."

"어… 알았어, 언니."

또다시 밀려오는 죄책감과 서먹함. 수아는 서진이의 품 안에 안긴 하람이를 다시 안아 들었다. 그리고 그곳을 빠져나왔다. 너무 어색해 져 버려서… 그 좁은 공간의 공기가 순식간에 너무 어색해져서, 아 니, 솔직히 나의 얼굴을 향해서 다가오는 서진이의 손길에 미친 듯이 뛰어대는 내 심장 소리가 들리지 않게… 그런 서진의 의미없는 행동 에 가슴이 뛰는 이런 자신의 모습을… 예영에게, 아니, 서진이에게 보이고 싶지 않았다.

"하람이 울음 그쳤네?"

"아… 네."

"근데 수아야, 너 안색이 많이 안 좋다. 어디 아파?"

"아뇨, 요즘 잠을 못 자서 그런가 봐요. 걱정 끼쳐서 미안해요."

"훗, 미안하긴, 당연한 건데. 그리고 내가 너한테 제일 듣기 싫은 소리가 뭔지 알아?"

"……."

"미안하단 말이야. 남 같잖아, 서로 모르는 사이. 아직… 내가 너 한테는 안 되는 거니?"

"노, 노력할게요."

미안해요. 매일매일 이런 말밖에는 해줄 수 없어요. 알잖아요, 내 맘속에는… 서진이밖에 없다는 거… 죽을 때까지 당신을 사랑할 수 없다는 거 어쩔 수 없는걸요. 내 모든 것을 이미 그 사람에게 주었으니까… 이미…….

수아는 어느새 자신의 품 안에서 자고 있는 하람이를 손님방으로 데리고 갔다. 신기하게도 그 방은 여전했다. 금방이라도 서진이의 숨결이 느껴지는 것 같았다. 그리고 행복했던 그날들의… 흩어져 있던 자신의 웃음소리가 들리는 것 같았다.

"수아야, 밥 먹으러 나와."

언니의 목소리에 수아는 서진이와의 추억에 잠길 새도 없이 그 방에서 나와야만 했다.

모든 것이 여전했다, 그때나 지금이나……. 다만 변한 게 있다면 더 이상 수아가 그의 곁에 있을 수 없다는 거… 그것 하나뿐이었다.

"그럼 결혼하고 미국에서 계속 살 생각이야?"

"응, 아무래도 일하기도 그곳이 더 편하고, 하람이 치료도 해야 하구."

"아기가 어디 아파?"

"아니, 조금 몸이 약해서."

수아는 아무 말 없이 젓가락으로 밥을 먹었다. 더 이상 예영의 입에서 하람이의 이야기가 나오지 않기를……. 그렇지만 나의 바람과는 달리 언니는 독고준 그에게 하람이에 대해서 계속 물었다. 몇 살이냐, 언제 그렇게 됐나, 그리고 눈이… 눈이 매우 낮익다고…….

"언니도 참. 우리 하람이를 어디서 봤겠어… 하하."

"그래… 그런데 왜 이렇게 그 까만 눈이 내 심장을 두드리는지 모르겠다."

쿵!! 설마……. 언니는 나의 눈을 바라보면서 한 치의 흔들림도 없이 말하고 있었다. 용서할 수 없다. 그런 식으로 나의 눈을 향해서 말하고 있었다. 자연스럽게 수아의 손에서 젓가락이 내려졌고, 그와 동시에 서진이와 눈이 마주쳤다. 이 공간 어느 곳에도 그녀의 시선을 둘 곳은 없었다. 이곳이 점점 갑갑하다. 심장은 거세게 떨려왔고, 그런 수아의 마음을 진정시켜준 건 따뜻하지만 왠지 차가운 독고준 그의 손이었다.

"미안해서 어쩌지? 수아가 오늘 컨디션이 별로인가 보다. 우리 이만 갈게."

"왜? 더 있다가 가지."

"아니, 됐어. 내일 중요한 회의도 있는데 무리하면 안 되지. 수아 손에 우리 회사 계약 건이 있는데……. [그럼 이서진 씨 내일 뵙죠.]"

[아, 네. 내일 뵙죠. 제가 일이 있어서 먼저 일어나겠습니다. 죄송합니다. 안녕히 가십시오.]

그리고 서진이는 식탁에서 일어나 서재 안으로 뒤도 안 돌아보고 들어갔다. 왠지 모를 섭섭함과 아쉬움. 수아는 저절로 한숨이 새어 나왔다. 그녀가 일어서려는 순간 휘청하고 수아의 몸이 흔들렸다. 그리고 그런 그녀의 몸을 독고준 그가 붙잡아주었다.

"괜찮아? 많이 안 좋은 것 같다. 하람이 안고 나올게, 거실 소파에 앉아 있어."

"아니, 내가……."

"기다리고 있어. 데려올게."

그가 손님방에서 자고 있는 하람이를 안고 나올 동안 수아는 그저 기다리고만 있었다. 그때 예영의 목소리가 들렸다.

"김수아… 속일 생각은 하지 마… 그 아기… 준이 아기 아니지?"

"무, 무슨 소리야, 언니? 우리 하람이… 준이 씨……."

"난 너를 믿었어. 아니, 앞으로도 믿을게. 그래, 니 말대로 그 아기를 준이 아기야. 알았어? 그 아기는 서진이 아기가 아니야. 지금도 그렇고… 앞으로도… 죽을 때까지… 저 아기는 준이 아기야. 잘 들어. 난 너를 믿는다고 했어. 그럼 조심해서 가."

쾅!!

예영은 방문을 닫고 들어갔다. 그와 동시에 수아의 심장도 내려앉았다. 알아버렸다. 예영에게 숨기려고 했던 하람이의 존재를 예영은 눈치 챘다. 바보같이 왜 깨닫지 못했던 걸까. 당연히 알 텐데. 내가 봐도 하람이는 서진이와 너무 닮았는데 왜 몰랐던 걸까. 수아는 소파에 앉아 무릎에 얼굴을 묻고 가만히 있었다. 아무 소리도 들리지 않는다, 아무 소리도……. 다만 나의 어깨를 토닥여 주는 누군가의 손길만 느껴질 뿐이었다. 그리고 이어지는 목소리.

"김수아… 이렇게 약한 모습 보이지 마. 가자."

막연한 기대감은 서진이의 목소리가 아니라는 것을 알고 무너져 내렸다. 무척이나 슬픈 눈으로 나를 내려다보고 있는 그의 눈… 독고 준 그의 눈이 나의 마음을 더 아프게 한다. 이 사람은 얼마나 아플까? 내가 아프면 이 사람은 나의 몇 배나 더 아픈 걸까? 날 더 이상 사랑하지 마요. 내가 힘들어지면 당신은 더 힘들잖아. 그만 해요. 이제 더 이상 내 짐 나눠 가지려고 하지 마요. 난⋯ 당신에게 줄 게 없어요, 아무것도. 지금 이 순간도 당신이 아닌 다른 사람 생각 하는 나를⋯ 버려요, 제발.

수아는 준에게 이렇게 말해 주고 싶었다. 그렇지만 말할 수 없었다. 수아의 말 한마디에⋯ 이 사람이 얼마나 절망할지 알기에⋯⋯. 나를 위해 자신의 모든 것을 준 그에게 해줄 수 있는 일이라고는 그저 그가 나를 지켜볼 수 있는 곳에서 있는 것밖에는 없으니까⋯⋯.

서진이의 집을 나오면서 수아는 또 지키지 못할 다짐했다. 다시는 이곳으로 돌아오지 않겠다고⋯ 다시는 이곳에 대한 추억을 떠올리지 않겠다고⋯ 그리고 다시는⋯⋯ 그리워하지 않겠다고⋯⋯.

#3 ―너무나 변해 버린 그

#3 —너무나 변해 버린 그

사람들의 시선을 받으면서 무언가를 한다는 것은 누구에게나 떨리고 부담스러운 일일 것이다. 그것은 수아 역시 마찬가지였다. 그녀 역시 발표를 앞둔 채 긴장하고 있었다.

"그렇게 떨지 마, 잘하면서."

"그치만 늘 떨리는걸요."

"걱정 마, 이번에도 난 문제없다고 생각하니까."

회의장 안으로 한두 명씩 사람들이 등장하기 시작한다. 많은 사람들이 들어오는 가운데서도 수아의 눈에는 오직 한 사람의 모습만이 보였다. 모든 사람들의 부러움을 한몸에 받고 있는 사람… 당당하면서도 어딘가 모르게 차가움이 느껴지는 사람, 이서진. 그 사람만이 오직 그녀의 눈에 들어올 뿐이었다.

[자, 그럼 회의를 시작해 볼까요?]

이 말이 그가 이 장소에서 한 유일한 말이었다. 그 이후엔 아무 말도 안 하고 수아가 하는 설명들만 듣고 있었다.

[만약에… 저희 성호그룹과… 요케그룹의…….]

[그만. 김수아 씨, 그럼 그렇게 해서 저희 회사가 얻는 이득이 뭐죠?]

[제가 생각하기에 아직까지 한국에서는 일본 회사는 성공하기가 어렵습니다. 그렇지만… 저희 성호그룹의 이름이 들어간다면 다르다고 생각합니다. 요케그룹에서 유일하게 적자를 보고 있는 곳이 한국 지사라고 들었습니다. 그렇지만… 저희 그룹과 계약을 맺게 된다면 이야기를 달라진다고 볼 수 있습니다.]

[대단하군요, 나도 모르는 사실을 알고 있다니. 산업스파이 같군요. 하하하.]

순간 서진이의 한마디에 회의장은 웃음바다가 되었다. 뭐라구? 스파이……? 정말… 날 어떻게 보고! 울컥하는 마음에 말을 하려는 수아를 독고준이 말렸다. 흥분하지 말고 침착하게 행동하라는 그의 무언의 말이었다. 그래, 김수아, 침착하자!! 농담이야!! 그냥 농담일 뿐이야.

[그 정도는 기본이라고 생각하는데요? 당연한 것 아닙니까? 그래서 알아둔 건데 실수였다면… 사과드립니다.]

[흠, 그럼 다음 회의는 이번 주 토요일 오전 10시로 합시다.]

두 시간 동안의 숨 막히는 공간에서 수아는 탈출할 수 있을 것만 같았다. 그런데 독고준 막 그와 회의실 밖으로 나서려고 할 때…

[김수아 씨는 잠깐 남아줄래요?]

[네?]

[좀 더 자세한 설명을 듣고 싶어서요. 괜찮겠죠, 독고준 씨?]

"[아, 네.] 걱정 말고 천천히 설명하고 와. 차 대기시켜 놓고 있을 게."

수아의 귓가에 조그마한 목소리로 속삭이면서 독고준 그가 나가고 또다시 수아는 서진이, 아니, 요케그룹의 회장과 단둘이 있게 되었다. 수아는 천천히 그에게 다가갔다.

[어떤 내용을 더 자세히 듣고 싶으시죠? 설명해 드리겠습니다.]

[음… 뭐든지 다.]

[그러니까 구체적으로 무엇을 자세히 듣고 싶으시냐구요.]

[당신이라는 여자에 대해서 알고 싶어. 그 속에 무엇이 들었나… 어떤 감정을 가지고 있나… 알고 싶어.]

[무, 무슨 말인지 모, 모르겠네요.]

나의 머리 속이 순간 새하얗게 변해 버렸다. 무슨 의미일까? 도대체… 그리고 나는 위험하다는 느낌을 감지했다. 나가야 했다. 이곳에서 벗어나야 했다. 그렇지만… 수아는 움직일 수가 없었다. 조금씩 수아에게 다가오는 서진이를 바라보고 있을 수밖에 없었다.

[저, 저는 사적인 질문은 받지 않습니다. 그러니 고, 공적인 질문만… 해, 해주십시오.]

[훗, 긴장했군. 말까지 더듬다니.]

수아는 점점 뒷걸음쳤다. 그리고 서진이는 그런 그녀에게 점점 다가왔다. 이윽고 수아 뒤로 딱딱한 책상 모서리가 느껴졌다. 더 이상 갈 수가 없었다. 그는 점점 다가와 어느 순간 수아의 코앞까지 와버렸다.

[사장님, 저는 사장님께서 장난칠 만큼 만만한 사람이 아닙니다. 전 당당히 이번 계약을 위해 온 사람입니다. 이런 대, 대접은 곤란합니다.]

[훗, 대접이라… 난 내 식대로 대접합니다.]

쿵!!

수아의 등 뒤로 딱딱한 책상이 심하게 부딪혀 왔다. 서진은 수아의 어깨를 잡고 그녀를 책상 위로 쓰러뜨렸다. 그리고 조금씩 어깨에 통증이 느껴져 왔을 때쯤 수아는 쓰러지기 전에 감았던 눈을 떴다. 수아가 눈을 떴을 때 그녀의 눈에 들어온 것은… 그의 까만 눈동자였다. 나의 아기… 우리 하람이의 눈과 똑같은 예쁜 검은색 눈동자. 여전히 깊은 바다 같은 그의 고요한 눈이었다. 안 돼! 김수아, 정신 차려! 정신!!

[사장님의 손님 대접이 어떤 것인지는 모르겠지만… 전 이런 식은 싫습니다. 놓아주십시오.]

[기분이 어떨지 궁금하지 않아? 만약에 내가 여기서 너한테 키스를 한다면 아마 다른 여자보다 몇 배 더 쾌감이 느껴질 거 같단 말야. 넌 다른 여자와는 다르잖아. 아내 여동생과의 키스라… 어때? 재미

있을 것 같지 않아?]

[이서진 씨! 놓아주세요!! 이런 식은… 흡!!]

기어이 일이 터져 버렸다. 그의 입술이 수아의 입술을 덮어버린 것이다. 익숙하게 입 안으로 들어오는 느낌. 머리가 혼란스럽다. 하지만… 하지만 이건 아니다. 김수아, 이건 아냐, 이건! 그리고 그의 입술은 내 입술에서 떨어져 점점 목 주위를 맴돌고 있었다.

[놔주세요!! 놔!! 놓으란 말야!!]

수아는 서진이를 밀어내기 위해서 발버둥 쳤다. 그렇지만 그녀의 손목을 서진이는 붙잡고 놓아주지 않았다. 그리고 다리로부터 점점 올라오고 있는 그의 손길. 어쩌지… 어쩌지… 안 돼…… 안 돼!!

그 순간 귓가에 맴도는 요란한 전화 벨소리. 그제야 서진은 그녀를 놓아주었다. 수아는 나가야 한다는 생각에 회의실 문 쪽으로 일어나서 걸어갔다. 비참했다, 아무것도 할 수 없었던 나약하기 그지없었던 내 존재가. 문을 여는 순간…

툭.

그 순간 무언가가 내 앞으로 떨어졌다. 뭐지? 이건… 스타킹……?

[저쪽에 보이는 화장실에서 갈아 신고 가. 그 꼴로 가면 소박맞기 딱 좋아.]

그의 말에 수아는 알 수 없다는 표정을 지은 후 사무실 안에 배치된 그가 가리킨 화장실로 향했다. 수아는 거울에 비친 자신의 모습을 보았다. 거울 속에 비친 그녀는 술집 여자 같았다. 립스틱은 번져 있었고 셔츠의 단추는 속옷이 보일 정도로 풀어져 있었다. 그리고 마구

구겨진 치마와 올이 나간 스타킹. 자신이 봐도 그녀의 모습을 정말 추했다. 무슨 생각으로 이런 행동을 한 거지? 도대체 왜? 어째서……?

옷을 정리하고 나간 수아의 눈에 비친 건 책상에 여자를 앉힌 채 키스하고 있는 서진이의 모습이었다. 마치 보란 듯이 점점 더 키스는 짙어지고 있었다. 수아는 못 본 척 나가려고 했다. 그렇지만 떨리는 마음을 어쩔 수 없었나 보다. 아무리 돌리려고 해도 돌려지지 않는 문고리를 원망하면서 간신히 그 방을 나왔다. 수아가 문을 닫을 때까지도 그는 굵은 웨이브 머리에 진한 화장을 한 여자와 키스를 하고 있었다. 그때 알았다. 여자 사업이 무슨 뜻이었는지… 변해 버린 것이다. 기억만 잃은 게 아니라 그의 성격까지 모든 것이 다. 이젠 정말…… 내가 사랑했던 이서진이라는 남자는 없는 것이다. 내가… 내가 그렇게 한 남자를 사라지게 한 것이다, 내가…….

멍해진 얼굴을 한 채 건물에서 나오는 날 발견했는지 독고준이 뛰어온다. 조금은 어두운 얼굴을 한 채 괜찮냐고 묻는 그.

"네. 그냥… 계약 건에 대해서 물어봤어요. 괜찮아요. 날 기억도 못하잖아요."

"그래, 늦게 나와서 걱정했지. 가자, 피곤하지? 어? 그런데 그게……."

"네? 뭐요?"

"아니… 아무것도 아냐."

그러면서 살짝 그녀의 셔츠 단추를 채워주는 준. 설마… 수아는 살짝 옷을 들추어 그의 시선이 머물렀던 곳을 바라보았다. 역시나 나의 쇄골 근처에는 붉은 자국이 있었다. 키스 마크를 보았을 것이다. 말해야 하는데. 수아는 자신의 앞으로 저벅저벅 걸어가는 그에게 달려갔다.

"있잖아요. 이거… 그게…….."

"변명하지 마. 그럴 필요 없으니까. 이서진… 너 기억하고 한 짓 아닌 거 아니까. 여자라면 다 좋은 바람둥이 자식이 한 짓, 나한테는 의미없어. 다만… 그 자식 조심해. 더 험한 꼴 당하지 않게. 가자 피곤하다."

수아는 더 이상 아무 말도 할 수 없었다. 맞아요.

서진은 날 기억하고 한 행동이 아니었어요. 그냥 호기심… 그의 눈은 여전히 예쁘고 맑았지만 눈빛은 아니었어요. 예전에 날 보던 그 눈빛이 아니었어요. 그저 욕망으로 가득 찬 눈이었어요. 정말 날 잊었어요. 그는 나를…….

차를 타려고 하는 그의 어깨를 붙잡았다. 그러자 뒤돌아서는 준. 수아는 그런 그에게 최대한 활짝 웃으면서 말했다.

"나 혼자서 산책 좀 하고 갈게요."

"호텔 근처에서 해. 타."

"아니… 아니, 나 지금 너무 혼란스러워서 그래요. 나… 나 잠시만 혼자 있을게요. 나 점점 힘들어져요. 이대로 있다가는 너무… 힘들어진다구요. 제발…….."

"…그래. 그럼 갈게."

그가 탄 검은색 벤츠가 현관을 나가고 수아는 그 모습을 지켜봤다. 그리고 발걸음을 옮기려는 순간……

[김수아 씨.]

이 목소리는… 서진이었다. 수아는 뒤에서 자신을 부르는 그의 목소리를 외면한 채 발걸음을 옮기려고 했다. 그렇지만 어느샌가 수아의 손목을 붙잡은 서진이 때문에 움직일 수 없었다.

[놔주세요! 어서요, 이 자리에서 소리 지르기 전에!]

[훗, 그전에 내가 당신의 입을 막을지도 모르지, 아까처럼.]

기가 막혔다. 사람이 이렇게 변해 버리다니. 어떻게… 이렇게 차갑게 변할 수 있는 거지? 어떻게…….

[정말… 당신이라는 사람 기가 막히는군요. 놔주세요, 당장!]

[상관없어. 난 이미 이런 스캔들은 익숙하니까. 그치만 여러 사람이 지켜보는 가운데서 즐긴다는 건 유쾌하지 않군.]

[저도 그쪽하고 즐길 마음 없어요. 이거 놔요!]

[하, 그럼 어쩔 수 없지.]

[까악!]

발버둥 치는 수아를 안아 들고 차 안으로 밀어 넣은 서진. 젠장, 정말…… 이 남자 이서진 맞아? 왜… 왜……?

[이것 보세요!! 내려주세요!! 어서요!!]

[출발해.]

그의 명령에 서서히 움직이는 차. 서둘러서 차 문을 열고 나가려는 순간 달칵!

[김수아 씨, 잔머리는 안 되지.]

[이것 보세요!! 이건 납치라구요!! 어서 내려줘요. 어서요!!]

[아니, 난 한 번 마음먹은 건 해야 해.]

[이… 이…… 좋아요. 가요.]

그래, 어차피 이렇게 나가는 거 당당해지자!! 설마 무슨 짓이야 하겠어. 그래도 자기 아내 동생인데 설마……. 이런… 하나님, 맙소사. 한참을 달려서 도착한 곳은 그의 집이었다. 도대체 무슨 생각으로… 설마 이 자식 미친 거 아냐!!

[여긴 왜… 온 거죠? 돌아가겠어요.]

[아내는 지금 한국에 가 있어. 들어가지.]

들어가자고 말해 놓고 수아의 손목을 거칠게 잡아끄는 이놈. 정말 왜 이러는 거냐구!! 현관문을 열고 들어서자 처음 이곳에 왔던 기억이 또다시 스친다. 그런 그녀의 마음을 아는지 모르는지… 수아를 거칠게 집 안으로 데리고 들어가는 이 사람. 왜 이렇게 변해 버린 거야? 서진아, 왜 이러는 거야. 내 기억만 지우지 그랬어. 왜 이렇게 변해 버린 거야. 2층 방 중 하나로 올라가서 방문을 열고 들어가 문을 잠그는 서진이. 두려웠다.

[놔주세요. 돌아가겠어요.]

[훗, 그럴 순 없지. 내가 초대까지 했는데.]

[도대체 나한테 왜 이러죠? 난 당신… 부인의 동생이에요. 이러지 말아주세요.]

그렇지만 수아의 외침은 그의 귀에 들리지 않는 것 같았다. 점점 아까와 같은 분위기가 흐르고 있었다.

[자, 잠깐만요. 이서진 씨, 나에게 이러는 이유… 알려줘요. 왜 이러는지.]

[말했잖아, 흥미가 생겼다구. 난 내가 원하는 건 가져야 해. 그게 사람이든 물건이든. 가질 수 없다면 힘을 써서라도.]

그러면서 점점 아까와 다른 분위기로 다가오는 서진. 제발… 제발… 그 순간 수아는 침대에 걸려 쓰려졌다. 그리고 쓰러져 있는 수아 위로 서진은 거침없이 올라왔다. 두렵다. 예전의 나를 바라보던 그 따뜻했던 눈이 차갑게 타오르고 있었다.

[이러지 말아요!! 제발… 제발…… 보내줘요. 나를 보내달라구요!!]

[늦었어. 도망치려고 해도 이미 늦었어.]

그리고 거칠게 수아의 셔츠 단추를 풀어내는 서진이. 안 된다는 생각… 두렵다는 생각이 수아의 머리 속을 맴돌고 있다.

[까아!! 싫어!! 싫다구!!]

"김수아!! 잘 들어!! 내가 당한 고통… 배로 느끼게 해줄 테니까!!!"

그의 입에서 한국말이 흘러나왔다. 그가 내 이름을… 한국말로 말했어. 예전처럼 나의 이름을 말해 주고 있었다. 수아는 더 이상 아무 말도 할 수가 없었다. 그저 멍해진 눈으로 그를 바라볼 뿐이었다.

"왜? 놀랐어? 내가 널 기억 못하는 줄 알았어? 천만에!! 지난 3년간 널 잊은 적이 한 번도 없어!! 어떻게 잊을 수 있어!! 나에게 내… 심장을 짓밟고 갔는데. 오늘부터 하나씩 갚아주겠어. 3년 동안… 니가 행복했던 시간만큼!! 내가 괴로워했던 3년간의 시간만큼!! 널 짓

밟아주겠어. 행복해질 수 없게!!"

날… 기억하고 있다. 그가… 나의 서진이가… 나를……. 그렇지만 예전의 서진이가 아니었다. 더 이상… 수아의 기억 속에 남겨져 있던 그가 아니었다.

얼마의 시간이 흐른 걸까? 눈물이 수아의 뺨을 타고 한없이 흘러내린다. 그녀의 눈에 상반신에 아무것도 걸치지 않는 서진의 등만이 보였다. 그리고 희뿌연 연기가 서진이의 입에서 새어 나왔다. 아무 말도 하지 않고 담배만 피우고 있었다. 울고 있는 수아를 바라보지도 않고… 그저 등 돌린 채 그렇게 한참을 앉아있을 뿐이었다.

"하람이… 데려오겠어."

순간 수아는 자신이 들을 말을 잘못 들은 거라고 믿고 싶었다. 제발 자신이 잘못 들을 것이기를… 제발…….

"뭐, 뭐라구?"

"내가 모른다고 생각하지는 않겠지? 김하람이라… 웃기는군. 내 아들이야. 데려와서 내가 키우겠어."

"아니야!! 아니야!! 니 아기 아니야!! 내 아기야… 하람이… 내 아들이야!!"

"그럼 재판할까? 그래, 그것이 좋겠군. 누가 이길지 내기할까? 19☆O년 1월 15일 생. 혈액형은 O형 미국 LA에 있는 한 대학병원에서 태어났더군. 그리고 선천적으로 말하지도 못한다고 하더군. 홋, 그래도 내 피가 흐르는데 내가 데려다 키우겠어. 어차피 너한테도 짐이잖아?"

그가 아니다. 수아를 기억하고 있지만… 예전의 그가 아니다. 어떻게… 이렇게 차가워질 수 있는 거지? 어떻게… 왜!!

"그럴 수는 없어. 안 돼!! 절대 그럴 순 없어!! 내 아기야! 빼앗아가려고 하지 마. 제발……. 나 죽어. 우리 하람이 없으면… 나 죽어. 서진아, 제발… 제발 우리 하람이 데려가지 마. 제발… 흐흑…… 제발……."

"훗, 모정 하나는 대단하군. 사랑하지도 않는 남자의 아기를 낳고 키우다니… 정말 대단해. 김수아… 그 동정심은 정말 끔찍하게 아름답군. 한번 고려해 보지. 그렇지만 과연 내가 그래 줄 수 있을지는 모르겠군."

너무 차가웠다. 그는 너무나 차가웠다. 한없이 다정했던 서진이의 모습은 없었다.

"니가 뭔데!! 안 돼!! 절대 그럴 수 없어! 내 아기라구!! 내 아기!!"

"니 아기? 훗, 웃기지도 않아!! 김수아, 잘 들어!! 그 아기는… 내 피가 흐르고 있어!! 누가 뭐라 해도 내 아들이고 난 내 아들이 다른 놈 자식 되는 꼴 못 봐!! 기대하라고, 앞으로 내가 어떻게 하는지."

"하… 하하… 하하하… 미쳤어… 이서진. 너 미쳤다구!!"

"그래… 나 미쳤어. 날 이렇게 만든 건 너구. 옷 입고 나가."

냉정하게 뒤돌아서서 나가는 서진이의 뒷모습을 보면서 수아는 허탈한 웃음만 흘려야 했다. 차라리… 날 잊어버리는 게 나았다. 이럴 바에는 나를 기억조차 못하는 게 나을 뻔했다. 그는 너무 잔인해졌다. 예전에 내가 사랑한 남자 이서진이 아니었다.

"난 될 수 있는 한 이번 계약 건을 오래 끌 생각이야. 그리고 계약
은 절대 이루어지지 않을 거야."

"뭐… 뭐라구?"

"이미 우린 다른 회사와 계약을 추진 중이야. 고로 성호그룹은 끝
이라는 거지."

"도대체… 왜……."

"난 니가 사랑하는 건 다 부숴 버릴 거야. 니가 사랑하는 그 회
사… 그리고 니가 사랑한다던 그 남자 독고준까지!! 다 부숴 버리겠
어! 아니, 너까지도… 부숴 버려주지."

"하… 도대체… 너란… 사람… 무서워… 너무……."

수아는 더 이상 서진이를 마주 보고 있을 용기가 없었다. 두려워졌
다. 그가 너무 무섭다. 그녀의 목을 점점 죄여오는 그가 너무 두려워
진다. 일어서려는 수아의 모습을 보지 않고 서진은 자신의 손에 든
술잔만을 매만지고 있었다.

"잘 들어, 김수아. 난 너를 증오해. 널 사랑했던 내 마음까지도."

그의 말이 수아의 귀에 맴돈다. 너무나 선명하게 계속……. 날 증
오한다던 그의 말이 내 심장을 파고든다. 그래, 김수아, 니가 이렇게
만든 거야. 이 사람을 이렇게… 만든 거라구. 돌이킬 수 없는 실수를
저지른 거야. 그런 거야. 그렇게 생각하면서 수아는 기어이 눈물을
흘리고 말았다.

그렇게 서진이의 집에서 나온 후 수아는 정신없이 택시를 타고 호
텔로 돌아갔다. 우리 하람이… 그녀의 머리 속에는 하람이에 대한 생

각으로 가득 차 있었다. 택시가 호텔에 도착하고 수아는 대충 돈을
낸 후 호텔 안으로 들어갔다. 호텔 로비에 걱정스런 표정을 하고 있
는 독고준이 보였다.

"준이 씨, 우리 하람이… 어딨어요? 우리 하람이……."

"도대체 어디 다녀온 거야? 이렇게 비까지 맞고서… 수아야!"

"우리 하람이 어딨냐구!! 우리 하람이!!"

"수아야, 하람이 방에서 자고 있어. 수아야, 수아야!!"

수아는 자신을 애타게 부르는 준의 목소리를 뒤로한 채 방으로 향
했다. 8층에서 내려오는 엘리베이터가 왜 이렇게 더디게 느껴지는지
모르겠다. 수아는 내 입술을 지그시 깨물었다. 아무런 느낌이 나지
않는다. 드디어 엘리베이터 문이 열리고 수아는 서둘러서 11층을 눌
렀다. 그리고 2층… 3층을 알리는 숫자가 올라갈수록 나는 더욱더 초
조해졌다. 제발… 제발……. 11층에 도착한 그녀는 서둘러서 방을 향
해 뛰었다. 하람아… 하람아… 내 아기.

벌컥!!

고르지 못한 호흡을 고르고 수아는 방 안을 살피기 시작했다.

"하람아… 하람아!!"

그런데 없다. 나의 아기가 없다. 커다란 검은 눈망울을 가진 나의
아기 하람이 없다. 언제나 나를 향해서 웃기만 하던 내 조그마한 아
기가 없다.

"하람아! 어디 있어!! 하람아, 엄마가 미안해. 혼자 둬서 미안해.
제발!! 어디 있는 거야? 하람아!! 흑…… 하람아!!"

절망할 수밖에는 없었다. 나의 아기… 하나뿐인 없는 나의 아기… 나의 희망 하람이. 수아는 순간 서진이의 말이 떠올랐다. 데려가겠다던 그의 말… 아니야, 그럴 리가 없어.

"수아야, 뭐 해?"

"준이 씨… 우리 하람이가 없… 하람아!!"

"어? 내 방에 같이 있었어. 왜 그렇게 하람이를 찾았어?"

"하람아! 흑… 내 아기 절대 주지 않아!! 엄마랑 같이 살자, 엄마랑……. 하람아, 불쌍한 내 아기…….."

수아는 독고준의 품에 안긴 하람이를 끌어안고 울었다. 빼앗길지도 모른다는 막연한 두려움과 미안함으로 울었다. 그런 수아의 모습에 준은 물었다. 왜 그러냐구, 무슨 일이냐구.

"아무… 일도 아니에요. 우연히… 길 잃은 아이를 봤는데 우리 하람이가 생각나서. 그래서 그래요. 정말이에요. 걱정하지 말아요."

"김수… 그래, 니가 그렇게 말하면 그런 거겠지. 쉬어라. 아, 그리고 내일 그쪽 회사하고의 회의가 있다. 앞당기자고 하더라구. 쉬어라."

뭐라구? 일주일 후에 다시 하기로 한 회의를 앞당겼다구? 이서진… 나를 말려 죽일 생각이야? 정말… 정말 왜 그렇게 잔인해졌어. 왜 그렇게……. 수아는 하람이를 가슴에 안은 채 중얼거렸다.

"하람아, 엄마 잘못이지? 그렇겠지? 아빠… 그렇게 된 거 엄마가 심한 상처를 줬기에 너무 힘들어서 그런 거겠지? 원래 서진이, 아니, 우리 하람이 아빠… 좋은 사람인데 말야. 미안해, 하람아. 엄마가 그렇게 만들어 버렸어. 미안해."

회의실 안으로 들어가면서 수아는 다시 한 번 심호흡을 해야만 했
다. 불안한 마음. 그리고 서진이… 이 모든 것이 그녀의 마음을 무겁
게 했다. 또다시 시작된 회의. 수아는 자신의 의견을 말하는 동안 내
내 애써 서진이의 눈을 피한 채 회의에 집중하려고 애를 썼다. 그런
그녀의 모습을 미소 짓는 독고준 그가 보였다. 그리고 늘 그래 왔듯
이 수아는 그를 향해서 살짝 미소를 지은 후 자리에 앉았다.

[저번보다는 조금 나아졌군요. 그렇지만 그런 사적인 감정 표현은
자제해 주세요.]

다 지켜보고 있었다. 무심히 창문 밖만 바라보고 있었던 게 아니었
다. 서진은 수아의 행동 하나하나를 다 지켜보고 있었던 거였다.

[자, 김수아 씨, 이번 계약 건에 대해 어떻게 생각하죠?]

[네? 아, 물론 저… 저희 회사에서는……]

[훗, 긴장했군요. 아까와는 다른 모습이네요.]

순식간에 웃음소리가 번지는 회의실. 수아는 두 주먹을 불끈 쥘 수
밖에는 없었다. 내가 왜 이러는지 알면서 어쩜 이럴 수가 있는 거니.
이서진, 어떻게 이럴 수 있니.

[자, 그럼 오늘은 여기까지 할까요?]

서진이가 일어나자 모든 이사진들이 일어나기 시작한다. 문을 닫
고 나가면서 서진은 수아를 한번 보고 비웃음을 보냈다. 풀썩. 그녀
는 아무런 힘없이 의자에 주저앉았다. 아무런 생각도 할 수 없었다.

수아는 울음을 참기 위해 입술을 깨물었다. 그런 그녀의 모습이 안쓰러웠는지 괜찮다고 계속해서 수아를 위로하는 이 사람… 미안하다. 이 사람에게도… 서진이에게도 내가 어떻게 해야 하는 걸까? 내가… 어떻게 해야 하는 거냐구…….

그렇게 수아는 혼란스러운 마음을 정리하고 준과 회의실을 빠져나왔다. 그때 낯선 여자의 목소리가 그들의 발길을 붙잡았다.

[저기… 김수아 씨, 독고준 씨.]

[아, 네. 무슨 일이시죠?]

[오늘 저녁 7시에 저희 호텔에서 파티가 있습니다. 조그마한 바에서 하는 것이니 부담 느끼시지 마시고 오시라는 사장님의 부탁이셨습니다. 그럼 안녕히 가십시오.]

수아와 준은 서로를 바라보면서 놀란 표정을 지어 보였다. 준은 아마도 수아가 그곳에 가는 것에 대한 부담을 느낀다는 것을 알고 있을 것이다. 그리고 수아는 서진이가 무슨 생각으로 이러는지… 그것에 대한 두려움으로 가득 찼다.

'김수아, 언제까지 피할 수는 없잖아. 당당해지자. 그래, 당당해지자.'

그렇게 수아는 생각하면서 더 이상 서진과의 마찰을 피하지 않겠다고 생각했다.

P.M 7:00 상아색 치마 정장을 입고 수아와 독고준은 호텔 지하에 있는 바로 내려갔다. 입구에서 하나씩 나누어 주는 가면을 들고 안으

로 들어갔다. 한눈에 보기에도 고급스러워 보이는 진열장과 어둡지만 은은한 분위기가 나는 조명, 그리고 그곳을 가득 채운 고위 인사들. 누가 봐도 알 것 같았다, 이 모임의 의미를. 이곳에 온 사람들의 존재의 이유를.

바 한구석에는 포커 게임이 한창이었다. 그중에서도 당연히 눈에 띄는 한 사람, 이.서.진.

[이번 판의 승리는 저인 것 같군요. 백 스트레이트!]

와~ 하고 주변에서 탄성들이 나오기 시작했다. 그 순간 그녀는 보았다, 서진이의 미소를. 그리고 확신했다, 이번 판도 역시 그가 이길 거라고.

[미안해서 어쩌죠. 마운틴.]

마운틴. 완벽한 그의 승리, 그의 승리였다.

[마운틴? 맙소사! 리즈키 씨 정말 대단하군요.]

[아니요, 별말씀을. 아, 저는 손님들이 오셔서 일어나 보겠습니다.]

그리고 천천히 수아와 준에게 다가오는 서진 그의 걸음걸이는 당당하고 정확했다.

[아주 정확하게 오셨군요.]

[네, 초대해 주셔서 감사합니다.]

[아니요. 별말씀을. 김수아 씨, 아까 브리핑 좋았습니다. 태클 건 이유는 이사진에게 설득력을 얻기 위해 그런 것뿐입니다. 이해해 주십시오.]

언제부터 그가 이렇게 연기를 잘했던 걸까? 수아는 생각했다. 어쩜 저렇게 모르는 사람을 대하는 것처럼 할 수 있는 걸까.

[아닙니다. 당연히 비판적인 시각으로 보셔야죠.]

[이해해 주신다니 정말 감사드립니다. 그럼 잘 쉬다 가십시오.]

그러고선 수아에게서 점점 멀어지는 서진. 그리고 그의 옆에는 섹시함을 풍기는 여자가 다가서고 서진은 익숙한 듯이 그녀의 허리를 감싼다. 그리고 수아를 향해서 날리는 비웃음. 그녀는 또다시 주먹을 쥐어야만 했다. 무슨 생각으로 서진이 그러는지 수아는 알 수가 없었다.

"준이 씨, 나 화장실 좀 다녀올게요."

"그래, 난 저리 앉아서 기다리고 있을게. 그리고 긴장 풀어. 안색이 안 좋다."

"네."

갈색 원목으로 된 복도를 돌아 구석에 있는 화장실로 향하는 수아. 술을 마신 것도 아니었지만 그녀의 몸은 천근만근이었다. 다리에서 계속 힘이 빠지고 있다는 것을 그녀는 알고 있었다.

쏴아.

세면기에 물을 받고 그녀는 세수를 하기 시작했다. 그리고 물에 젖은 자신의 얼굴을 거울로 바라보았다.

'김수아… 정신 차리자. 예전의 서진이가 아냐. 정신 차려.'

그렇게 자신의 마음을 진정시킨 후 그녀가 화장실에서 나오려고 할 때 누군가가 화장실 입구에서 그녀를 기다리고 있었다. 누구겠는가. 자신을 이러한 혼란 속에 집어넣은 사람, 이서진이었다. 수아는 순간 서진의 모습을 발견하고 외면하려고 했지만 서진에게 손목을 잡혀 이럴 수도 저럴 수도 없는 상황이 되었다.

"놔주세요. 놓으라구!!"

그에게서 알싸한 알코올 향기가 난다. 아마도 여기 오기 전에 몇 잔을 마신 것 같다. 목에 맨 넥타이는 느슨하게 풀려져 있고, 와이셔츠 군데군데 묻은 여자 립스틱 자국. 수아는 괜히 가슴이 저려왔다.

"서진아 놔줘. 갈래… 나."

"왜? 넌… 나한테 놔달라는 말밖에 안 해? 왜? 내가 그렇게 싫어?"

차갑고 비꼬는 말투로 수아에게 말을 하는 서진. 그럴 때마다 수아의 가슴은 아플 뿐이었다. 아니, 가슴이 무너져 내려와… 사라지는 느낌이었다.

"이서진… 그럼 내가 어떻게 해야 하는데? 그만 하자."

그 순간 수아의 몸이 벽을 향해서 돌려지고 이어지는 강압적인 키스. 상대방에 대한 배려도, 사랑도 없는 그냥 폭력적인 키스. 수아는 몸을 돌려 피하려고 했지만 자신의 손목을 붙잡고 있는 서진이의 힘이 더욱더 가중될 뿐이었다.

찰싹!!

그렇지만 이내 서진이는 밀어내고 뺨을 때리는 수아. 서진은 얼굴을 돌린 채 가만히 서 있다. 그리고 수아의 눈은 눈물만 가득하다.

"왜 이러는 건데!! 나한테 왜 이래!! 얼마나 날 더 비참하게 만들어야 니 마음이 편하겠어? 얼마나 더 이렇게 할 건데! 힘들다고… 나도 마음 아팠다구!! 나는 마냥 마음이 편했는 줄 알아? 왜 몰라, 왜. 너 힘들었던 만큼 나도 힘들었다는 걸 왜 모르냐구! 왜!! 정말 사랑하는데… 사랑하지만 보낼 수밖에 없었던 난 어떡하냐구… 그래야 모두가 행복해지는 건데. 흑흑… 내가 어떻게 해야 했는데… 흑……."

수아는 주먹을 쥐어 서진이의 가슴을 때리며 울부짖었다. 서진에게 그동안 할 수 없었던 모든 말들을 했다. 서진은 가만히 수아에게 맞고만 있었다. 그리고 이내 수아의 손을 잡아 자신의 가슴에 끌어안는다.

"김수아, 잘 들어. 사랑해서 보내줬다구? 웃기지 마. 힘들었다구? 웃기지 마. 지금 니가 나한테 사랑한다고 해서 내 마음이 달라지지는 않아. 두고 보겠어, 니가 얼마나 행복해질 수 있는지. 그리고 이 세상에서 제일 믿을 수 없는 게 뭔지 알아? 사랑하는 사람끼리의 믿음이야. 난 사랑을 증오해. 이 세상에서 사랑 따위는 없어. 한 번만 더 나를 사랑했다는 소리 하면… 정말 그때는 하람이를 바로 빼앗아오겠어."

탁!!

서진은 자신의 품 안에 잡아두었던 수아의 손을 차갑게 놓고 돌아선다. 순간 수아는 벽에서 미끄러져 내려 주저앉는다.

"정말… 이야, 이서진. 정말이라구… 사랑했어……. 아니… 지금도 사랑하고 있어……. 흑… 서진아… 이서진!!"

그러나 그녀의 외침은 서진에게 차갑게 외면될 뿐이었다. 너무 차가워진 그의 모습을 보면서 수아는 서러울 뿐이었다. 다시는 그에게서 따뜻한 미소를 볼 수 없다는 것을 수아는 오늘 알았다. 그리고 영원히 그는 그녀를 다시는 사랑해 주지 않을 거라는 것도 알 수 있었다. 영원히 떠난 것이었다. 그는 그녀에게서……. 사랑한다고 말했는데 그는 뒤돌아보지 않았다. 지금도 사랑한다고 말하고 있는데 여전히 차갑게 나에게서 돌아섰다. 정말 더 이상은 안 되는 걸까? 정말… 널 잊어야 하는 거니? 그런 거야? 서진아 말해 봐… 제발……. 수아는 절망할 수밖에 없었다. 늘 그에게 달려가 해주고 싶은 말… 차마 할 수 없었던 말을 했지만 그는 뒤돌아서지 않았다. 오히려 그녀를 더욱더 차갑게 바라보고 뒤돌아섰을 뿐이었다. 왜 이렇게 되어버린 걸까? 우리는 왜… 이렇게 되어버린 걸까?

"어디 갔다 왔어?"

"아, 미안해요. 걱정 많이 했죠?"

"그래, 그냥 가버린 줄 알았다."

"미안해요. 나 피곤해서 그러는데 우리 그만 돌아가요."

"그래, 그러자."

준이 차를 가져올 동안 수아는 현관에 서 있었다. 멍한 눈으로 별들이 하나둘씩 떨어지기 시작하는 밤하늘을 바라보고 있다. 순간 뒤에서 들리는 서진의 목소리,

"김수아."

"서, 서진아."

"진심이야?"

"무, 무슨 말이야?"

"나 사랑한다는 말… 지금도 사랑하고 있다는 말… 진심이야?"

서진의 물음에 수아는 얼어붙을 수밖에 없었다. 도대체 왜? 그렇게 차갑게 뒤돌아선 사람은 당신이잖아. 수아는 크게 심호흡했다. 그리고 굳은 결심을 하고 입을 열었다.

"아, 아니, 자, 잘못 들으신 거예요. 전…… 미안, 아니, 죄송해요, 형부."

서진이의 표정은 잠시 어두워지더니 이내 입꼬리를 올리며 말한다. 아주 경멸한다는 듯이 나를 바라본다.

"그래? 그렇다면 다행이다. 만약에 진심이라면… 날 잊으라고 말할 참이었거든. 다행이네. 김수아, 정말 대단해. 날 두 번씩이나 가지고 놀다니. 훗, 정말 넌 대단한 여자야. 어떻게 하면 너처럼 그렇게 잔인해지는 거냐? 정말 대단해, 너란 여자… 정말 지독하게 잔인해. 잘 가라."

수아에게 인사를 하면서 다시 안으로 들어가는 서진. 그렇다. 수아는 다시 한 번 서진에게 상처를 주었던 것이다.

'서진아, 거짓말이야. 거짓말이야. 난 너… 사랑해. 너밖에 없어. 사랑해. 미안해. 하지만… 하지만 너도 알잖아. 우리는 사랑할 수 없다는 거 알잖아. 서진아, 만약 신께서 내 다음 생을 허락하신다면 그때도 널 사랑할 거야. 사랑해. 내 모든 생을 걸고 널 사랑할게. 사랑해… 영원히……'

이 말을 속으로 되풀이하며 수아는 멀어져 가는 서진이의 뒷모습만을 바라보고 있다. 이젠 정말 끝이겠지라는 생각에 수아의 눈에서는 또다시 눈물이 흐른다. 다가서고 싶다. 그렇지만 그럴 수 없는 사람, 이서진.

"수아야, 가자."

검은색 벤츠에서 내려 수아의 어깨를 살며시 감싸는 준. 수아는 아무 일도 없다는 듯이 환하게 웃는다. 그러자 준의 표정이 한순간에 서글퍼진다.

"김수아, 너 그거 알아? 넌 말야, 슬플 때 그렇게 웃는다. 그런데 이런 웃음이 다 날 향하고 있다. 그래서 난 너무 슬프다. 어떻게 해야 니 마음속에 들어갈 수 있는 거야? 내가 더 이상 어떻게 해야 되는 거니? 말해 줘. 니가 원하는 대로 다 할 테니까 제발 그런 표정 짓지 마… 제발……."

수아의 어깨에 얼굴을 묻은 채 울먹거리면서 말하는 이 남자. 그녀는 이런 남자의 어깨를 조심스럽게 토닥여 줄 뿐이다.

'어쩔 수 없잖아요. 난… 내 마음은 서진이가 가지고 있으니까. 누구도 다시 찾아올 수 없어요. 누구도…….'

쾅!!

자신의 사무실 안으로 들어온 서진은 자신의 책상을 세게 내려친다. 알 수 없는 분노와 감정들. 그의 머리 속에서 계속 맴도는 말.

"정말… 이야, 이서진. 정말이라구… 사랑했어……. 아니… 지금도 사랑하고 있어……. 흑… 서진아… 이서진!!"

왜… 왜 또 아니라고 하는 걸까. 왜… 왜!! 젠장!! 수아에게서 차갑
게 돌아섰을 때 서진이의 귓가에 울리던 그 목소리. 분명히 그녀는
그에게 사랑한다는 말을 하고 있었다. 그런데, 그런데……!!

쨍그랑!!

장식장의 유리 파편들이 바닥에 떨어지고, 그리고 서진의 주먹에
피가 떨어지기 시작한다. 그렇지만 서진은 손에 느끼는 통증보다도
자신의 가슴에 난 상처가 더 아프다. 왜 사랑한다는 말을 들었을 때
자신이 흔들렸는지… 왜 현관에 서 있던 그녀를 모른 척할 수 없었는
지… 그리고 그런 그녀에게 말을 건 자신을 원망했다.

"김수아… 김수아… 왜 사람을 이렇게 아프게 해. 왜 사람을 또다
시 흔들어 놔!! 왜!! 간신히 잊었다고 생각해서 너한테 다 갚아주려고
했는데!! 왜 사람 맘 약하게 만드냐구!! 왜!!! 니가 뭔데… 도대체 니
가 뭔데 내 마음속에 들어와서 나가지 않는 거냐구."

털썩.

소파에 주저앉는 서진. 가만히 자신의 몸을 소파에 기대어본다. 그
리고 그가 자신의 팔을 들어 이마에 대는 순간 그의 눈가에서 흘러내
리는 눈물.

"김수아, 사랑해. 못 잊겠어. 수아야… 사랑해… 사랑해……."

아무도 들을 수 없는 혼자만의 고백. 한 남자의 고백이 차갑게 내
리는 밤비에 묻히고 있었다.

[이번 투자액은 3억6만 달러입니다. 충분히 가능성있는 사업이기

에······.]

[김수아 씨?]

[네? 무슨 질문이라도······.]

[이번 계약건··· 성호그룹과 하겠습니다. 계약서는 비서를 통해서
보내도록 하죠.]

세 번째까지는 회의를 들어올 때부터 아무 말 없이 그저 서류만 훑
어보고 있던 서진이 한 말이었다. 서진의 말 한마디에 이사진들은 웅
성대기 시작했다. 수아와 준 역시 서진의 말에 아무런 생각도 할 수
가 없었다.

[충분히 생각해 봤습니다. 아무래도 같은 일본 그룹보다는 한국그
룹과 계약을 맺는 게 회사를 위해서도 좋다고 생각했습니다. 제 생각
에 아무런 이의도 제기하지 않으셨으면 합니다. 그리고 이 회의를 끝
으로 성호그룹과 저희 요케그룹과의 계약이 체결되었습니다.]

이 말만 한 채 자리에서 일어나 회의장을 빠져나가는 서진. 이사진
들은 서둘러서 그의 뒤를 쫓았고, 한참 브리핑을 하고 있던 수아는
그 자리에서 굳어 있었다. 분명 그는 자신의 회사와는 계약하지 않겠
다고 말했다. 그런데 왜 갑자기··· 수아는 기쁘지 않았다, 전혀. 오히
려··· 더 이상 그를 볼 수 없다는 생각이 그녀를 또다시 슬프게 했다.

"김수아!! 해냈다!! 축하한다!!"

활짝 웃으면서 수아를 안아주는 독고준. 수아는 아무런 표정 없이
그에게 안겼다.

"이제··· 우리 결혼하는 거다. 사랑한다, 정말."

결혼… 그래, 이 일이 끝나면 결혼하기로 했지. 수아의 가슴 한구석이 또다시 아련해진다. 알 수 없는 그리움… 아픔… 살며시 수아는 준의 어깨를 감싸며 입을 연다. 감은 두 눈에서 눈물을 흘리면서.

　"네. 우리 결혼해요. 노력할게요, 나……."

　"고맙다. 정말… 사랑한다."

　그러나 수아의 마음은 너무너무 아팠다. 그의 마지막 말이… 그 의미없이 자신에게 지어 보이던 미소가 칼이 되어 그녀의 마음을 찔렀다. 수아는 알지 못했다. 서진의 결정이 어떤 것을 의미하는 것인지, 그에게 있어 그것은 영원한 이별을 의미한다는 것을 그녀는 알지 못했다.

#4 — 을마조(나를 잊지 말아요)
By. 서진

#4 —물망초(나를 잊지 말아요)
By. 서신

한 여자를 만났습니다. 결혼식장에 자신의 언니를 대신해서 들어온 바보 같은 여자를……. 그녀와 함께 있는 것이 즐거웠습니다. 그녀와 함께 있을 때면 종종 가슴이 뛰었습니다. 알 수 없는 기분 좋은 설레임, 그때는 몰랐습니다. 이 설레임이 그녀와 나의 가슴 아픈 사랑의 시작인 줄은… 그리고 엇갈리는 기다림의 시작이라는 것을 나는 알지 못했습니다.

그대의 손을 놓치고 말았습니다. 아주 잠깐 다른 곳을 보고 있었는데 내 옆에서 나의 손을 붙잡고 있던 그대가 없습니다. 방금 전까지만 해도 내 옆에서 웃고 있었는데 아무리 둘러봐도 그대는 보이질 않습니다. 한참 그대를 그렇게 찾아 돌아다녔는데 같은 자리만 맴돌고 있는 날 발견했습니다. 그대는 나를 떠났는데… 차갑게 나에게서 멀어져 갔는데 아직도 그대의 차가웠던 그 말 한마디가 내 가슴을 시리게 합니다.

"널 사랑한 게 아니었던 거 같아. 착각한 거야. 저 사람을 사랑한 이후에 알았어. 널 사랑한 게 아니었다는 것을……."

붙잡고 싶었습니다. 붙잡아서 애원하고 싶었습니다. 제발 그녀가 잡은 내 손을 놓지 말라고… 제발 사랑이 아니어도 좋으니 내 옆에 있어달라고……. 하지만 붙잡을 수 없었습니다. 이대로 붙잡아두면 그녀가 아파할까 봐… 이대로 이렇게 내 곁에 두면 그녀가 슬퍼할까 봐… 그렇게 놓치고 말았습니다. 그녀의 손을 놓아주고 말았습니다. 그녀에게 모질게 말했습니다.

"그래… 가, 김수아!! 다시는 보고 싶지 않아!! 다시는 그리워하지 않아! 다시는… 다시는 너 때문에 아파하지 않아!!"

정말 그녀가 가도 좋은 걸까요? 정말 그녀가 가도 보고 싶지 않을까요? 정말 그녀가 곁에 없어도… 그리워하지 않을 수 있을까요? 정말 그녀로 인해서 내 마음이 아프지 않을까요?

지금도… 그렇게 뒤돌아서서 가는 모습을 바라보는 것만으로도… 붙잡고 싶고, 보고 싶고, 그립고, 가슴이 찢겨져 감을 느끼는데… 하지만 나를 위해서 그녀를 붙잡지 않았습니다. 그녀의 행복을 위해서 그녀를 보내주었습니다. 언제가 돌아올지도 모를… 그녀를 한 번쯤은 혹시라도 날 돌아봐 줄 그녀를 기다리면서 그녀를 찾는 것도 포기하고 이렇게 여기서 그대를 기다려 봅니다. 그럼 저 멀리서 그대가 내 이름을 부를 것만 같습니다.

"미안해. 많이 기다렸지?"

이렇게 웃으면서. 그곳에서 예전처럼 내 손을 잡으며… 날 부를 것 같습니다.

날 사랑하지 않는다는 수아의 말에 나의 심장이 빠르게 뛰기 시작했다. 수아가… 그녀가 날 사랑하지 않는다고 말하고 있다. 그저 착각이었다고… 날 사랑한 게 아니었다고 한다. 다른 사람을 사랑한다고 한다. 내가 아닌 다른 사람을……. 그녀를 붙잡았다.

"거짓말하지 마, 김수아!! 그럼 나한테 보여준 그 모습들은 다 거짓이야?! 그런 거야?! 나랑 일주일 동안 같이 있어준 건 뭐야? 동정이야? 거짓말이라고 말해! 어서, 김수아!! 제발 나를 떠나지 마. 동정이라고 해도 좋아… 제발… 제발……."

그러나 그녀는 단호했다. 늘 나를 향해서 웃어주었던 그녀의 미소는 없었다. 싸늘하게 식어버린 눈동자만이 나를 바라보고 있었다.

"이서진, 그만 하자. 귀찮아… 너란 사람. 그래, 동정이야. 그렇게 생각해. 미안해. 거짓말 아니야. 진심이야. 그러니까 너도 언니한테 돌아가… 갈게. 다음에 또 봐요… 형부."

정말인가 보다, 그녀가 나를 사랑하지 않는다는 게 정말인가 보다. 하!! 이서진 너… 병신 됐다. 너…….

"그래. 가!! 김수아… 사랑이라고 생각했는데 훗, 사랑이 아니었다. 그래, 사랑? 그런 거 집어치워!! 다시는 보고 싶지 않아!! 다시는 그리워하지 않아!! 다시는 너 때문에 아파하지 않아! 다시는!"

내가 정말 널 잊을 수 있을까? 내가 널 그리워하지 않을 수 있을까? 내가 너 때문에 아파하지 않을 수 있을까? 지금 니가 돌아서는 이 순간에도 그리운데 이렇게 아픈데…… 잊을 수 없어!! 김수아… 나 버리지 마. 제발 다시 돌아와서 웃어줘. 거짓말이라구!! 아니라고 말해 줘, 제발……. 나의 이런 마음을 모른 채 그녀는 나에게서 떠나갔다. 그리고 그녀가 사랑한다던 남자와 함께 내가 볼 수 없는 곳으로 가버렸다. 나에게 절망이라는 단어만 가슴에 새겨준 채 떠났다.

"서진아, 다 잊어. 그냥 잠시 흔들렸을 뿐이야. 사랑한 게 아냐. 너도 착각한 거야."

"그래… 그렇게 생각할게. 미안하다, 예영이 널 힘들게 해서."

"아니… 아니, 이렇게 돌아와 준 것만 해도 고마워……."

아니, 최예영… 진짜 미안해. 미안하다. 나는 더 이상 널 사랑할 수 없다. 의무감으로밖에 널 대할 수 없어, 이젠……. 미안하다. 그런데 말야, 수아가 미워야 하는데… 날 떠난 그녀가 미워야 하는데 그렇지 않아. 왜 그럴까? 그리워서… 너무 그리워서 심장이 터져 버릴 거 같아……. 너무 아프다. 너무… 아프다……. 자꾸 잊으라고 말하는 그녀의 말이 내 심장을 파고들어.

그녀가 떠나고 6개월 동안 나는 정말 미친 듯이 일을 했다. 잠시라도 쉬고 있으면 그녀의 대한 생각으로 가득 차버렸으니까.

[알아봤나?]

[네. 현재 LA 근처의 한인타운에서 지내고 있다고 합니다. 그리고 독고준이라는 사람과 같이 지내는 걸로 보고되고 있습니다.]

[그래? 잘… 살펴보도록. 나가봐.]

[저… 근데…….]

[뭐야?]

[김수아 씨가 조금 이상합니다.]

[왜?! 어디 아프기라도 한 건가?]

[아닙니다. 그런 건 아니고… 근처에 있는 대학 병원을 주기적으로 다니고 있는데 점점 배가 불러오고 있습니다. 아무래도… 임신인 것 같습니다.]

그 말을 듣는 순간 나는 충격에 휩싸였다. 내 곁을 떠난 지 6개월 안에 그녀가 임신을 했다니… 설마 독고준……? 이 자식!! 김수아… 정말인 거였냐? 정말… 날 사랑한 게 아니었어? 동정이었던 거냐? 어떻게… 날 이렇게 비참하게 할 수 있는 거야. 왜… 왜 널 사랑하는 내 마음까지… 찢어놓는 거냐구!! 갑갑하다. 모든 게…….

한 치의 앞도 보이지 않는 어둠 속을 걷고 있는 것만 같다. 내 곁에 니가 없는데도 세상은 아무렇지도 않은 듯 그렇게 흘러가고 있다. 그렇게 혼자서 방 안에 앉아 있었다. 아무 생각 없이 앉아 있었다. 아니, 어쩌면 계속 그녀 생각뿐이어서 그렇게 여겨지는 것일지도 모르겠다. 어쩌면… 어쩌면…….

똑똑.

노크 소리가 들리고 남산만해진 배를 안고 들어오는 예영이가 보였다. 그런데 왜 자꾸 예영이 모습에 수아 모습이 겹치는 걸까? 웃음이 나왔다. 예전에는 수아의 모습이 예영이와 겹쳐 보였는데 이젠⋯ 이젠⋯⋯.

"서진아, 나 다음 달이 예정일이야."

"그래, 그래⋯⋯."

"나 꼭 좋은 엄마 될게. 너도⋯ 좋은 아빠가 되어줘⋯⋯."

"그래, 노력할게."

"사랑해, 서진아."

나의 어깨를 살짝 안아주는 예영이. 그렇지만 난 그녀에게 사랑한다는 말을 하지 못했다. 아니, 할 수 없다. 사랑하지 않으니까. 사랑 따위는 하지 않으니까. 그런데 예영아, 나 벗어나고 싶어. 나는 이런 너에 대한 의무감까지도 벗어나고 싶어. 그리고 예영이가 예쁜 딸 아이를 낳고 얼마 지나지 않아 난 그녀에게 분노했다. 그녀를 용서할 수 없었다. 도저히⋯⋯.

"최예영⋯ 사실대로 말해. 누구 아기야?"

"무, 무슨 소리야⋯ 서진아?"

"말하라고!! 누구 자식이야! 난 두 번 말하지 않아. 니 자식 나한테 죽고 싶지 않으면 사실대로 말해. 좋은 말로 할 때⋯ 내 인내심 그렇게 오래가지 않아."

환자복을 입은 채 침대에 누워 있는 예영이에게 난 지금 화를 내고 있다. 그녀가 정말 이 순간만큼은 그녀가 너무 원망스러웠다. 예영이가 낳은 이 아이 때문에 그녀가 떠나 버렸으니까. 나한테서 도망갈 이유를 만들었으니까. 아니, 어쩌면 그녀가 고마웠을지도 모른다. 다시 기회를 주었으니까. 수아를 찾아올 기회를 내게 주었으니까…….

"무, 무슨 소리인지 모르겠어. 서진아, 정말이야. 정말이야……."

"씨발!! 최예영, 정확히 한 달 전에 태어난 그 아기 누구 자식이냐고!!"

"서, 서진아……."

태어났을 때 몸이 약했던 해지를 위해서 우리 부모님이 하신 검사에서 뜻밖의 결과가 나왔다. 나와 해지의 관계… 절대!! 부녀사이가 될 수 없는 유전자. 그 결과 서류를 받고 나는 웃을 수밖에 없었다. 너무 황당해서 어떻게 이럴 수 있냐고 병원에 가서 다시 검사를 했지만 결과는 마찬가지였다. 부녀일 가능성…… 0%.

"다 알고 있으니까 어서 말해!! 지금 당장!! 니가 어떻게 나한테 이럴 수 있어!! 최예영 니가… 어떻게 내 뒤통수를 쳐!! 이혼하자."

"서, 서진아!! 안 돼!! 싫어!! 내가… 왜 이렇게 했는데 안 돼… 안 돼… 제발……. 나 버리지 마, 서진아. 제발… 제발 나 버리지 말아줘. 이렇게 빌게. 내가… 잘못했어. 제발… 나 버리지 마."

"더 이상 너랑 할 이야기 없다. 우리 헤어지자."

차갑게 예영이에게 말하고 돌아섰다. 그 순간 나의 뒤에서 들리는 예영이의 날카로운 목소리.

"싫어!! 누구 마음대로!! 이서진, 내가 뒤통수쳤다고? 누가 먼저 배신했는데!! 니가 먼저 나 버리려고 했잖아. 니가 먼저!! 그리고 니가 나랑 헤어진다고 그 잘나신 내 동생 김수아가 너한테 올 것 같아? 그럴 일은 없어, 절대!! 나랑 이혼하면 니네 관계! 기자들한테 다 말하 겠어. 나야 상관없어. 하지만 김수아는 어떻게 될까? 미국에서 지금 한창 잘 나가는 커리어우먼일 텐데 아, 물론 지금은 아기 가져서 쉬 고 있지만. 7개월이라지? 대단해. 너랑 헤어지고 독고준⋯⋯."

"입 닥쳐!! 한 번만 더 그런 얘기 했다가는 정말 이 자리에서 죽을 줄 알아!! 그리고 상관없어!! 잊었⋯ 잊었으니까!"

쾅!!

병실 문을 닫고 나와 버렸다. 더 이상 예영에게 아무 말도 할 수 없 었으니까. 이서진⋯ 너도 거짓말 잘한다. 잊었다⋯ 잊었다고? 거짓 말. 한순간도 잊은 적 없잖아. 한순간도⋯ 잊어버린 적 없잖아⋯⋯. 지금도 아프잖아⋯ 그립잖아⋯⋯.

복잡한 머리를 정리하려고 나는 차를 타고 집으로 향했다. 노란 가 로등이 하나씩 꺼지고 있는 새벽녘의 길, 고요하다. 너무⋯⋯ 김수 아⋯ 김수아⋯ 최예영⋯⋯ 최예영⋯ 이런저런 생각으로 차를 운전해 가고 있는데 순간 하얀 물체가 내 앞으로 휙 지나갔다. 그리고 나는 그 물체를 피하려고 핸들을 돌리는 순간⋯⋯

쾅―!!

어느샌가 전신주를 들이박고 내 차는 공중을 날고 있었다. 아마 내 가 도로 밖으로 튕겨져 나간 것 같다. 점점 눈이 감긴다. 몸이 나른해 져 옴을 느끼고 있다. 이마에서 뜨거운 액체가 흘러내리고 있다. 점 점 감기는 눈 안으로 하나둘씩 사라지는 샛별들이 보이기 시작한다.

'수아야⋯ 나 눈이 감긴다. 자꾸⋯ 나 너 찾으러 가야는데. 나⋯

너 다시 찾아올 건데… 그런데 못 움직이겠다… 수아야… 수아야…
보고 싶다. 정말 사랑… 한다……. 사랑해…….'

얼마나 오랜 시간이 지난 걸까? 의식이 없는 동안 나는 컴컴한 어
둠 속을 걷고 있었다. 정말 내가 죽은 걸까? 정말… 내가 죽은 거야?

한참을 그렇게 헤매고 있는데 누군가가 내 손을 잡았다.

"누구야!!"

나는 내 손을 잡은 사람을 바라보았다. 그런데 아… 머리가 너무
아프다. 너 도대체… 누구야?

"누구지?"

그 여자는 아무 말도 하지 않았다. 다만 그 검은 눈동자가 조금씩
젖어 들어가고 있다는 것을 알 수 있었다. 누구길래 날 보고 우는 거
지?

「포기하지 마… 서진아, 포기하지 마. 사랑해… 사랑해.」

포기하지 말라면서 사랑한다면서 나에게서 점점 멀어져 가는 여
자. 도대체 누구지? 생각하려고 하면 머리 속이 깨지는 것 같다.

"기다려!! 기다리구!! 너… 누구야!!"

헉! 온몸에 땀이 비 오듯이 흘러내리고 있었다. 그리고 순간 머리
에 통증이 왔다. 주위를 둘러보았을 때 내 눈에 들어온 것은 여러 개
의 과일 바구니와 꽃 바구니, 그리고 침대에 살짝 기대어 누워 있는
한 여자였다. 누구지? 나는 그 여자를 흔들어서 깨웠다.

[이봐요. 이봐요.]

"으음… 어!! 서, 서진아!! 깨어났구나!! [선생님!! 선생님!!]"

[젠장!! 소리 좀 그만 지를 수 없어요!! 머리가 깨져 버릴 것 같다구!! 그런데 여긴 어디고… 당신은 누구야?]

[서, 서진아 나야, 예영이. 나라구……]

나를 흔들리는 눈으로 바라보고 있는 그 여자를 바라보았다. 그런데 꿈에서 보았던 여자, 아니, 그 여자는 아니지만 조금은 닮은 듯 보였다. 예영이… 누구지? 한참을 생각하고 있는데 의사가 안으로 들어왔다.

[저기… 선생님… 서진이가… 기억을……]

[제가 미리 말씀드리지 않았습니까, 머리에 충격이 워낙 커서 일시적으로 기억을 잃을 수도 있다고… 그게 언제까지 지속될지는 모르겠지만 더 경과를 두고 봐야겠습니다. 아무튼 깨어나서 정말 다행입니다. 그럼.]

뭐? 내가 기억 상실이라구? 왜… 어째서… 나는 우두커니 서 있는 예영이라는 여자를 바라보았다. 그 여자는 나의 시선에 조금 당황해하는 것 같더니 이내 환하게 웃어 보인다. 저 여자는 누구인데 나한테 그렇게 따뜻한 미소를 보여주는 거지?

[아, 우선 내 소개부터 할게. 난 최예영이야.]

[최… 예영? 그런데 나하고 무슨 사이지?]

[아… 그러니까 우리는 부부야……]

[부부? 우리가 결혼했다고? 하… 말도 안 돼.]

[진짠걸. 어… 아!! 우리 아이도 있어. 딸이야, 예쁜……]

[딸? 아악!!]

[왜 그래? 서진아, 많이 아파? 서진아, 왜 그러는 거야!!]

[거, 건들지 마. 그냥 조금 머리에 통증이 왔을 뿐이니까. 미안하지만 하나도 기억나지 않아. 아무것도… 난 니 얼굴도 모르겠어. 니가 누군지도 모르겠다고. 그런데… 그런데 왜 이렇게 니 얼굴을 보면 가슴 한구석이 아픈 걸까? 아니, 널 보면 그 여자가 생각나.]

[누, 누구?]

[몰라… 내 꿈속에서 나를 잡아주었던… 그 여자. 사랑한다고 말해주던 그 여자가 널 보면 생각나서 아파… 아파…….]

점점 예영이라는 여자의 얼굴이 흐릿하게 보인다. 너무 졸립다. 또다시 잠을 자야 할 것만 같다. 그래야 그녀를 볼 수 있을 것 같다. 내 손을 놓지 않던 그녀가 너무 보고 싶다. 왜 그럴까? 왜 계속 내 머리 속에서 떠나질 않는 거지?

한 달이 되어가고 있음에도 나는 아무것도 기억해 낼 수 없었다. 늘 내 옆에서 환하게 웃어주면서 나에게 많은 이야기를 해주는 예영이와 딸 해지. 기억해 내고 싶다. 내 소중한 사람들을… 기억해 내고 싶다. 기억해 내고 싶다. 정말… 간절히…….

[서진아~ 서진아~]

[어, 왜?]

[서진아, 정말 좋은 곳이 있어. 바다가 한눈에 다 보여!! 진짜야, 이리 와서 봐봐~]

예영이와의 여행. 바다를 보고 싶다고 하던 예영이를 위해 나가사

키에 왔다. 바다 하면 이국적인 이곳이 제일이라는 생각과 함께 아련
한 기억이 내 머리 속을 스쳤기 때문이다. 예영이의 손에 이끌려서
간 곳은 정말 아름다웠다. 푸른 파도와 하얀 등대… 등대…… 등대!!
내 머리 속으로 한 여자의 모습이 보인다. 딱 한 번 내 꿈속에 나왔던
여자… 그녀가 스쳐 지나갔다.

"야!! 그렇게 멋있냐?"
"응!! 지금까지 내가 봐온 것들 중에서 최고야!"
"와~ 김수아, 그럼 또 감동먹은 거야?"
"어… 아무래도 그런 거 같아."

그리고 여자의 환한 미소와 함께 내가 행복한 듯 웃고 있다. 바닷
바람을 맞으면서 행복해하는 여자의 모습에 나도 행복한 것 같았다.

"이 바다… 영원히 기억해라. 나랑 왔다는 것도 잊지 마."
"잊고 싶어도 잊혀지지 않을 것 같은데 너는 잘 모르겠다."
"어? 김수아, 너 이러기냐!! 다시는 이런 데 안 데리고 온다!!"
"싫어, 싫어! 그래, 안 잊어버릴게!"
"에휴, 정말 단순한 김수아 양. 하긴 이래서 놀려먹기는 좋지만."

젠장!! 나는 바다를 뒤로하고 차로 뛰어가기 시작했다.
[서, 서진아!!]

나를 부르는 예영이의 목소리를 뒤로하고 달렸다. 그리고 차를 운전해 익숙하게 그곳을 향해 달렸다. 높은 돌계단 위에 위치한 하얀 교회. 천천히 한 계단씩 올라갈수록 왜 이렇게 가슴이 뛰는 건지 모르겠다. 그리고 왜 이렇게 눈시울이 뜨거워지는 것인지 모르겠다. 젠장!! 도대체 왜!!

"이거… 놔!"
"……."
"이서진!! 이거 놓으라구!! 놔!! 놔!!"
"약속했잖아, 오늘 하루 동안은 너를 나한테 맡기겠다고."
"그건… 그건……."
"아무 말도 하지 말고 오늘만 정말 오늘만 내가 하자는 대로 하자. 응?"

내 손에 이끌려 내 뒤를 따라오고 있는 웨딩드레스를 입은 여자와 턱시도를 입은 나. 너무나 하얀 나의 신부… 나의 신부 김수아. 그리고 그녀의 입에서 흘러나오는 달콤한 고백과 내 품 안에 가득 느껴지는 그녀만의 향기.

"하나님, 저는 오늘 이서진이라는 남자를 평생 제 반려자로 맞이할 것을 맹세합니다. 허락되지 않을 사랑이라는 거… 세상이 반쪽 나도 안 되는 사랑이라는 것… 알고 있습니다. 그렇지만 하나님께서는 허락해 주시겠지요? 사랑이 제일이라고 말하셨으니까… 사랑이 제일이라고… 이 남자를 알고 난 후로 운명 앞에서는 도망칠 수 없다는 것을 알았습니다. 그리고 이 남자가 제 운명이라는 것을… 부정할 수가 없습니다. 제가 이 남자를 가져도 되겠습니까?"

끼이익—

교회 문을 열고 난 천천히 발걸음을 옮겼다. 그 교회로 신이 내게 그녀를 허락한 그곳으로 나는… 나는 그래, 김수아 니가 이겼어. 나는 너를 잊지 못한다. 하… 비참하게도 너는 나를 떠났지만… 나는 너를 떠날 수가 없다. 나는 너를 지울 수가 없다. 내 눈가에서 눈물이 흘러내린다. 이제 내 곁에 그녀는 없다. 오직 나 홀로 다시 이곳으로 돌아온 거다. 더 이상 날 사랑하지 않는 그녀… 왜 또 가슴이 아파오는지 모르겠다.

"김수아… 널 사랑한 만큼 나는 너를 용서할 수 없다. 나를 속인 최예영보다도, 너를 빼앗아간 독고준보다도, 다른 사람은 용서할 수 있어도 너는 용서할 수 없다. 널 사랑한 만큼… 너를 용서할 수 없다. 김수아……."

김수아… 나는 이제 널 사랑하지 않을 거다. 아니, 너를 잊을 거다. 잊을 수 있을 거야. 더 이상 비참해지기는 싫으니까. 더 이상 너를 내 기억에 남겨두기 싫다. 그러기 위해선 널 밀어내야 해. 널… 망가뜨려야 해. 그래서 내 자신 스스로가 날 증오하도록 널 사랑할 자격이 없어지도록 보내줄게. 넌 나를 더 이상 사랑하지 않으니까… 더 이상 나도 지쳤어. 사랑이 이렇게 힘든 건 줄 몰랐어. 그렇지만 이거 하나만 기억해라. 이서진이… 김수아를 사랑했다고… 사랑… 했다고…….

그녀가 돌아왔다. 3년간 내 기억 속에서 한 번도 잊혀지지 않았던 그녀가 환하게 웃고 있다. 내 곁을 떠났던 그 순간처럼 여전히 아름다웠다. 하지만 난 철저하게 그녀를 모른 척했고, 예영과의 관계 또한 행복해 보이기 위해 노력했다. 하지만 난 그녀를 보고 싶어하는 내 마음까지 다스리지는 못했다.

다음날 예영이 수아와 독고준을 저녁 식사에 초대하자는 말을 핑계로 수아를 찾아갔다. 그렇다고 보고 싶었다는 눈빛을 전할 수는 없었다.

[서진아, 왔어?]

집에 도착하자 예영이가 대문 앞까지 나와 나를 반갑게 맞이했다. 훗, 뭐가 그리 궁금해서 여기까지 나온 거냐, 최예영. 아마 김수아에 대한 이야기겠지?

[어, 저녁 식사 초대했어. 들어가자. 피곤하다.]

[그러니까 내가 한다고 그랬잖아. 들어가자.]

내가 피곤해서가 아니겠지? 내 기억이 돌아올까 봐 무서운 거겠지. 최예영, 너란 여자… 정말 무서운 거 알아? 정말 무서워.

나는 수아와의 만남을 계속 유도했다. 집으로 초대해 아주 뜻깊은 저녁을 먹었음은 물론 우리의 추억이 담긴 횟집으로도 초대했다. 하지만 지금의 수아 환경에 대해 알아갈수록 나의 이런 태도에 복수라도 하듯… 계속 배신감을 느낄 만한 일들뿐이었다. 한 달 뒤에 독고준과 치러진다는 결혼식 소식과 우연히 보게 된 수아의 애기… 하람이.

회사로 돌아온 나는 비서에게 아이에 대해 알아보도록 시켰다. 왜 이렇게 그 아이의 웃음이 내 머리 속에서 떠나지 않는지… 왜 이렇게 그 아이에 대해서 내가 이렇게 집착하는지를 깨부숴야 했다. 나는 확인사살을 한 것이야. 확인사살.

업무가 끝나갈 때쯤 비서가 들어왔다.

"그래, 알아봤나?"

"네. 그런데 아이의 이름은 독고하람이 아니라 김하람이었습니다. 그리고 미국으로 가기 전에 이미 임신한 상태였다고 합니다. 여기 아이의 출생 날짜와 특이사항입니다."

나는 비서가 건네준 서류를 읽어 내려갔다. 19☆O년 1월 15일생… 혈액형은 O형이라… 훗!! 김수아, 아주 깜찍한 짓을 하셨군.

"그런데 아이가 말을 못한다고 하더군요."

"…왜?"

"글쎄… 그건 잘 모르겠습니다. 그러나 고치면 고칠 수도 있다고 들었습니다."

"수고했어요. 나가보세요."

갑자기 기분이 좋아졌다. 그녀가 내 아이를 낳아서 기르고 있다. 알 수 없는 기분이었다. 그때…….

"예전에 우리 엄마가 내 이름을 그렇게 짓고 싶었대. 하늘이 내리신 소중한 사람이라는 뜻이래. 어때? 죽이지? 우리 꼭 나중에 우리 아기가 태어나면 그렇게 짓자. 너와 내 아기라면 그 정도 이름은 가져도 되지 않겠어?"

설마 그래서 아기 이름을… 날 사랑해서? 아니, 아닐 거야. 그래, 아닐 거야. 김수아 성격이라면 차마 지울 수 없었겠지. 하, 그래, 그런 걸 거야. 그래, 김하람이라… 좋아, 어디 한번 해보자구. 그리고 착각하지 마라, 이서진. 그녀는 더 이상 너를 사랑하지 않아. 그녀가 사랑하는 건 독고준과 하람이뿐이야.

하람이가 내 아이란 말을 들었을 때 나에겐 알 수 없는 설레임이 생겼다, 그녀가 아직도 날 사랑하고 있지 않을까라는 미련에. 그렇게 나는 바보같이 니가 아직도 날 사랑하고 있을 거라는 생각을 했어. 정말 한심하지. 내가 이렇다니까. 너만 보면 아무런 생각도 할 수 없게 되어버려. 너만 보면 저절로 눈가가 뜨거워져. 왜 그럴까? 김수아, 왜 그럴까? 그녀가 아파하도록 차갑게 대하고, 모른 척하고, 심한 말도 했지만 정작 상처받는 것은 나 자신이었다. 그녀가 흘리는 눈물 한 방울, 상처 하나가 메아리처럼 나에게 다시 되돌아왔다. 그렇지만 흔들려서는 안 된다.

두 번째 회의가 끝난 후 모두가 빠져나간 회의장에서 나는 그녀는 불러 세웠다. 그리고 지금까지 그녀를 본 순간 내가 하고 싶었던 일을 그대로 시행했다. 그녀의 입술에 키스를 했다. 그런데 왜 이렇게 그리운 거지. 아니야, 그럴 리가 없어!! 난 더 이상 널 사랑하지 않아. 널… 널……!

앙칼진 목소리로 내려달라고 외치는 그녀의 말을 무시한 채 집까지 끌고 왔다. 그리고 그녀의 몸을 가졌다. 아무런 감정도 없이, 조금의 설레임도 없이 그렇게……. 김수아, 시작이야. 내가 당한 고통만큼 그대로 너에게 안겨주겠어.

그 일이 있은 후 수아는 늘 내 앞에서 긴장을 했다. 당연한 일일 수도 있겠지만 왜 이렇게 가슴이 아픈 걸까… 왜…….

나는 호텔 지하 바에서 열리는 파티에 수아와 독고준을 불렀다. 물론 이것도 그녀의 숨통을 조이기 위한 한 가지 방법이었지만 난 무너지고 말았다. 그녀에게 바 화장실 복도에서 했던 키스. 왠지 나도 모르게 내 입술을 그녀의 입술에 가져다 댔을 뿐인데… 그녀를 상처 입게 하려고 했을 뿐인데… 내 입술이 타 들어가는 것만 같았다. 너무 그리웠던 느낌.

그녀가 사랑한다고 말하고 있다. 나는 술에 취해 잘못 들었으리라 생각했다. 아니면 그녀가 또다시 나에게 동정을 베푸는 것일지도 모르고. 아니, 어쩌면… 두려웠을지도 몰라. 내가 부숴 버린다고 했으니까. 그녀가 사랑하는 모든 것을 다 부숴 버린다고 했으니까.

그 말을 들은 후부터 진정이 되지 않던 나는 아무 일도 못한 채 그저 창밖만 보고 있었다. 그런데 정문 앞에 그녀가 홀로 서 있다. 그 모습을 본 나는 나도 모르게 사무실을 뛰쳐나갔다. 그러나…….

역시 넌 내가 가질 수 없는 존재… 우린 너무 오래 각자의 길을 와 버렸어.

세 번째 회의 때 난 성호그룹과의 계약을 체결할 것을 지시했다. 하지만 회의실 밖을 빠져나올 때까지 왜 내 눈은 그녀를 향하고 있는 건지……. 회의실 문이 닫히는 순간 독고준과 그녀의 포옹 장면이 왜 내 머리 속에서 사라지지 않는 건지. 아마 내가 아직도 그녀를 사랑하고 있어서일까? 김수아, 행복해라. 이젠 정말 니가 원하는 대로 잊어줄게. 이게 내가 너에게 해줄 수 있는 마지막 일일 테지. 행복해라, 니가 행복하면 나도 행복해질 거야. 난 너니까. 사랑한다, 아니, 사랑했다……. 그렇게 생각할게. 너무 늦게 알았어. 나는 너를 지울 수 없다는 사실을… 너한테서 벗어날 수 없다는 사실을… 너무 늦게 알았어. 바보처럼…….

그녈 찾는 것도 포기하고 이렇게 여기서 그대를 기다려 보았습니다. 기다린 보람 때문이었을까요. 그녀가 다시 이곳으로 돌아왔습니다. 그러나 나는 내 마지막 기다림의 끈을 놓았습니다. 이제는 내가 없어도 행복해하는 그녀를 보면서 그녀를 보내주었습니다. 그대여, 행복하소서. 그리고 그대여, 나를 잊지 말아주소서. 절대 올 수 없는 그대를 알면서도 가디릴 수밖에 없는 나를…… 불쌍한 나를…….

#5 ―행복 뒤에 숨겨진 불행

#5 —행복 뒤에 숨겨진 불행

호텔로 돌아오는 차 안에서 환하게 웃는 준과는 달리 수아는 무언
가 알 수 없는 쓸쓸함에 빠져 있어야만 했다.

"수아야, 우리 결혼식은 그냥 한국에서 할까? 니 웨딩드레스는
아!! 하나 씨한테 부탁하자. 그리고 결혼식은 야외로 할까? 5월의 신
부 어때? 정말 근사하지? 수아야, 무슨 생각을 그렇게 해?"

"네? 아, 좋아요, 좋아요. 하……."

"김수아, 정신 차려라. 이젠 나한테 기대면 돼. 넌… 내 여자니까."

아무 말 없이 수아의 손을 잡는 준. 그런 준을 보면서 수아는 쓴웃
음을 지어야만 했다. 이젠 정말로 이 사람과 결혼해야 하니까. 자신
의 옆에 영원히 하람이와 함께 갈 사람은 이제 이 사람이니까……

그렇지만 수아는 터져 나오는 눈물을 감출 수가 없었다.

"미, 미안해요. 잠깐 차 좀 세워줘요."

"수아야, 왜 그래? 어디 아픈 거야?"

"잠깐만 세워보라구!!"

수아의 고함 소리와 함께 멈춰진 차. 수아는 차에서 내려 자신을 부르는 준의 목소리를 뒤로한 채 회사 쪽으로 뛰기 시작했다. 그렇지만 회사에 닿지 못하고 수아는 길가에서 주저앉을 수밖에 없었다.

투둑.

그녀의 눈가에서 떨어진 눈물들이 길을 적시고 있었다.

"흐흑……. 어쩌면 좋지. 흑… 안 되겠어… 정말… 흑……."

뚜벅뚜벅.

주저앉은 수아를 커다란 그림자가 감추어 버린다. 독고준이겠거니 하는 생각에 고개를 들지만 그녀 앞에 서 있는 사람은 놀란 듯한 눈으로 자신을 바라보고 서 있는 서진이었다. 그였다. 자신을 이곳까지 뛰어오게 만든 장본인… 이서진이었다.

"수, 수아야, 여기 왜 이러고 있는 거야?"

"서, 서진아! 흑… 흐흑… 서진아… 나… 못하겠어."

서진은 울고 있는 그녀에게 다가가고 싶었지만 이내 수아에게 내민 손을 거두고 말았다. 더 이상은… 다가서서는 안 된다. 그녀를 보내야 한다는 생각에 서진은 그녀에게 다가서지 못했다.

"서진아, 다 거짓말이야."

"뭐라구?"

"거짓말이야. 나 너 사랑하지 않는다는 말… 다 거짓말이야, 다!! 다 거짓말이라구!! 내가 사랑하는 건… 너 하나야. 너 하나밖에는 없다구… 흑, 사랑해. 서진아, 사랑해. 흑흑……."

"기, 김수아, 잘들어. 니 말이 거짓말이라고 해도 이젠 상관없어. 내가… 나 이서진이 널 잊었으니까. 미안하다. 이젠 널 안아줄 수가 없어. 미안하다. 돌아가라."

수아에게 그가 남긴 말은 절망뿐이었다. 이젠 정말 끝인가 보다. 이젠 다시는 그에게 돌아갈 수 없는 건가 보다. 수아는 자신을 바라보지 않는 서진을 뒤로하고 돌아선다. 그리고 말했다. 눈물로 마지막이 될 고백을…….

"서진아 다… 다 잊어도 좋은데 이거 하나만 부탁할게. 기억해 줘. 내가… 김수아라는 여자가 널 사랑하는 것… 다시 태어나도 널 사랑하고 있을 나를 기억해 줘. 잊지 마."

수아는 감은 두 눈을 다시 뜨고 한 걸음씩 발걸음을 옮기기 시작한다. 다시는 볼 수 없겠지… 이젠 니 이름을 불러볼 수도 없겠지. 이젠 너한테 사랑한다는 말… 할 수 없겠지. 서진아… 서진아, 안녕… 사랑해.

수아가 자신의 얼굴에 흐르는 눈물을 닦으려는 순간 돌려 세워졌다. 그리고 이내 익숙한 향기가 그녀의 코끝에 스친다. 그리고 따뜻한, 너무 그리웠던 이 느낌… 서진이었다. 그가 그녀를 돌려 세워 자신의 품으로 끌어당겨 안았다.

"김수아, 왜 사람을 바보로 만들어. 왜 마음 다잡아놓으면 흔드냐 말야!! 왜!! 간신히 잊으려고 했는데… 보내주려고 했는데 왜 사람 맘을 흔들어. 왜 사람 또 미치게 만드냐구!! 다시는 보내주지 않아. 이젠 나도 어쩔 수 없어. 니가 이렇게 만들어 버렸으니까. 니가 날 사랑하지 않는다고 해도 이젠 보내지 않아. 다시는 떠나지 마. 사랑해. 한순간도 잊은 적 없어. 너를… 지금도 이렇게 그리운 너를 어떻게 잊을 수 있어. 사랑한다, 수아야. 정말 사랑해……."

"서진아… 흑……."

서진은 아무 말 없이 수아를 껴안고만 있었다. 수아 역시 아무 말 없이 서진의 품에 안겨서 눈물만 흘리고 있었다. 이런 연인의 모습을 바라보고 있던 한 사람… 독고준. 그의 어깨가 떨리는 것 같았다. 그리고 그는 잔인한 눈으로 수아와 서진을 바라보고 있었다.

'김수아… 나한테서 도망가시겠다? 그럴 순 없지… 놓아주지 않아. 넌 나를 떠나지 못해. 이제 넌 내 것이니까. 난 내 건 빼앗기지 않아.'

"가자."

차 창문이 닫히면서 사라지는 독고준의 차. 수아와 서진은 알지 못했다. 자신들의 사랑이 얼마나 큰 희생이 따를지를… 그들은 몰랐다.

자신의 차에 수아를 태운 서진은 아무 말 없이 그녀의 손을 잡고 있었다. 혹시라도 다시 그녀가 거짓말이라면서 도망갈까 봐. 수아는 그런 서진의 마음을 안다는 듯이 그를 향해서 웃어줄 뿐이었다.

"수아야, 나 이혼할 거다."

"…서, 서진아?"

"너 때문만은 아니야. 훗, 예영이가 낳은 아이… 내 아이가 아냐. 용서해 주려고 했어. 하지만 날 속인 예영이를 용서할 수가 없다. 그래서 내 옆 자리가 비거든. 니가 내 옆 자리 채워줄래? 김수아… 나랑 결혼하자."

수아는 아무런 생각도 할 수 없었다. 결혼하자는 그의 말에 가슴속에 무언가가 가득 차는 것만 같았다. 아무 말 없이 수아는 고개만 끄덕일 뿐이었다. 그리고 그녀는 다짐했다, 도망가지 않겠다고. 다시는 서진이를… 잡은 손을 놓지 않겠다고 그녀는 다짐했다. 예전처럼 두렵지 않다. 자신의 사랑이 두렵지 않았다.

"하람이… 보러 가도 되는 거지?"

호텔 로비에서 서진은 조심스럽게 수아에게 말을 건넨다. 수아는 머뭇거리는 서진이 너무 귀여워서 웃음만 나올 뿐이었다. 얼마 만에 느껴보는 행복인지. 수아는 지금 서진과 함께 있는 이 순간이 너무 행복할 뿐이었다.

"당연한 걸 왜 물어? 같이 올라갈래?"

"아니, 다음번에. 지금은 너무 쑥스러워서. 나… 간다."

뒤돌아서서 가던 서진이 갑자기 걸음을 멈추고 되돌아오기 시작한다. 그러더니 수아의 앞에 우뚝 선 서진.

"김수아… 이거 꿈 아니지? 그런 거지? 다시는 나한테서 도망가지 않을 거지? 이젠… 도망가지 말아라. 사랑한다, 김수아. 처음 본 그 순간부터 사랑했다. 그리고 앞으로도… 너만 사랑할 거다. 잘 자."

이렇게 말하며 수아의 이마에 살짝 키스를 하고 다시 돌아서서 가

는 서진. 그런 서진의 행동에 수아는 어색했지만 그녀의 마음은 행복
으로 가득 찼다. 그리고 엘리베이터를 타려는 순간 누군가가 수아의
손목을 낚아채어 호텔 밖으로 걸어나오고 있다. 수아는 보지 않아도
알 수가 있었다. 그가 누군지… 독고준 그였다.

수아의 손목을 놓지 않고 한참을 걸어온 곳은 호텔 정원의 분수대
앞이었다. 여러 색깔의 불빛으로 장식된 물줄기들이 하늘을 향해서
솟아오르고 있었다.

"수아야, 미국으로 돌아가."

"네? 아직… 이번 일도 마무리되지 않았는데 좀 더……."

"아니, 이곳 일은 다른 사람한테 맡겼어. 미국으로 돌아가!! 가서
결혼할 준비 해. 여기 일은 내가 알아서 할 테니까."

"준이 씨… 있잖아요, 이번 일……."

"김수아, 나 장님 취급 하지 마! 니가 여기 있어하고 싶어하는 이
유… 그 자식 때문인 거 아니까. 김수아, 잘 들어. 난 너 안 보내. 아
니, 안 보내줘! 이서진 그 멍청한 자식은… 훗, 너 사랑해서 보내줬을
지도 몰라도 나는 아니야. 나는 너 못 보내!! 비행기 표 예약해 놨어.
내일 오전 10시 비행기야."

준이 할 말을 다 마치고 돌아서려고 하자 수아가 그의 어깨를 붙잡
는다. 걸음을 멈추고 돌아서서 수아를 바라보는 준.

"미안해요. 나… 나 이 결혼 못해요. 나 준이 씨를 사랑할 자신…
없어요. 나… 서진이 아닌 다른 사람은 생각할 수 없어요. 미안해요.
알아요. 나 정말 나쁜 여자라는 거… 나한테 넘치는 사랑 준 당신한

테 못할 짓이라는 것 아는데… 흑… 흐흑… 못하겠어요. 나 못
하……."

수아는 더 이상 말을 이을 수가 없었다. 자신의 머리를… 잡고 키
스를 해오는 독고준 때문에… 밀어내려고 할수록 그는 더욱더 힘을
줄 뿐이었다. 이윽고 수아의 입술에서 자신의 입술 뗀 독고준이 입을
열었다.

"김수아, 잘 들어. 이건 경고야. 아무리 내가 사랑하는 여자라고
해도 내 뒷통수치는 건 용납 못해. 나한테서 도망칠 수 있다는 생각
은 하지 마."

멍해져 있는 수아를 내팽개친 채 걸어가던 그가 걸음을 멈추고 웃
으면서 말한다. 예전처럼 따스한 웃음이 아닌 차갑다 못해 서늘한 웃
음을 지으면서 말한다.

"아… 김수아, 하람이 내가 먼저 미국으로 보냈어."

수아는 더 이상 서 있을 수 있는 힘도 없이 주저앉고 말았다. 하람
이… 자신의 아들을 미끼로 그는 자신을 묶어두려고 하는 것이었다.

'서, 서진아 어떡하지. 우리 하람이… 나는 너에게 갈 수 없는 걸
까? 나는 니 사랑… 받으면 안 되는 거니…….'

한편 서진은 수아의 고백에 가슴이 터질 것만 같았다. 저절로 노래
가 흥얼거려질 정도였다.

[사장님, 무슨 좋은 일 있으십니까?]

기사의 물음에도 서진은 그저 생글거리면서 웃을 뿐이었다. 집에

도착하자 익숙한 모습의 예영이가 그를 기다리고 있었다, 대문 밖에서 자신의 딸 해지를 안고. 그의 차를 발견하고 환하게 웃고 있었다. 이제 서진은 가식적인 예영의 모습에 구역질만 나올 뿐이었다. 한때 자신이 사랑한 여자가 맞을까 싶을 정도로 그녀를 변해 있었다. 너무… 너무…….

[잘 다녀왔어? 해지야, 아빠 오셨네. 인사해야지.]

[최예영, 아이 내려놓고 따라 올라와. 할 말 있어.]

[어, 그래. 아줌마, 해지 좀 받아줘요.]

2층의 서재로 올라온 서진과 예영. 서진은 천천히 의자에 앉았다. 그리고 예영도 서진을 따라 앉았다.

"최예영……."

"어… 서, 어… 서진아, 한국… 말을…….."

"내 말 똑똑히 들어, 최예영. 니 스스로 떠나. 이게 내가 너한테 주는 마지막 배려야. 더 이상은 참을 수가 없다. 아주 잘 봤어, 니 연극. 최예영은 정말 대단해. 확실히 연극 배우다워. 전혀 티나지 않던걸. 훗, 정말 웃겨. 왜? 내가 기억이 돌아와서 유감인가?"

서진의 입에서 한국어가 나올 때마다 예영의 몸은 사시나무 떨리듯이 떨렸다. 옷자락을 움켜준 예영의 손에 더욱더 힘이 들어가고 그녀의 손등 위로 눈물이 떨어지기 시작한다.

"왜? 또다시 연기할 셈인가? 언제까지 날 속일 수 있다고 생각했어? 집어치워, 최예영. 한때 널 사랑한 내 마음이 증오스러워. 당장 니 딸 데리고 떠나. 이혼하자. 더 이상은 널 볼 자신이 없다."

서진은 그렇게 차가운 말들만 남기고 일어섰다. 그때 예영은… 자신의 눈물을 닦고 서진을 쳐다본다. 아주 당당한 눈빛으로.

"이서진… 나도 너 놓아주고 싶은데 어쩌지? 나 임신했는데… 이번엔 확실히 니 아기야. 5개월이라는데 어쩌지? 와~ 이서진 운없다."

"그래? 지워."

"뭐… 뭐라구?"

예영은 당황할 수밖에 없었다. 그의 말투에는 차가움이 뚝뚝 떨어져 나왔다.

"지우라고. 일주일 후에 서류 갈 거야. 위자료는 충분히 줄 테니까 깨끗하게 끝내자."

쨍그랑!!

무언가가 깨지는 소리가 나서 서진은 예영을 바라보았다. 예영은 유리 조각을 자신의 목에 들이밀고 있었다.

"주, 죽어버릴 거야!! 서진아, 니가 나 버리면 나… 이 자리에서 죽을 거라구. 이 자리에서 내 뱃속에 있는 아기하고 같이 죽어버릴 거라구!!"

"그럼 죽어."

"뭐… 뭐라구……?"

"죽으라고. 이젠 그런 협박은 나한테 안 통해. 너라는 여자… 잘 아니까."

탁!

서진이 서재에서 나가고 예영은 자신이 잡고 있던 유리 조각을 떨어뜨리고 주저앉아 버렸다. 도저히 더 이상 붙잡을 수가 없었다. 그의 눈동자에는 없었으니까. 눈곱만큼의 따스함도 없었다. 차가움만이 가득한 눈으로 자신을 바라보고 있었다. 그 순간 예영의 머리 속에 스친 기억.

"엄마!! 미쳤어!! 어떻게… 그런 짓을 해!!"

"그럼 너 이혼당할래?! 그건 안 된다!! 우리 집안이 어떤 집안인데!! 아무튼 엄마가 하라는 대로 해."

"싫어!! 못해. 어떻게 그런 짓을 해. 서진이가 모를 것 같아?"

"넌 엄마가 시키는 대로 하기만 하면 되는 거야. 이미 미혼모 한 명 찍어놨어. 3개월이라고 하더라."

"허, 임신한 척하라구? 어떻게 그래!! 나중에 배 부르면 어떻게 하려구!!"

"넌 걱정 말라니까. 엄마가 알아서 다 할게. 설마 이 서방도 지 자식 가진 널 버리겠니? 걱정 마. 엄마만 믿어."

그렇게 나는 엄마가 시키는 대로 서진이에게 임신했다고 말했다. 그러자 서진이는 쓸쓸하게 웃으면서 좋은 아빠가 되겠다고 말했다. 순간 서진이에게 미안하다는 생각이 들었지만 어쩔 수 없었다. 그를 보내긴 싫었으니까……

그런데 시간이 지날수록 난 들키지 않을까 하는 불안감 속에 살아야만 했다.

"엄마, 나 못하겠어. 정말 숨 막혀서 죽을 거 같아."

"2개월만 참아. 그게 얼마짜린지 알아?"

"내가 먼저 죽을 거 같아!! 못하겠어!"

"이놈의 기집애가!! 그럼 2개월간만 집에 있어."

그렇게 나는 엄마가 정해놓은 미혼모가 아기를 낳을 때까지 한국에 있었다. 아기 낳기 전에 잠시 서진이에게 갔다 오고 난 후 나는 다시 한국으로 돌아왔다. 좋은 아빠가 되겠다던 서진이의 말이 아직도 내 귓가에 맴돌고 있었다. 그를 속이는 짓인데… 미안하지만 안 된다! 여기까지 온 이상 더 이상은 포기할 수 없으니까. 그 미혼모가 낳은 아이는 딸이었다. 그런데 신기하게도 나를 너무 닮았다. 그래서 서진이도 의심하지 않았던 아이. 그가 너무 사랑해 주었던 아기. 그 아이가 해지였다.

"이서진… 이젠 나도 못 물러나!! 안 돼!! 내가 어떻게 여기까지 왔는데 그럴 수 없어!! 절대! 아가야, 걱정 마. 엄마가… 지켜줄게… 우리 아기……."

예영은 자신의 배를 쓰다듬으면서 중얼거렸다. 그녀 역시 이젠 사랑이 아닌 집착으로 변해 버린 사랑 앞에서 더 이상 멈출 수 없었다.

예영은 서진에게 헤어지자는 말을 들은 다음날 수아를 찾아갔다. 수아라면 자신이 죽는 걸 보고 있지는 않을 테니까. 서진을 붙잡을 수 있는 마지막 기회. 부들부들 떨리는 손으로 노크를 했다. 문이 열리고 예영의 눈에 수아의 모습이 보였다. 그런데 예영은 왠지 모르게 가슴이 아파왔다. 빨개진 수아의 눈을 본 순간…….

"어, 언니구나. 웬일이야?"

"이렇게… 세워놓을 거야?"

"아, 미안. 들어와."

수아를 따라 방 안으로 들어온 예영은 창문가에 놓인 의자에 앉았다. 그리고 심호흡을 하고 입을 열려는 순간,

"언니, 무슨 이야기 하려고 하는지 알아. 그래서 말인데, 나 그 말 안 들으면 안 될까? 언니가 걱정하는 일 안 생길 거니까 걱정 말고 돌아가 줘. 나 결혼할 거야, 독고준 씨랑……."

"수, 수아야…….."

"훗… 역시 사람은 아무리 원해도 이뤄질 수 없는 게 있나 봐. 난… 나한테 잘못이 있다면… 한 남자를 만나서 사랑한 것밖에는 없는데… 그런데 그게 그렇게 큰 죄야? 언니 남자여서? 사랑하면 안 되는 사람이니까? 그렇지만 날 그 사람한테 데려다 준 건 언니야… 내가 원해서 그런 게 아니라구!! 언니였어… 그런데 왜 내가 아파해야 하는 건데. 왜!! 늘 이렇게 그리워하면서 슬퍼하면서 아파해야 하는 건데. 돌아가… 이젠 언니 앞에도… 서진이… 아니, 형부 앞에도 나타나지 않을 테니까."

예영은 더 이상 아무 말도 할 수 없었다. 아니, 뭐라고 하기 전에 왠지 자신의 가슴 한구석이 내려앉는 것만 같았다. 어쩌면 이 일을 이렇게 만든 것은… 자신 때문일지도 모른다.

예영이 자신의 호텔 방에서 나가는 것을 확인한 수아는 그 자리에서 주저앉고 말았다. 또다시 어긋나는 운명에 눈물을 흘려야만 했다. 그런 그녀의 귀에 누군가의 노크 소리가 들려왔다.

"누, 누구세요?"

"나야… 문 열어……."

수아는 조심스럽게 문을 열었고 그녀의 눈에 벽에 기대어 축 처져 있는 준의 모습이 보였다. 알싸한 알코올 냄새가 수아의 코끝에 스쳤고, 얼마나 많은 술을 먹었는지 알 수 있었다. 고개를 숙이고 있던 준의 머리가 들리고 그는 수아의 손을 잡아끌어 방 안으로 들어갔다.

"왜, 왜 그래요?"

"내가… 왜 그러냐구? 내가 왜… 왜 이러냐구? 잘 봐, 아니, 똑똑히 기억해! 지금 니 옆에 있는 사람이 누군지… 너를 안는 사람이 누군지!"

수아는 준의 힘에 떠밀려 침대 위로 떨어졌고 이윽고 수아의 몸 위로 올라오는 준.

"무슨 짓이에요!! 이러지 말아요!!"

"홋, 아니, 그럴 순 없어. 억지로라도 내 것으로 만들겠어!"

투두둑.

소리가 나며 셔츠 단추가 튕겨져 나갔다. 수아의 손목을 결박한 후 키스를 퍼붓는 준. 그리고 그의 입술이 점점 아래로 내려가기 시작했다. 수아의 반항이 거세질수록 그녀의 손목에 더욱더 힘을 가하는 독고준.

"싫어!! 싫단 말야!! 으흑… 싫어!! 서진아… 서진아… 흑… 서진아!"

갑자기 준의 행동이 멈추어졌다. 그리고 몸을 일으켜 침대에 걸터앉는다. 수아는 눈물로 범벅된 얼굴을 닦으면서 이불로 자신의 몸을 감싸 안았다.

"김수아… 그렇게 내가 싫어? 내가 그렇게 싫으냐구……. 왜 니 마음속에 나는 들어갈 수 없는 거냐. 난 너밖에 없는데… 나한테는 이제 니가 전부인데!! 왜 그 새끼만 니 맘속에 담아두는 거냐구!! 크흑… 왜 사람을 이렇게 비참하게 해."

그러고는 아무 말 없이 수아의 얼굴을 바라보는 준. 마치 수아의 대답을 기다리고 있듯이 그는 간절하게 젖은 눈동자로 그녀를 바라보고 있었다.

"미, 미안해요. 난… 난 당신을 사랑할 수 없어요. 이미 서진이가 내 모든 것을 가져갔어요. 미안해요. 정말 준이 씨한테는 너무 미안해요… 미안해요. 흑……."

그녀의 대답이 떨어지자 그는 눈을 감아버렸고 그와 동시에 그의 눈에 고였던 눈물이 그의 뺨을 타고 흘러내린다.

"왜 미안한 짓을 해!! 왜!! 좋아, 김수아. 그럼 억지로라도 가지면 돼!!"

"…네?"

"일본에서 약혼식하고… 미국에 가서 결혼하자. 간다."

준은 그렇게 수아에게 말하고 그녀의 방에서 빠져나왔다. 강제로라도 그녀를 자신의 것으로 만들고 싶었다. 하지만… 하지만 그녀의 입에서 서진의 이름이 나온 순간 준의 심장은 정지해 버렸다. 아팠다. 김수아라는 여자로 인해서 자신의 심장이 갈기갈기 찢겨짐을 느꼈다. 하지만… 하지만 그녀를 풀어주고 싶지 않았다.

'김수아… 날개를 부러뜨려서라도 새장에서 못 떠나게 해주지.'

그렇게 한참을 수아의 방 앞에 서 있은 후 준은 자신의 방으로 돌아갔다. 그리고 자신의 방에 들어와서 비서에게 전화를 건다.

"독고준입니다. 네. 아니요. 미국행을 취소하고 이번 주 토요일에 약혼할 수 있게 준비해 주세요. 네. 네."

전화를 끊고 나서 준은 자신이 채워놓았던 술잔을 들어 자신의 입에 털어 넣었다. 그의 목을 타고 넘어온 술이라는 액체는 쓰디썼다. 비워진 잔을 한동안 손 안에서 굴리던 준은 있는 힘껏 잔을 벽을 향해 던졌다. 쨍그랑 하는 소리와 함께 산산이 부셔져 내리는 컵.

"이렇게… 부숴 버릴 거야. 김수아 너를… 이렇게……."

한동안 그 자리에서 꼼짝도 하지 않던 준은 다시 전화기를 들었다. 그리고 자신의 수첩에서 무언가를 찾더니 미소를 지어 보이고는 번호를 눌렀다.

"네, 이서진 씨? 저 독고준입니다. 내일 시간 되십니까?"

그의 입가에 섬뜩한 미소가 피어올랐다. 사랑받지 못한 한 남자의 복수가 시작되고 있었다.

다음날 수아는 자신의 방에서 꼼짝도 하지 않은 채 틀어박혀 있었다. 모든 것이 두려웠다. 그리고 무엇보다도 그녀의 마음을 잡았던 것은 하람이었다. 아무것도 모른 채 미국에 있을 하람이. 수아의 마음에 너무나도 걸렸다. 결국 수아는 도저히 참지 못하고 준의 방으로 달려갔다.

"무슨 일이지?"

"하람이… 하람이……."

"아~ 하람이 왜?"

"말해 줘요!! 어디 있어요!! 어디 있어요!!"

수아는 준의 옷깃을 붙잡았다. 그리고 눈에 눈물을 가득 담고 준에게 애원하듯이 말했다.

"우리 하람이 돌려줘요!! 알잖아요!! 나한테 그 아이가 어떤 아이인지 준이 씨가 더 잘 알잖아요. 응? 제발 돌려줘요. 네? 제발!"

"홋, 남자한테 완전히 미쳐 있는 줄 알았는데 그건 아니군. 좋아, 돌려주지!"

"저, 정말요?"

"대신 나랑 여기 이 일본 땅에서 약혼을 하고, 미국에 같이 가면 그때 보여주지."

스르르 준의 옷깃을 잡은 수아의 손이 미끄러져 내렸다. 그러자 그가 수아의 손을 잡아끌어 방으로 들어오게 했다.

"김수아, 잘 들어. 니가 지금 무슨 생각을 하는지 알겠는데 어쩌지? 난 니가 내 조건을 들어주지 않으면 하람이를 너한테 돌려주지 않을 생각이야. 내가 말했지? 너는 이서진 그 자식 곁에서는 절대 행복해질 수 없어."

"……."

"아, 그리고 예영이가 둘째 애를 임신했다는데 들었어?"

준의 말에 수아의 얼굴이 굳어졌다. 그리고 심하게 몸이 떨려왔다. 그런 수아의 반응에 준은 차가운 조소를 날린 채 그녀를 의자에 앉혔다.

"아마 니가 하람이를 버리고 이서진에게 가면 그 아이는 빛도 보지 못한 채 죽을 수밖에 없겠지. 그리고 예영이는 평생 아픔 속에서 살아가겠지. 그렇게 해서 이서진 곁에 남아도 너… 행복해질 자신 있어? 어?!"

준의 말에 수아는 고개만 흔들었다. 그의 말 하나하나가 너무나 무서웠다. 자신의 목을 조여오는 것만 같았다. 수아는 눈을 감고 입술을 지그시 깨물었다.

"야, 약속해 줘요."

"뭘?"

"내가 당신 말대로 하면… 그렇게 하면 우리 하람이… 되돌려 주겠다고……."

"당연하지! 되돌려 주고 하람이에게는 좋은 아빠가 되어주지."

"좋아요… 당신 말대로 할게요."

수아는 비틀거리면서 그 자리에서 일어나 그의 방에서 나왔다. 그런 수아를 보면서 준은 잔인하게 말했다.

"김수아, 이젠 니가 당할 차례야. 내 심장이 찢겨진 만큼 너는 그 몇 배, 아니, 그 수천 배에 해당하는 아픔을 주겠어!! 내 손으로 널 부숴 버리고 말겠어!!"

방문이 닫히는 그 순간에도 수아는 그에게서 시선을 떼지 않았다. 이젠 그녀를 바라보는 그의 눈이 따뜻하지 않았다. 그저 차가움으로만 반짝이는 눈이었다. 수아는 가슴이 아팠다. 자신이… 그 남자를 한 남자를 그렇게 만든 거였으니까. 벽에 몸을 기댄 수아는 새어 나오는 울음소리를 자신의 손으로 막았다.

'미안해요, 준이 씨. 당신을… 사랑하지 못하는 날 용서해요.'

한동안 그 자리에 서 있던 수아는 비틀거리면서 자신의 방으로 돌아가 누웠다. 침대에 쓰러지듯이 누운 그녀는 계속해서 울었다. 자신의 운명을 저주했다. 또다시 엇갈리는 서진과의 인연을…….

수아는 한참을 그렇게 울다가 지쳐서 잠들었다. 그리고 그런 그녀의 방에 준이 찾아왔다. 준은 말없이 눈물로 얼룩진 그녀의 얼굴을 바라보았다. 그리고 그녀의 얼굴을 자신의 손으로 매만졌다.

'니가 자초한 일이야. 니가 날 이렇게 만든 거야. 날 이렇게 만든 건… 너야.'

준은 수아를 매만진 자신의 손을 주먹으로 쥐었다. 그리고 잠시 눈을 감았다가 뜬 후 수아를 깨웠다.

"일어나. 갈 때가 있어."

"어, 어디요?"

"꼭 가야 할 곳이야. 따라 나와."

수아는 졸린 눈을 비비고 그를 따라나섰다. 그들이 한참을 달려 도착한 곳은 한 호텔이었다.

준은 수아의 팔목을 잡고 그녀를 잡아끌었다. 영문도 모른 채 수아는 준에게 끌려갔고 호텔 안으로 들어가서야 그가 왜 자신을 이곳으로 데려왔는지 알 수가 있었다. 수많은 기자들이 자신들의 모습을 찍고 있었다. 준은 멍하니 서 있는 그녀를 잡아끌어 자신의 옆에 앉혔다.

[안녕하세요. 독고준입니다.]

그의 짧은 인사와 함께 기자회견이 시작되었다. 기자회견 내내 수아는 단 한 마디로 하지 않았다. 그저 그녀는 한곳에 시선을 고정시키고 있었다. 준을 죽일 듯한 표정으로 바라보고 있는 서진에게 수아는 시선을 고정시키고 있었다.

[이번 주 토요일에 일본에서 약혼을 한 후 미국에서 결혼할 생각입니다.]

[아… 그런데 두 분 사이에 아이가 있다는 이야기 있는데 사실입니까?]

[네, 잘생긴 아들이 있습니다, 하람이라는 이름을 가진.]

그 말을 마치는 동시에 준은 서진의 눈을 바라보았다.

'훗, 이서진, 날 죽이고 싶겠지. 당장이라도 니 주먹을 날리고 싶겠지? 하지만 넌 안 돼!! 니 앞에서 빼앗아보겠어!! 하람이와 수아 둘

다 너한테서 **빼앗아보겠어!!**'

그리고 서진에게 미소를 지어 보인 후 수아를 자신 쪽으로 끌어당겨 키스를 했다. 버둥거리는 수아의 손을 자신의 품 안에 가두고 입술을 부딪쳤다. 기자들이 사진을 찍는데 정신이 없는 동안 준은 일부러 서진과 눈을 마주쳤다. 서진은 그런 준과 수아의 모습을 보지 못하고 뒤돌아서서 나와 버렸다.

'젠장!! 도대체… 무슨 생각인 거야.'

서진은 준의 차 앞에 서서 그들을 기다렸다. 그 앞에서 담배 몇 대를 피웠는지 모르겠다.

담뱃갑에서 마지막 담배를 피우고 나자 서진의 눈에 수아를 끌고 나오는 준의 모습이 보였다. 서진은 다 태우지 않은 담배꽁초를 비벼 꺼버린 후 준에게 다가갔다.

"아, 이런… 손님을 초대해 놓고 대접이 소홀했군요."

"이 새끼!!"

서진의 낮은 욕설과 함께 주먹이 나갔고, 그 주먹에 준은 그대로 쓰러졌다. 분이 풀리지 않은 서진은 준에게 달려들어 발길질을 하려고 했다. 그때 수아가 서진의 허리를 붙잡았다.

"서진아! 그만… 그만!"

"…김수아?"

"제발… 그만 하고 돌아가 줘. 제발……."

"지금… 무슨 소리 하는 거야?"

"나… 이 사람하고 약혼하는 거 맞아. 미안해. 서진아, 미안. 준이 씨, 가요."

수아는 울면서 서진에게 또다시 이별을 고하고 준을 이끌고 차로 뛰어갔다. 그런 수아의 모습에 서진은 그 자리에 굳어 꼼짝도 할 수 없었다. 웃음이 나왔다.

"하하하… 하하하… 하… 믿었는데 김수아… 이번엔 널 믿었는데……."

서진은 뒤돌아서서 그녀를 태운 차가 사라질 때까지 바라보았다. 그런 그의 모습을 수아는 눈물이 가득한 눈으로 서진의 모습이 점이 될 때까지 바라보았다. 그러자 준이 차갑게 그녀에게 한마디 했다.

"왜? 돌아가고 싶어? 저런. 그러면 하람이는 어쩌지? 니 언니는?"

"당신은 내가 알던 독고준이 아니야!!"

"하하하. 날 이렇게 만든 게 누군데!! 내가 말했지? 널 부숴 버린다고!! 평생 내 옆에 묶어두고… 내가 당한 아픔 그대로 돌려주지. 똑같이!!"

준의 말에 수아는 더 이상 아무 말도 하지 못하고 고개를 돌려 버렸다. 너무나 변해 버렸다. 수아는 준이 무서웠다. 그녀를 바라보는 그의 차가운 눈빛도, 그의 말도 이미 그녀를 아프게 하고 있었다.

준은 그녀에게 미쳐 가고 있었다, 김수아라는 여자에게. 준은 알고 있었다. 그가 그녀에게 차갑게 대할수록 그의 가슴 역시 아파왔다는 것을… 그러나 그는 믿었던 사랑에 대한 배신으로 그 감정을 무시했다. 사랑은 없다. 그렇게 사랑의 존재를 부인하면서…….

#6 ─ 사람들은 그들을
기억하지 않은 사랑이라고 말했다

#6 —사람들은 그들을
허락되지 않은 사랑이라고 말했다

약혼식을 하루 앞둔 준은 수아에게 하람이에 대한 이야기를 하려
고 그녀의 방을 들어갔다. 그가 방 안으로 들어갔지만 수아는 그저
창밖에 시선을 고정시킨 채 미동조차 하지 않았다. 이야기를 하는 동
안에도 수아는 그저 멍한 눈동자로 그를 응시할 뿐이었다. 그런 수아
의 모습의 준은 가슴 한구석에 아픔을 느꼈지만 내색하지 않고 웃으
면서 말했다.

"드디어 내일이네, 우리 약혼식 말야."

"네. 드디어 내가 당신 것이 되네요. 이런 게 무슨 의미가 있죠? 그
냥 이 자리에서 날 가져요. 마음은 다른 사람한테 줘버린 빈껍데기
뿐인 날 가지라구요."

"김수아!!"

"이런 게 무슨 소용인나요? 어차피 난 평생 가도 당신을 사랑하지 않아요. 절대로."

"좋아, 그게 소원이라면 그렇게 해주지."

수아를 거칠게 잡아당겨 자신의 품 안에 가둔 준은 수아의 입술에 자신의 입술을 포갰다. 그의 손이 점점 얼굴에서 어깨로 내려갔지만 수아는 싫다는 저항도, 반응도 하지 않았다. 마치 아무런 감정도 느끼지 못하는 인형처럼 그가 하는 대로 내버려 두었다.

"도대체 왜 이러는 거야!! 내가 너한테 무슨 잘못을 한 거야, 내가!!"

"맞아, 준이 씨는 잘못한 것 없어. 내가 잘못한 거지. 한 사람한테 내 심장을 다 줘버렸으니까. 바보처럼 나밖에 모르는 당신을 아프게 했으니까."

수아의 눈에 차 있던 눈물은 이미 그녀의 볼을 타고 흘러내리고 있었다. 평소의 그라면 그녀의 눈물을 닦아주었을 테지만 오늘만은 그렇게 할 수 없었다.

"젠장."

준은 울고 있는 수아는 내버려 둔 채 방에서 나왔다. 그리고 자신의 휴대폰을 꺼내 어디론가 전화를 걸었다. 신호가 간 후 한 남자의 목소리가 들려왔다. 그러자 한숨을 내쉬고 준이 천천히 입을 열었다.

"데려가."

그 말만 하고 준은 조용히 핸드폰의 폴더를 닫았다. 그와 동시에 그의 뺨을 타고 눈물이 흘러내렸다. 그렇게 복도에 서 있던 그의 눈에 한 남자가 뛰어오는 모습이 보였다. 준은 그 남자의 모습을 확인하고 복도 한 켠으로 몸을 숨겼다. 그리고 조용히 자신만이 들릴 정도의 목소리로 수아의 방으로 들어가는 남자에게 말했다.

"이서진, 행복하게 해줘라. 더 이상 아파하지 않도록, 더 이상 눈물 흘리지 않도록……."

다음날 준은 예복을 갖추어 입고 거울 앞에 서서 웃는 연습을 했다. 그리고 시간이 되자 준은 차를 몰고 약혼식장으로 향했다. 준이 혼자서 식장에 등장하자 기자들과 하객들이 술렁대기 시작했다.

[바쁜 와중에도 이렇게 와주셔서 감사합니다. 그런데 어쩌죠? 오늘 약혼식은 하지 않습니다.]

준의 말에 조용하던 약혼식장이 시끄러워지기 시작했다. 그리고 그의 부모님이 놀라서 자리에 일어나셨다.

[우선 부모님께 정말 죄송하다는 말씀드리겠습니다. 제가 파혼하자고 그랬습니다.]

[왜죠?]

한 기자가 그에게 질문을 해오자 준은 씁쓸한 미소를 지어 보이면서 말을 이어 나갔다.

[깨달았거든요. 사랑은 강요한다고 해서 되는 것이 아니라는 것을… 그럼 이만.]

준이 그 말만 하고 나가자 식장은 한순간에 아수라장이 되었고 그의 부모님들은 멍해진 표정으로 그의 뒷모습만을 바라보았다. 기자들이 그를 쫓아가서 질문을 했지만 굳게 닫힌 입은 열리지 않았다. 차에 올라탄 준은 생각했다.

'왜 이렇게… 늦게 깨달아 버렸어. 니가 아프면 나도 아프다는 사실을. 너를 아프게 할 수 없다는 사실을… 내 손으로 너를 상처 줄 수 없다는 사실을 너무 늦게 알았어. 미안하다, 수아야.'

약혼식장에서 출발한 준의 차는 다시 호텔로 돌아왔지만 차에서 내리지 않았다. 이젠 정말 수아에게 이별을 고해야 하기에… 이젠 정말 그녀의 곁을 떠나야 하기에. 하지만 이내 준은 웃으면서 차에서 내렸다. 호텔 안으로 들어가던 준이 서진을 보고 가볍게 목례만 하고 지나치려 할 때였다.

"독고준 씨, 이야기 좀 할까요?"

준은 아무 말 없이 서진에게 고개를 끄덕이고 그의 뒤를 따랐다. 벤치에 앉은 두 남자는 한동안 아무 말도 없었다. 그러다가 준이 먼저 입을 열었다.

"수아… 행복하게 해주세요."

"전화가 왔을 때 정말 깜짝 놀랐습니다. 어째서 그런 생각을 하신 거죠?"

"저는 수아를 사랑하고 있는 게 아니었어요. 그저 수아가 저를 배신했다는 게, 아니, 날 떠나려고 한다는 게 두려웠어요. 그래서 수아를 제 곁에 붙잡아놓기 위해서 말도 안 되는 짓을 했죠. 바보같이… 깨달았어요. 나는 그녀를 사랑하는 게 아니라고. 그저 집착일 뿐이라고. 그리고 그때 확실히 알았죠. 내 곁에서는 행복해질 수 없다고. 그래서 서진 씨에게 전화한 겁니다. 수아 안에 있죠?"

준은 그 자리에서 일어나 수아의 방으로 걸음을 옮겼다. 이윽고 그녀의 방 앞에서 도착한 그는 그 자리에 멈추어 섰다. 그리고 심호흡을 한 후 문고리를 돌렸다.

"주, 준이 씨……."

"다행이다, 좋아 보여서."

"약혼식은……?"

"하하하, 어차피 그런 거… 내 억지로 한 거였잖아. 괜찮아."

어색한 침묵이 흐르는 동안 준은 마지막으로 수아를 바라보았다. 그녀의 얼굴을 보고 그는 생각했다. 행복해하지 않는다고. 자신에게 온 3년간 내내… 그는 볼 수 없었다. 그녀의 행복한 얼굴을… 처음 보았던 그에게 설레임을 주었던… 그녀의 미소도 그는 3년 동안 단 한 번도 볼 수 없었다. 그런데 그녀가 웃었다. 일본에 온 후 그녀의 웃는 얼굴을 볼 수 있었다. 자신이 아닌… 서진을 바라보면서 그녀가 웃고 있었다.

'김수아… 그래, 그래… 니가 행복해지는 단 하나의 이유는 그 녀석이었어.'

마치 마지막 심판을 하는 것처럼. 그가… 입을 열었다.

"김수아… 수아야, 놓아줄게."

그의 입에서 떨어진 말에 깜짝 놀라 숙이고 있는 고개를 들어 그를 바라보는 수아. 수아의 눈에 비친 그는 웃고 있었다. 어느 때보다도 더 행복한 다는 듯이… 그녀를 향해서 웃어주고 있었다.

"보내줄게. 힘들게 하지 않을게. 너 힘들게 하기는 싫다. 사랑하니까. 이제 이서진의 마음을 이해할 것 같다. 왜 아무 말 없이 그 녀석이 널 보내줬는지 이제 이해가 된다. 아마 그 자식도 지금의 내 맘같이 널 보내줬겠지? 니가 행복한 모습을 보고 싶어했을 테지? 니가 힘들어하는 거 원치 않았을 거야. 수아야, 사랑한다. 아니, 사랑했다. 그리고 미안했다."

탁!!

이 말을 마치는 동시에 문이 닫히고 수아는 눈물을 흘릴 수밖에 없었다. 보았다. 그녀는 마지막 그의 미소와 함께 그의 빰에 흘러내린 눈물을……

"흑… 미안해요. 정말 미안. 당신을 흑… 사랑하지 못해서. 흑… 흐흑… 미안해요."

수아는 자신의 얼굴을 감싼 채 그렇게 중얼거렸다.

그렇게 수아의 방에서 나온 준은 곧바로 예영에게 전화를 했다.

잠시 후 어느 카페의 창가에 앉아 그녀를 기다리고 있었다. 테이블 위에 놓인 커피가 차갑게 식어가고 있을 때 예영이 카페 문을 열고 들어왔다.

"준아, 웬일이야? 니가 다 날 만나자고 하구. 나 바빠. 오늘 서진이랑……"

"최예영, 우리 놓아주자."

아무런 표정 없이 창문을 바라본 채 준이 건넨 말이었다. 예영은 처음에 자신이 그 말을 잘못 들은 거라 생각하고 싶었다.

"뭐라구? 지금… 무슨 소리 하는 거야, 지금?"

"이서진… 놓아줘. 수아한테 보내줘라."

"뭐라구? 너 미쳤어!! 독고준, 너 미쳤냐구!! 싫어!! 싫어!! 너나 놓아주라구!! 아, 아니지. 안 돼!! 놓아주면 안 돼!! 잡아!! 안 돼!! 니가 놓아주면 서진이 정말 수아한테 가버린단 말야. 제발…… 준아, 수아 놓아주지 마… 제발……."

예영의 절규하는 듯한 목소리에 준은 예영을 바라보았다. 그녀의 모습은… 마치 자신을 보는 것만 같았다. 사랑이 아닌 집착이라는 이름으로 망가져 버린 그녀를……. 준은 아무 말 없이 커피 잔을 들었다.

"나… 수아 놓아줬어… 보내줬어."

"뭐라구? 안 돼… 준아, 안 돼!! 안 돼!! 나… 나를 사랑했다면 계속 붙잡아줘. 제발… 제발……. 니가 수아 놓아주면 안 돼!! 니가 수아 잡고 있으면 서진이 나한테 다시 올 거야!!"

"최예영, 정신 차려!! 오지 않을 거야. 너한테 그 자식 맘은 오지 않을 거라구!!"

"하하하! 독고준… 너야말로 왜 그래? 내가 결혼한다고 했을 때는 나 그렇게 붙잡더니… 그렇게 안 놓아주려고 하더니… 왜 이번엔 이렇게 쉽게 보내주는 건데? 왜!! 왜!!"

"사랑하니까……."

"뭐라구?"

"김수아… 수아를 사랑하니까. 너와는 다른 사랑이야. 너한테 느낀 감정은 단순히 소유욕이었어. 그땐 나도 그게 사랑인 줄 알았으니까. 그런데 수아는 아니야. 난… 수아의 모든 것을 사랑하니까. 그래서 그 애가 아파하는 거 싫다. 매일 울면서 잠드는 걸 알면서… 어떻게 붙잡고 있어? 내가 붙잡을수록 더… 힘들어하는 걸 아는데 어떻게 붙잡아. 그럴 수 없었어……. 더 이상은 붙잡고 있을 수가 없었어. 어제… 확실히 알았어."

예영은 순간 독고준이 다르게 보였다. 예전에 그는 언제나 자기 것을 빼앗긴다라는 말은 그의 사전에 있을 수 없는 일이었다. 그래서 자신이 서진과 결혼한다면서 헤어져 달라고 했을 때 손목까지 그었던 그였는데… 그가 이렇게 변하다니……. 솔직히 예영은 준의 그러한 집착이 계속해서 수아를 붙잡고 있어준다면 수아가 서진에게 갈 수 있는 것을 막을 수 있다고 생각했었다. 그런데 그가 수아를 놓아준다니… 안 돼!! 안 돼!!

"너도 이서진을 놓아주고 행복해지길 바란다. 간다."

예영은 아무 말 없이 그의 얼굴을 바라보았고, 준은 그녀의 어깨를 토닥이면서 웃을 뿐이었다. 그저 웃어줄 뿐이었다. 그의 모습이 사라질 때까지 예영은 그 자리에 앉아 꼼짝도 하지 않았다. 차갑게 식어가는 자신의 커피 잔만 바라볼 뿐이었다. 카페 밖으로 나온 준의 눈에 하늘이 가득 찼다. 그리고 익숙하게 점점 뿌옇게 흐려지는 푸른 빛…….

"허… 독고준 요즘 너 왜 이러냐. 마음 곱게 써놓고선 왜 후회하려고 해. 잊자, 잊자……."

감은 두 눈에 흘러내리는 눈물을 그는 더 이상은 감출 수 없었다. 그렇게 한참을 서 있던 그의 어깨를 누군가가 톡톡 친다. 그가 뒤돌아보니 한 여자가 무거운 화분을 들고 서 있었다.

[이봐요, 그렇게 문 앞에 서 있으면 어떻게 해요? 비켜요!]

한 번만 들어도 알 수 있었다, 그 여자의 성격을. 괜히 준은 웃음이 났다.

[죄송합니다. 제가 사과하는 겸해서 무거워 보이는데 도와드릴까요?]

[엇, 정말요? 그러면 저는 고맙죠.]

비켜주지 않는다면서 신경질을 부르던 목소리는 사라지고 어느새 목소리를 바꾸어 그에게 말을 하는 여자. 준은 그런 여자의 행동에 웃음이 나왔다. 그리고 나오려는 웃음을 참으며 여자에게서 화분을 받아 들고 카페 베란다 쪽으로 화분을 옮겨주는 준. 여자는 무엇이 그렇게 즐거운지 준의 모습에 흐뭇하게 웃고 있었다. 그녀를 보고 준은 가슴이 내려앉는 것만 같았다. 그녀의 미소가 수아와 매우 흡사했으므로… 그의 가슴을 떨리게 했던 그녀의 미소와…….

[와~ 정말 고마워요. 음, 그런 의미에서 제가 맛있는 파르페 만들어 드릴게요. 어서요~ 어서 들어오세요.]

그를 잡아끄는 그녀의 손이 매우 따뜻했다. 자신의 다친 마음을 감싸줄 정도로 포근하다고 준은 느꼈다. 카페 안에서 그녀는 무엇이 좋은지 계속 웃고 있었다. 그리고 그에게 여러가지 재미있는 이야기를 해주었다. 준은 그녀의 행동이 너무나 웃겨서 웃음을 터뜨렸고 그녀는 한숨을 쉬더니 그에게 말했다.

[와… 이제 웃네요.]

[네?]

[하도 딱딱한 표정을 짓고 계시길래 저는 웃는 거 모르는 사람인 줄 알았어요. 그런데 꼭 그런 것만은 아니네요. 웃으니까 훨씬 더 멋있는데요.]

그는 알 수 없는 감정에 또다시 빠져들었다. 수아와 처음 만났을 때와는 다른 느낌이 그를 두근거리게 했다. 무엇일까… 무엇일까…….

[어떻게!! 어떻게!! 잠깐만요!! 주전자에 물 올려놓고 이러고 있었네! 미안해요. 잠깐만요. 아, 파르페도 가지고 올게요. 아, 그리고 물수건도…….]

준은 또다시 웃음을 터뜨릴 수밖에 없었다. 실수 연발에 덜렁이인 그녀의 모습에 그는 왠지 모를 편안함을 느꼈다. 그리고 왠지 지켜주고 싶은 묘한 마음과 함께.

'수아야… 나 노력해 볼게. 너를 잊어보도록 노력해 볼게…….'

그렇게 생각하고 있는 준 앞에 활짝 웃으면서 그녀가 파르페를 건넸다. 또다시 전해져 오는 따스함…….

[자, 파르페 나왔습니다. 맛있게 드세요.]

[이봐요.]

[아… 네?]

[결혼했어요?]

[네? 아니요.]

[그럼 죽고 못살 남자 친구나… 사랑하는 사람은 있어요?]

[네?? 무슨 말씀이신지……? 남자 친구라면 많지만 사랑하는 사람은 없는데요.]

준은 그녀의 대답을 듣고 그녀가 가져온 파르페를 떠먹기 시작했다. 조금은 당황한 듯한 그녀의 표정에 '쿡쿡' 대면서, 그리고 단 음식을 싫어하는 그였지만 왠지 오늘은 그것이 너무 맛있었다. 그리고 그의 가슴속에 또다시 달콤한 무언가가 가득 차 오르고 있었다.

예영은 그렇게 준을 만난 후 아무런 생각도 할 수 없었다. 수아를 놓아주다니… 수아를……. 이젠 어떻게 하지… 예영은 알았다, 더 이상 서진을 막을 수 있는 것은 없다고. 그렇지만 그녀의 머리 속에 스친 한 사람… 삿포로에 요양 중인 자신의 시어머니가 생각났다.

'그래, 어머니께 가보자. 어머님이라면 서진이를 막아주실 거야. 그래, 가자!!'

예영은 사막에서 오아시스를 발견한 것 같았다. 그런 예영을 기다리고 있는 건 차갑게 자신을 쳐다보고 있는 서진이었다. 그리고 그의 손에 들린 노란 봉투.

"서, 서진아, 일찍 왔네. 밥 안 먹었지? 내가 밥……."

"자, 이혼 서류야. 시간 줄 필요는 없지? 내일까지 비서 통해서 보내. 더 이상 쓸데없는 짓 하지 말기를 바란다. 간다."

예영에서 봉투를 던져 주고 다시 옷을 들고 밖으로 나가는 서진.

그런 그의 말할 수 없는 차가움에 몸을 떠는 예영이었다. 하지만 그를 포기할 수는 없었다. 내 모든 것을 포기할 만큼 그를 사랑하기에⋯ 아니, 이제는 보낼 수 없다. 그렇게 다짐한 예영은 이혼 서류를 챙겨 삿포로로 향했다. 자신의 시어머니가 계시는 그곳으로⋯⋯.

"정말 독고준이 그랬단 말야?"

"응, 보내주겠대. 하람이도 다시 일본으로 데려다 준대. 나 정말 나쁜 여자인가 봐. 그 사람은 아플 텐데 행복해하고 있으니⋯⋯."

미안함에 또다시 눈시울을 적시는 수아를 보며 서진은 아플 뿐이었다. 자리를 옮겨 수아의 옆 자리에 앉아 그녀의 어깨를 안아주는 서진.

"수아야, 그렇게 생각하지 않아도 돼. 그렇게 죄책감 갖지 않아도 돼. 독고준⋯ 그 사람이 보내준 거야. 자기가 아플 거 알지만 너의 행복을 위해서 보내준 거야. 그것도 그 사람의 사랑의 일종이니까."

"그래도 미안해, 너무⋯⋯."

"그치만 난 너한테 고마운걸. 나만 생각해 줘서⋯ 이렇게 나한테 다시 돌아와 줘서 고마워⋯ 정말."

서진의 가슴에 자신의 머리를 기대는 수아. 그러자 수아의 귀에 들리는 서진의 심장 고동 소리. 수아는 알고 있다, 서진이 얼마나 자신을 사랑하는지⋯ 그리고 이 순간을 얼마나 행복해하는지.

'그래, 내가 슬퍼하면 서진이가 더 힘들어할 거야. 그리고 준이 씨도 이건 바라지 않을 거야. 그래⋯ 그래⋯⋯.'

수아의 생각을 알았는지 서진은 살며시 그녀의 이마에 키스를 한다. 이렇게 행복한 한때를 보내고 있는 그들을 바라보고 있는 날카로운 시선이 하나 있었다. 그들도 알지 못하는 시선이……

시어머니가 계시는 삿포로에 도착한 예영은 오랜 비행에 피곤했다. 그런데 그런 예영의 피곤마저도 날려 버린 만한 것이 눈에 들어왔다. 공항 소식지에 꽂힌 신문들, 그리고 그 신문들에 실린 대문짝만한 사진과 문구. 예영은 그 신문들을 뽑아 들고 회심에 찬 미소를 지어 보이며 시어머니 댁으로 향했다.

"요케그룹 차기 회장 이서진, 성호그룹 김수아와 깊은 사이? 그리고 이 신문은 뭐니? 요케그룹 천재 경영가 이서진 자신의 처제와 바람?! 예영아, 이게… 이게… 무슨 신문들이니?? 이 사진은 뭐구!! 도대체… 이게 무슨 일이니!!"

"흑… 어머니, 저도 모르겠어요. 흐흑… 한국에 잠시 다녀왔는데 서진이가 갑자기 이혼을 하자는 거예요. 그런데… 그런데 알고 봤더니 제 동생하고 서진이가… 흑… 어머니, 서진이를 잡아주세요. 저… 저… 서진이 없으면 안 돼요, 어머니."

예영이 가져온 신문들의 사진을 빤히 바라보는 서진의 어머니. 그런데 그녀의 눈에 금세 눈물이 고이는 이유는 무엇일까.

"그, 그래, 내가 서진이를 잡아주마."

"어머니… 어머니, 정말 감사합니다. 어머니, 정말 감사드려요. 흐흑……"

"그래, 그만 들어가서 쉬어라. 내가 서진이하고 이야기해 볼 테니까 들어가 봐……."

흐느끼며 울던 예영을 방으로 올려 보낸 후 서진의 어머니는 신문을 들고 수아와 서진의 사진을 바라보기 시작했다. 또다시 그녀를 눈물 짓게 하는 건 자신의 아들의 표정이었다. 3년 전부터 사라졌던 표정이 지금 이 사진에서 다시 살아나고 있었다. 정말 행복한 표정……
그리고 그의 품속에 안겨 있는 수아를 보고 서진의 어머니는 생각했다. 3년 전 아들이 자신에게 했던 말을…….

"서진아, 왜 이러는 거야! 요즘 집에도 잘 안 가고. 그리고 무슨 술을 이렇게 마시는 거야."

서진의 어머니는 오늘도 술에 취해 비틀대는 아들 서진을 현관에서부터 부축한다. 늘 어김없이 술에 취한 채 대문을 두드리는 그를 보면서 서진의 어머니는 그의 눈 속에 담긴 슬픔을 볼 수 있었다.

"너 아버지가 출장 가서서 다행이지, 아니면 넌 정말 혼……."

"어머니, 떠나 버렸어요. 영영……."

"뭐라구? 서진아, 그게 무슨 소리야? 떠나다니? 누가? 서진아?"

"나 사랑 안 한대요. 다른 사람을 사랑한다고 날 떠나 버렸어요. 흑, 어머니… 이제 어떡하죠? 크흑!! 나 그 애 보내줘야 하는데 힘들어요. 너무… 사랑해 버렸나 봐요. 바보처럼 그 애… 얼굴밖에 안 떠올라요. 수… 아… 얼굴밖에."

그렇게 말을 마치며 스르르 잠에 빠진 아들의 모습을 보면서 그녀는 무엇이 얼음처럼 차갑던 그의 마음을 아프게 하는지 알지 못했다. 그러나 서진을 데리러 온 며느리를 본 순간 그녀는 알았다. 서진을 부축하면서 죄송하다는 말만 계속 해대는 자신의 며느리를 보면서 서진의 어머니는 눈물을 흘릴 수밖에 없었다.

"서진아, 결국 떠난 거구나. 니 사랑이… 널……."
의자에 앉아서 감았던 눈을 다시 뜨는 서진의 어머니 그녀는 확실히 알 수 있었다. 3년 전 결혼식에서 보았던 서진의 신부는 수아였다는 것을… 자신의 아들에게 유일한 행복이 되는 여자라는 것을……. 그렇지만 이미 어긋나 버린 그들의 운명에 그녀는 조용히 한숨만 지어냈다.

한편 서진은,
"젠장!! 어떤 기사 새끼야!! 당장 잡아와!!"
"사장님, 저희도 알아보고 있는 중입니다. 그러니 잠시만……."
"나가!! 다들 나가라구!!"
서진은 신문에 실린 자신과 수아의 기사를 보고 화가 났다. 어차피 수아와 결혼하려면 터져야 할 이야기였지만 그를 화나게 하는 건 자신과 수아의 관계에 대해서 써놓은 이야기였다.

『일본의 최대 그룹인 요케그룹 사장 미즈라 리즈키(24) 씨가 성호그룹 이사 김수아(25) 씨와 한가로운 오후 한때를 보내는 모습이 카메라에 잡혔다. 두 사람은 누가 봐도 연인다운 모습이었으며 사랑하는 사이라는 것이 눈에 보였다. 그러나 이들의 관계가 형부와 처제라는 사실이 밝혀지고, 또한 리즈키 씨는 이미 결혼한 상태이므로 이들의 관계는 명백한 불륜…….』

그렇다. 서진은 자신과 수아의 관계를 불륜으로 보는 사람들의 시선이 미울 뿐이었다. 아니, 그들의 말은 사실이다. 그렇지만 서진은 한 번도 그런 생각은 하지 않았다. 자신과 수아의 사이가 그런 사이라니!! 서진은 신문을 던져 버리고 낮은 욕설을 내뱉으면서 옷을 들고 밖으로 나갔다. 그러자 그에게 모여드는 수많은 기자들, 그리고 그의 주변을 감싸는 경호원들. 그 경호원들 사이로 들리는 기자들이 목소리.

[리즈키 씨, 이 기사가 정말 사실입니까? 처제 되는 분과 정말 그런 사이입니까?]

[이 사진이 조작된 거라는 소문이 있는데 맞습니까? 아니면 진짜입니까?]

이곳저곳에서 터져 나오는 질문들. 그렇지만 하나같이 그를 질타하는 질문들 같았다. 서진은 걸음을 멈추고 기자들을 바라보면서 입을 열었다.

[네, 사랑하는 사이입니다. 그렇지만 당신네들이 표현하는 그런 사이는 아닙니다. 저희는 서로를 사랑하는 것뿐입니다.]

이 말이 서진의 입에서 떨어지자 더욱더 거세진 기자들이 질문을 쏟아냈지만 경호원들은 그 기자들을 저지했다. 그리고 서진은 수아에게 향했다. 또다시 이번 일로 힘들어하고 있는 그녀에게……

서진이 수아의 방에 들어선 순간 그의 눈에 보이는 것은 독고준의 품에 안겨 있는 수아였다. 서진은 뛰어들어 가 독고준을 떼어낸 후 그에게 주먹을 날렸다. 쿵 소리가 나고, 수아가 놀란 표정으로 그를 바라보았다. 그런 수아의 손목을 잡아끄는 서진.

"왜… 왜 사람을 때려요!"

"김수아, 너야말로 왜 이래!! 왜 저놈 품 안에서 울고 있냐구!"

"그건… 이번 일 때문에……."

"와, 여전히 주먹이 센데요. 아우, 제가 설명해 드리죠. 그저 힘들어하는 것 같아서 그저 옆에 있어준 것뿐입니다. 오해하지 마십시오. 더 이상 수아에게 사랑이라는 감정으로 다가가지 않으니까요."

아무래도 무엇인가 잘못했다는 생각에 잠시 머뭇거리고 있는 서진의 뒤로 한 여자의 목소리가 들렸다. 엄청나게 흥분된 목소리였다.

"준아, 여기 있었어? 그런데 얼굴이… 까악!!"

그러면서 입술이 터져 있는 준의 얼굴을 감싸면서 이리저리 살피는 여자. 서진과 수아는 그 여자의 모습을 보면서 알 수 없는 웃음이 나왔다. 너무 호들갑스럽지만 전혀 밉지 않는 여자라는 인상이 그들에게 느껴졌다.

"아, 괜찮아. 그냥… 유나, 그만 해. 괜찮다니까."

"이게 괜찮기는 뭐가!! 어서 소독하고 약 발라야겠다. 아, 수아 씨, 준이 데려갈게요."

준의 손목을 붙잡고 허둥대면서 사라지는 유나의 모습을 보고 미소 짓는 수아와는 달리 서진은 그저 지금의 상황이 조금은 당황스러웠다. 그런 서진을 수아는 의자에 앉혔다.

"그런데 저 여자는 누구야? 누군데……."

"독고준 씨 애인."

"뭐?!"

"훗, 나도 잘 몰라. 어젯저녁에 소개받았으니까. 그런데 조금 속상해. 날 금방 잊어버리고 새 여자를 만나다니. 내가 그렇게 빨리 잊혀질 만큼 매력이 없나?"

유나에게 질투를 느낀 것처럼 말하는 수아가 못마땅한 서진은 금세 그녀의 손목을 잡고 힘을 가하기 시작했다.

"아, 아파. 왜 그래?"

"김수아, 질투나? 그런 거라면 곤란한데 난 독고준 저놈이 고마운데, 널 금방 잊고 다른 여자 찾아준 게 너무 고마운데. 걱정했거든. 니 곁에서 계속 맴돌까 봐. 그리고 너란 여자는 한 번 기억에 박히면 잊혀지지 않아. 내가 장담하지. 하지만 너란 여자를 기억해야 할 남자는 이 세상에서 나밖에 없어……."

"훗, 그래."

"수아야, 도망가지 마. 알았지?"

"걱정되는 거야, 내가 힘들어서 도망칠까 봐?"

"응, 걱정돼. 도망치지 마. 내가 지켜줄 테니까… 아무 생각도 하지 말구. 알았지?"

수아는 자리에서 일어나 서진을 안아준다. 3년이라는 시간이 지났지만 그는 여전히 처음 만났던 그 순간만큼이나 아직도 어린애 같았다. 살며시 서진의 등을 토닥여 주는 수아.

"걱정 마. 이제 도망치지 않아. 니가 나 싫다고 그래도 떠나지 않을 거야. 나한테 너밖에 없으니까. 서진아, 걱정하지 마. 예전처럼 그렇게 쉽게 너 떠나지 않아. 이젠 나도 약하지만은 않으니까……. 사랑해, 서진아."

"나도 사랑한다, 수아야……."

그들의 사랑한다는 고백이 그들의 가슴에 가득 채워졌다. 이젠 세상에 하나밖에 없는 자신의 사랑을 사랑에게 하는 고백으로 행복해하는 그들이었다.

어느 때와 다름없이 서진은 그동안 미뤄왔던 서류들을 결제하기 시작했다. 한참을 일에 열중인 그의 방문을 노크하는 비서.

[네 무슨 일이죠?]

[회장님이 찾으십니다, 사장님.]

[네, 알았어요. 나가봐요.]

서진은 잠시 일을 중단하고 한참을 가만히 앉아 있은 후 일어섰다. 그리고 회장실로 향했다.

[부르셨……]

타악!!

소리와 함께 서진의 몸에 부딪치는 신문들. 그리고 아버지의 고함소리.

[너 미친 게냐!! 감히… 그런 기사에 회사의 이름을!! 니 손으로 키운 회사를 니 손으로 죽이고 싶은 거냐!! 어떻게 니가… 감히……!]

[사랑합니다.]

[뭐, 뭐라구? 이 녀석이!!]

[사랑하고 있습니다. 3년 전에 처음 봤던 그 순간부터 사랑한단 말입니다!! 최예영이 아닌 김수아를…….]

[니가 미쳤구나. 내가 왜 히나와의 약혼을 파기하고 그 결혼을 시켰는데!! 이런 한심한 놈!! 너를 믿었다!!! 회사 경영권을 포기해라!!]

단호한 표정으로 서진에게 경영권 포기를 말하는 서진의 아버지. 그러나 서진은 이미 알고 있었다는 듯이 차분하게 대답한다. 그의 아버지가 놀랄 대답을…….

[네, 그렇게 하겠습니다.]

[뭐라구!! 이 자식이……!!]

[경영권을 포기하라면서요!! 네, 그렇게 하겠습니다. 제 손으로 회사를 포기하고 싶지 않습니다!! 그렇지만 수아 역시… 포기하고 싶지 않습니다.]

[경영이 무슨 장난인 줄 아는 게냐!! 그렇게 해서 너한테 얻어지는 게 뭐냐!!]

[그걸 몰라서 하시는 말씀이십니까? 아버지가 누리지 못한 행복을 누리겠죠!! 그리고 예영이에게는 어머니가 느끼셨던 외로움과 슬픔을 느끼지 않겠죠. 제가 왜 회사를 버리는 결심까지 하면서 수아를 선택하는지 아십니까? 아버지 때문입니다. 아버지처럼 되고 싶지 않

습니다!! 그리고 불쌍한 우리 어머니처럼 수아나 예영이에게 상처를 주고 싶지 않습니다. 이만… 가보겠습니다.]

서진이 나가고 서진의 아버지는 그 자리에 주저앉고 말했다. 한 번도 자신의 기대에 어긋나지 않았던 아들이 그에게 한 말… 자신처럼 되고 싶지 않다고 말하던 그 말. 사랑을 위해서 자신의 모든 것을 버리겠다고 말하던 서진의 모습에 자신의 모습이 겹쳐 오고 있다는 걸 느낀 서진의 아버지. 그 모습과 함께 떠오르는 두 명의 여자의 모습이 그의 머리 속에 떠올랐다.

[아무 말 하지 말고 결혼해라.]

[아버지, 제가 사랑하는 건 하나꼬입니다! 그 한국 여자와는 결혼할 수 없습니다. 더 이상 제게 강요하지 마십시오.]

[다 쓰러져 가는 그런 그룹의 딸과 결혼하다니 말도 안 된다!! 하지만 너와 결혼할 김하은 양은 다르다!! 그 회사는 지금 성장하고 있는 한국의 대그룹이란 말이다. 그러면 우리 요케그룹은 아시아에서 최고가 될 수 있다. 만약에 니가 이 결혼을 하지 않는다면 나는 하나꼬를 어떻게 할지 모른다.]

[아버지!!]

[히로, 제안을 하마. 하나꼬를 지켜주마. 어떻게 하겠느냐?]

[…약속 지키십시오.]

하나꼬를 지키기 위해 한 정략결혼이었다. 그가 사랑하는 여자를 위해.

결혼식장에서 처음 본 그의 신부 김하은. 그의 눈에 들어온 한국 여자는 하나꼬와 달랐다. 언제나 활달하게 웃어주는 그녀와 달리 그녀의 표정을 어두웠다. 하얀 피부와는 대조적으로 유난히 검었던 머리카락과 눈동자. 그리고 그 눈 속에 감추어진 슬픔들. 그러나 그날 그의 눈을 사로잡은 건 그녀의 손목에 난 자국이었다. 왜? 알 수 없는 물음들이 꼬리에 꼬리를 물었다. 알 수 없는 여자… 자신의 한국 신부 김하은.

[히로, 어떻게 그럴 수 있어. 흑 어떻게… 나 아닌 다른 사람과 결혼할 수 있어!! 너도 싫은 거지! 내가… 내가 다 망해가는 그룹의 딸이라서 그런 거지!!]

[아니야… 아니야, 하나꼬. 나는 널 지키기 위해서 어쩔 수 없었어. 알잖아… 내가 사랑하는 건 너뿐이라는 거.]

결혼 후에도 히로는 하나꼬를 만났다. 버젓이 그녀를 자신의 집에 데려와 함께 밤을 보낸 적도 있었다. 그럴 때마다 아무 말 없이 손님 방으로 들어가던 자신의 한국 신부를 보면서 왠지 모르게 씁쓸함을 느끼던 그였다. 자신의 앞에서 웃지도, 말하지도 않는 이상한 여자. 다만 가끔씩 그녀는 비 오는 날이면 눈물을 보이곤 했다. 그리고 히로는 자신도 모르는 사이에 그녀의 눈물에 가슴이 아프곤 했다.

[뭐가 불만이지? 왜 매일 그런 표정으로 사람을 숨 막히게 해!! 내가 하나꼬를 데리고 와서 그러다면 다시는 데려오지 않을게!!]

어느 날 욕실에서 팔목을 그으려는 하은의 손을 잡고 준이 다그쳤다. 그의 질문에 아니라는 듯이 고개를 내젓는 하은. 그리고 그런 하

은의 행동에 화가 난 히로는 그녀에게 키스를 해버렸다. 처음으로 그
녀에게…….

[아… 미안… 미안…….]

하은에게 미안한 마음에 뒤돌아서는 그의 옷자락을 붙잡는 그녀.
그리고 눈물을 흘리면서 말했다.

[그렇게 뒤돌아서서… 가지 말아요. 너무… 외로우니까…….]

서진의 아버지는 감았던 눈을 떴다. 그리고 서랍을 열어 사진을 꺼
내는 그. 그가 손에 들고 있는 사진의 주인공은 서진의 어머니인 김
하은이었다.

[하은… 당신도 모르겠지? 내가 당신을 사랑한다는 사실을 말이
야. 저 녀석처럼… 말이야…….]

그리고 조심스럽게 사진에 입을 맞추는 서진의 아버지.

[사랑하오, 하은. 당신을… 나의 하얀 작은 한국 신부… 당신
을…….]

회장실에서 나온 서진은 곧바로 옷을 챙겨 들고 수아에게 향했다.

"또 왔어?"

"왜? 내가 오는 거 싫어?"

"어, 귀찮아."

"큭, 난 너 보러 온 거 아냐. 우리 하람이 보러왔는데. 하람아~ 아
이구!! 이 녀석, 아빠가 왔으면 아는 척을 해야지."

정말로 서진은 수아를 지나쳐 침대에 앉아 있는 하람이에게 향했다. 그 모습에 알 수 없는 질투심을 느낀 수아는 금세 뿌루퉁해진다. 입술을 삐쭉 내미는 모습에 서진은 뭐가 그리 재미있는지 웃어대기 시작한다.

"뭐… 뭐가 그렇게 웃기는 건데!"

"그냥 니가 질투하니까. 와~ 어떻게 자기 자식한테 질투를 느끼냐~ 대단해, 김수아. 큭큭."

"너… 너 정말 죽어!!"

"하하하, 빨리 데리고 살아야지 안 되겠다. 이러다가 너 말라죽겠다. 조금만 더 기다려 줘. 알았지?"

"응… 그런데 아직도 신문에 너하고 내 이야기… 나오는데 괜찮을까? 그리고 언니……."

"김수아… 우리 둘, 아니, 하람이랑 있을 때는 우리 이야기만 하자. 나 머리 아파. 알았지?"

"응."

수아는 더 이상 아무 말도 하지 않았다. 서진이 얼마나 힘들지 알기에… 그녀가 힘든 만큼 그도 힘들어한다는 것을 알기에…….

한편 예영은 아침 식사에서 서진의 어머니가 그녀에게 건넨 말에 잠시 아찔함을 느꼈다.

"예영아… 돌아가렴……."

"네? 어머니… 그게 무슨……."

예영은 그 말의 의미를 두 가지로 해석했다. 돌아가면 알아서 서진을 설득해 주겠다. 아니면 그냥 서진과 이혼하라는 의미로. 그러나 예영은 제발 전자이길 바라면서 물었다.

"어머니… 저……."

"예영아, 내가 부탁하마. 우리 서진이랑… 헤어져 주렴."

"네?!"

"난… 안단다. 자신을 사랑하지 않는 사람과 산다는 것이 얼마나 큰 슬픔인지. 내가 그랬거든. 다 널 위해서 하는 말이란다. 나와 서진이의 아빠는 정략결혼을 했단다. 사랑이 없는 결혼이었지. 그래서 나는 죽으려고도 하고 그랬지만… 뜻대로 되지 않더구나. 훗, 그래서 그 사람과 결혼을 했지. 그런데… 그런데 나를 사랑해 주지 않는 사람인데. 나는 그 사람을 사랑하게 되었단다. 그렇지만 그 사람은 사랑하는 사람이 있었지. 그렇게 나는 며칠 몇 달, 아니, 매일 외로움에서 살아야 했단다. 그걸 나 아닌 다른 사람도 느낀다고 생각하니. 가슴이 아프구나. 놓아주렴, 니가……. 난 내 아들이 행복해졌으면 좋겠구나. 너도 마찬가지고……."

"어, 어머니!! 어떻게… 헤어지라는 말을 하실 수 있어요!! 가, 가 보겠어요. 죄, 죄송합니다."

예영은 울면서 시어머니의 집에서 짐을 챙겨서 나왔다. 어떻게 어머니마저 자신에게 헤어짐을 강조하는 건지. 너무 막막할 뿐이었다. 눈물이 쉴 새 없이 흘러내렸다. 이제는 어떻게 할지 모르겠다는 생각이 그녀의 머리 속을 가득 채웠다. 그리고 이젠 정말 보내줘야 하는 것일까 하는 생각이⋯ 그녀를 괴롭게 했다.

집에 돌아온 그녀는 아무도 없는 집 안에서 그녀는 외로움을 느꼈다. 시어머니께서 말하시던 그 외로움이 이런 것인가 라는 생각이 들었다. 그리고 예영은 잠을 자기 위해 누웠다. 그런 예영의 눈에 들어온 하얀 약통. 예영은 다시 몸을 일으켜 약통을 집어 들었다.

"그래, 이서진 차라리 평생 고통스러워해. 죽을 거야, 니 아기와 함께. 차라리 죄책감에 괴로워해!!"

약을 하나둘씩 삼키기 시작하는 예영의 뺨에 눈물이 타고 흐른다.

"아가야, 미안해. 그렇지만 엄마는 더 이상 버틸 수가 없어. 미안, 우리 아가. 다음 생에 태어나면 꼭꼭 엄마한테 다시 돌아오렴. 미안, 아가야⋯ 우리 아가⋯⋯."

조금씩 잠에 빠져드는 예영. 점점 그녀는 깊은 잠에 빠져들고 있었다. 영원히 깨지 못할 잠 속으로 빠져들고 있었다. 그렇게 예영이 깊은 잠에 들어갈 때쯤 서진과 수아는 행복을 느끼고 있었다.

서진과 수아가 하람이와 놀아주고 있는 동안 방 안은 웃음소리로 가득 찼다. 그러나 가슴 한구석에는 걱정이 가득한 그들이었다. 여론은 어떻게 잡재울 것이며 또 예영이가 커다란 걱정이었다. 수아는 점점 예영에 대한 죄책감이 커져갔다. 그건 서진이도 마찬가지였다.

그들의 웃음 섞인 한숨소리가 커져 가는 가운데. 서진의 핸드폰이 울려댔다.

[네. 이서진입니다⋯ 아, 맞는데 네?! 아, 알겠습니다. 지금 바로

가겠습니다.]

전화를 끊은 서진의 얼굴이 많이 어두워져 있다.

"서진아, 무슨 전화인데 그래?"

"아무것도… 아냐. 회사에 일이 생겨서……. 갔다 올게. 기다리고
있어."

"어… 응."

"어디 도망가지 말고 꼭 기다리고 있어. 알았지? 다녀올게."

자신을 바라보는 서진이의 눈빛이 많이 흔들리고 있다는 것을 알
았다. 그리고 알 수 없는 불안감에 수아는 하람이를 꼭 끌어안았다.
아무 일도 없기는 바라면서.

서진은 아직도 자신의 뒤를 쫓아다니는 기자들을 따돌리고 병원으
로 향했다. 예영이 위독하다는 이야기를 듣고. 병원에 도착한 서진은
응급실로 향했다. 그리고 그곳에서 죽은 듯이 누워 있는 예영이를 볼
수 있었다.

"예영아… 최예영……."

"……."

"예영아, 정신 차려봐… 예영아……."

아무런 대답이 없는 예영을 흔들어 깨우는 서진. 예영은 아무런 미
동도 없다. 그러나 어느 순간… 서진의 손등으로 떨어지는 눈물. 자
신의 눈물이 아니었다. 예영의 뺨을 타고 흘러내리는 눈물이었다.

"왜 왔어… 가. 가… 서진아."

"바보같이 왜 그랬어!! 왜……."

"가!! 세빌 가!! 이서진, 제발 가라구!! 제발… 죽었대. 내 아기가 죽었대. 그런데 나는 살았어! 나는 살아버렸어. 같이 죽으려고 했는데 나만 살아남았어… 흑… 가!! 이젠… 힘들어… 너한테 사랑을 달라고… 사랑해 달라고 구걸하는 것도 싫어. 제발 돌아가 줘. 서진아, 제발…….""

"최예영… 바보 같다. 그렇게 똑똑하던 너는 어디 간 거야… 도대체!!"

"어디 갔냐구? 니가 날 이렇게 만들었잖아!! 니가!!"

예영을 자신의 품 안에 끌어당겨 안는 서진. 아무 말 없이 눈물만 흘리는 예영. 이제는 자신이 너무 싫었다. 이 순간까지도 그를 사랑한다고 생각하는 자신이…….

"돌아갈게… 너한테…….""

"이서진… 무슨 소리야…….""

"영원히… 너한테 머문다는 게 아냐. 그저 잠시만… 네가 혼자 있을 수 있을 때까지만…….""

"동정이라면… 필요없어. 이젠 너 없어도 되니까 보내줄 때… 가. 더 이상은 내가 비참해서 싫어… 싫어… 그냥 가!"

"최예영… 아무 말 하지 마. 난 내가 하고 싶은 대로 하는 거니까. 내일 퇴원하면 같이 한국 들어가자. 처갓집에 가서 쉬어. 간다, 내일 데리러 올게."

또다시 자신의 마음대로 해버리고 나가는 서진이 어이가 없는 예영. 왜 간신히 보내주려고 하는 자신을 흔들어놓는 건지 모르겠다.

그토록 차갑게 자신을 내쳐 낸 주제에 갑자기 왜 이렇게 다정한 건데. 그러나 한편으로는 조금은 고마웠다. 자신에게 그를 떠나보낼 수 있는 기간을 준 거니까.

병원에서 나온 서진은 한숨을 내쉬며 수아에게 전화를 했다. 얼굴을 보면 예영이에게 돌아가고 싶지 않을 테니까. 기나긴 신호음이 끊기고 수아의 목소리가 들렸다.

"나야."

—응, 서진아.

"있잖아… 예영……."

—언니… 많이 아프다면서? 걱정이겠다. 서진아, 알아… 니 맘. 언니 곁에 있어주고 싶은 거지? 나 괜찮아. 나… 너 없이도 3년을 살았는데 앞으로 못살 이유 흑… 보내줄게. 흑… 난 괜찮으니까 신경 쓰지 마, 서진아.

"김수아!! 너 내 말 안 들을래!! 누가 너 떠난대? 누가 너 버린대? 절대 안 돼!! 너 이 핑계 대고 나 떠날 생각이라면 접어! 난 너 보내줄 마음 없으니까. 잠시만 예영이한테 시간을 주는 거야. 잠시만 다녀올게. 나… 다녀와도 돼?"

서진이 그렇게 말하자 수아는 알 수 없는 기분에 사로잡혔다. 자신을 절대 놓아주지 않겠다는 그의 말에 수아는 너무 행복했다. 너무 감동을 받은 나머지 아무 말도 할 수 없었다. 그러나 서진은 아무 소리도 들리지 않자 걱정이 되었다

"수아야. 김수아, 내 말 듣고 있는 거야?"

—어… 어… 듣고 있어, 서진아.

"니가 가지 말라면 안 갈게."

—아니야, 다녀와. 기다리고 있을게. 나… 기다리고 있을게.

"그래… 고마워. 내가 너 사랑하는 거… 알지?"

—응.

"끊을게. 다녀와서 전화할게……."

전화를 끊었다. 날 보내준다고 했을 때 서진은 순간 가슴이 철렁했다. 뭔가 단단히 오해를 한 것 같아서. 그렇지만 수아가 기다려 준다고 했다. 자신을… 자신을…….

그렇게 서진과 예영이 한국으로 떠난 후 수아는 하루 종일 독고준 커플과 거의 붙어 다니다시피 했다. 사실 유나가 수아의 기분이 가라앉았다며 억지를 써서 있는 것이긴 했지만. 그렇지만 수아는 기뻤다. 독고준의 행복한 모습을 보아서 너무 행복했다.

"나 화장실 좀 다녀올게. 음식 나오면 먼저들 먹고 있어."

또다시 허둥대면서 화장실로 향하는 유나. 그런 유나의 모습을 보고 웃음을 지어 보이는 수아와 준.

"다행이에요, 좋아 보여서."

"그래? 그렇다면 다행이다. 너도… 좋아 보여. 행복해 보여서 다행이야. 수아야, 만약에 이서진이 너 행복하게 안 해주면 말만 해. 유나가 있어서 널 책임져 주지는 못하지만 혼내줄 테니까!"

마치 자신의 오빠 같은 말투에 수아는 웃을 수밖에 없었다. 그러자 준도 활짝 웃으면서 말을 이어갔다.

"그래, 넌 그렇게 웃어야 예뻐. 처음 날 설레이게 했던 그 미소다, 지금이……. 김수아, 나라는 인간이 너 사랑했다는 사실은 잊지 마라."

"네, 정말 고마워요. 준이 씨도 행복해지길 바래요."

"와우!! 음식 나왔어요!! 준아!! 수아야!!"

유나의 목소리에 또다시 주변은 웃음바다로 변해 버렸다. 수아는 기도했다. 모두가 다 행복해질 수 있기를, 모두가 다 언제까지 웃을 수 있기를…….

수아는 오늘도 떨리는 마음으로 인터넷에 접속했다. 자신이 만들어놓은 홈페이지를 보기 위해서. 점점 확산되어 가는 자신과 서진의 열애설을 해명하기 위해 준과 함께 만든 것이었다. 그렇지만 그들의 홈페이지를 가득 채운 것은 욕뿐이었다. 어떻게 그럴 수 있느냐… 정말 미쳤다는 등의 심한 말뿐이었다. 하지만 수아는 그럴수록 힘을 내서 자신과 서진의 이야기를 써 내려갔다. 어떻게 만났는지… 어떻게 헤어졌는지… 어떻게 다시 만났는지…….

그렇게 한 지 한 달이 넘어서자 차츰 격려의 글들이 올라왔다. 그리고 점차 욕설은 사라지고 꼭 사랑을 이루길 바란다는 말, 너무 가슴 아픈 사랑이라면서 눈물이 난다는 등의 말들이 홈페이지를 가득 채웠다.

"와, 김수아, 너 이제 스타 됐다. 이것 봐, 니 팬이라면서 글도 올렸는데?"

다. 그런데 놀랍게 그 안에 들어있는 것은 서진이의 어머니의 사진이었다. 왜… 왜 저분이 서진이 어머니의 사진을 가지고 있는 거지?

"어이, 동생, 뭐 하냐? 가자. 배고프지?"

"어? 어… 가자."

"수아야, 정말 멋있었어! 방송에 어떻게 나올지 기대되는걸."

수아는 유나와 준이 하는 이야기가 들리지 않았다. 오직 그 하나꼬라는 여자의 절뚝거리는 뒷모습이 신경 쓰일 뿐…….

수아는 그 목걸이를 들고 서진의 아버지를 찾아갔다. 사실 만나주지 않으면 어떻게 하나라는 생각에 수아는 가슴이 떨렸다. 그러나 그녀의 생각과는 달리 그의 아버지는 그녀를 쉽게 들어오라고 했다.

[안녕하세요. 김수아라고 합니다.]

[네, 알고 있어요. 결혼식 때 봤었죠?]

[아… 네, 죄송합니다. 그때는…….]

[이해하오. 그럼 자리에 앉을까?]

[네.]

회장실 가운데에 있는 푹신한 가죽 소파에 수아를 앉히고 비서에게 차를 내오라고 지시하는 서진의 아버지.

[아이가 하나 있다지? 서진이… 아이 말야.]

[네? 아… 네.]

[그렇게 떨지 않아도 돼요. 난 아가씨를 인정하니까. 어차피 우리 집 며느리가 되면 그 아이도 내 손자가 되는 것인가? 보고 싶은데 언제 한번 보여주겠나?]

[아… 네, 당연하죠. 감사합니다.]

[그런데 이 말 하려고 날 찾아오지는 않았을 테고… 무슨 일로 날 찾아왔지?]

[아… 저 하나꼬라는 분이 이걸 전해드리라고 해서요.]

펜던트를 탁자에 올려놓는 수아. 갑자기 그 자리에서 벌떡 일어나 펜던트를 손에 쥐는 서진의 아버지. 그의 갑작스런 행동에 놀란 수아 역시 따라서 일어선다.

[이걸… 분명 하나꼬가 준 것이요?]

[아… 네.]

[그녀를 어디서 봤지?]

[오늘 방송 녹화하는데 그분이랑 같이 했거든요.]

[하하하… 아, 나는 바쁜 일이 있어서 그러는데 먼저 일어나도 될까?]

[아… 네.]

수아가 일어서는 동시에 그는 비서를 불러 지시했다. 삿포로로 가는 비행기를 지금 당장 예약하라고…….

수아가 녹화한 방송이 나오는 날 떨리는 마음으로 TV를 시청했다. 왠지 자신이 했던 말에 자신이 감동을 하는 수아. 하람이와 열심히 TV를 보고 있는데 전화벨이 울렸다.

"여보세요. 김수아입니다."

─수아니?

서진이의 목소리다. 두 달 동안 연락 한 번 없었던 그다. 갑자기 수아는 자신의 목이 메어옴을 느꼈다.

―수아야… 수아야? 내 말 듣고 있는 거야?

"어… 어, 그래. 서진아 듣고 있어. 왜 이렇게 늦게 전화해. 흑… 보고 싶어서……."

―수아야… 있잖아… 나 못 돌아가.

"뭐, 뭐라구?

―미안하다, 수아야……. 전화 끊을게.

툭 소리와 함께 끊긴 전화. 그리고 수아의 눈에서 눈물이 흘러내린다. 못 돌아간다는 말을 했다. 무슨 의미일까? 설마… 설마…… 언니 곁에 계속 남겠다는 뜻?! 이서진!! 이 나쁜 놈!! 아무런 생각도 할 수가 없었다. 도대체 왜 갑자기 돌아올 수 없다는 것인지, 왜! 수아의 눈가에 눈물이 고였다.

"흑… 흑… 이서진 나쁜 놈… 흑… 기다리라면서!! 나쁜 자식!"

수아가 울고 있자 옆에서 가만히 앉아 있던 하람이가 조금씩 다가오기 시작한다. 그리고는 수아의 눈에서 흐르는 눈물을 닦아준다.

"하람아."

"마… 마… 뚝……."

"으흑… 하람아……."

2살 난 자신의 아들보다 더 아기가 되어버린 수아. 그런 그녀에게 들리는 초인종 소리. 수아는 눈물을 닦고 현관으로 나갔다.

[누구세요?]

[택배 왔는데요!]

[택배요?]

수아는 택배가 왔다면서 문을 열어달라는 그 남자의 목소리가 조금은 수상했지만 흐르는 눈물을 닦고 문을 열었다. 그 순간 수아는 아까보다 더 펑펑 울 수밖에 없었다. 그 이유는 커다란 상자 안에 들어가 있는 서진이가 자신의 눈앞에 있었기에… 그리고 그가 손바닥 위에 올려놓고 있는 반지.

"이서진… 너… 너……."

"김수아… 보고 싶었다."

"너… 정말 사람… 놀라게 하는데 무슨 재주 있어!! 내가!! 내가 얼마나… 울었는지 알아!!"

"알아. 다 들리던걸, 니 울음소리. 내가 안 돌아오는 게 그렇게 서러웠어, 김수아? 하하하."

"웃지 마. 너 정말……."

상자에서 나와 수아을 껴안는 서진. 그리고 조심스럽게 수아의 등을 토닥인다.

"정말 보고 싶었다, 수아야."

"나도, 서진아."

"김수아, 정식으로 프러포즈할게. 나랑 결혼해 줄래?"

"음… 싫은데."

"뭐?!"

"나… 우리 하람이 아빠랑 결혼할 건데."

"김수아!! 너 정말 나 놀릴래?!"

"그러니까 누가 먼저 나 놀리래? 너 내가 두고두고 평생 괴롭혀 줄 거야!"

그날따라 수아의 웃음소리가 더 컸다. 아마 사랑하는 사람과 함께여서일까? 그녀의 미소가 더욱더 눈부셨다. 행복함이 가득한 그녀의 미소가……

"그런데 서진아."

"왜?"

"너 말야, 왜 못 온다고 그랬어?"

"…서프라이즈한 프러포즈를 해주고 싶었어. 너만 도망 다니라는 법 없잖아."

"뭐? 정말!"

서진은 수아의 이마에 살며시 자신의 이마를 대며 속삭였다.

"약속해 줘, 내 곁에서 떠나지 않겠다고… 내 곁에서 도망치지 않겠다고."

"그래, 약속할게."

"이젠 너 없이 살 수 없어. 내 삶의 이유는 너니까. 사랑한다, 수아야."

서진의 나지막한 고백을 들은 후에 수아는 행복했다. 그리고 그녀 역시 그를 향해서 마음속으로 고백했다. 언제까지나 그대와 함께할 수 있기를……. 다시는 아파하며 눈물 흘리지 않기를…….

화창한 5월, 푸른 녹음이 사람들의 코에 스치고 눈부시게 하얀 웨딩드레스를 입은 신부가 입장하고 있다. 서진의 시선은 그녀의 앞에 있는 들러리들을 지나쳐 그의 신부에게 곧장 향했다. 하얀 면사포를 쓰고 그에게 한 걸음씩 다가올 때마다 서진의 심장은 방망이질을 하듯이 뛰어댔다. 그리고 천천히 그녀를 향해서 걸어갔다. 자신의 하나뿐인 사랑을 향해서. 한 걸음 한 걸음씩……

"신랑 이서진 군은 신부 김수아 양을 아내로 맞이하여 아플 때나, 슬플 때나, 즐거울 때나, 괴로울 때나 언제나 사랑하며 신의를 지킬 것을 여기 계시는 하객 여러분과 이 세상과 더불어 맹세하겠습니까?"

그렇게 시작된 주례사로 결혼식이 시작되었다. 4년 전에 했던 결혼식처럼. 아니, 한 가지만 빼고. 신부의 이름이 바뀌었다. 신랑이 하는 신랑의 맹세가 끝나자 서진은 수아에게 속삭였다.

"이번엔 확실히 김수아… 맞는 거지?"

아무 말도 없이 고개만 숙이고 있는 신부. 서진은 조금 이상하다 싶어 면사포 쪽으로 얼굴을 기울이지만 그럴수록 신부는 그의 손을 피해 얼굴을 더욱더 숙일 뿐이었다. 설마… 설마… 하는 마음으로 면사포를 걷는 순간 그의 눈앞에 있는 건 그를 향해서 싱긋 웃어주는 예영이가 있었다. Oh, my god!!

"김수아!! 너… 끝까지—!!"

신랑의 고함 소리와 동시에 결혼식장은 온통 웃음바다가 되었다. 그들의 새로 시작된 사랑 이야기가 시작되면서……

#에필로그
Muih Marigold —반드시 오고야 말 행복

최신식 컴퓨터와 고급 가구들로 장식된 사무실. 그리고 전망이 좋은 창문 앞에 놓여진 의자에 앉아 아무 말 없이 서류를 훑어보는 여자. 베이지색 치마 정장에 뿔테 안경이 무척 잘 어울리는 여자다.

"그러니까 이번 사업의 주요 내용은 어떻게 하면 고객과 더 가까워지겠는가이군요."

여자의 대답이 떨어질 때까지 마른침 하나 삼키지 못하면서 대답을 기다리는 사람들은 일제히 고개를 끄덕였다. 이윽고 여자가 고개를 끄덕이자 그제야 한숨 비슷한 소리를 낸다.

"좋은데요. 음, 아주 괜찮아요. 그럼 여기 세워놓은 대로 추진하도록 하세요. 그럼 여기서 회의를 마치죠."

그녀가 일어서자 사람들이 얼른 그녀의 뒤를 쫓는다. 가만히 바라보고만 있어도 도도함이 묻어 나오는 여자였다. 맨 처음에 그녀가 이 회사에 스카웃되어 오면서 말들이 많았다. 낙하산이니, 너무 건방지다느니. 하지만 저번 큰 계약 건의 성공으로 그런 말은 사라지고 없었다. 모든 사람들이 인정할 정도로 그녀의 일하는 능력은 뛰어났기 때문이다.

회의가 끝났지만 그녀는 아까보다 더 분주하게 움직이기 시작했다.

"이사님, 오후에 사장님과 식사가 예약되어 있습니다."

"알아요. 내가 알아서 챙길 테니까 하늘 씨도 나가서 점심 먹어요."

비서를 챙겨서 내보낸 그녀는 걸음을 서두르기 시작했다. 차가 막혀 간신히 시간을 지켜온 레스토랑 안을 두리번거리던 그녀의 눈에 한쪽 테이블에서 반갑게 손을 흔드는 한 남자가 보였다.

"서진아."

"김수아!! 너 10분 오버야. 오늘은 니가 내는 거다."

"벼룩의 간을 빼먹어라. 알았어. 그런데 하람이하고 연경이는?"

"아버지랑 어머니께서 데리고 온천에 갔어. 피부에 좋다나 어쩐다나."

서진은 이제 자연스럽게 부모님의 이야기가 나오면 미소부터 짓는다. 예전에는 자신의 아버지를 많이 원망하고 미워했지만, 지금은 이해할 수 있을 것 같았다.

"뭐 먹을래?"

"오늘은 니가 사는 거니까 비싼 걸로. 하하하."

식사를 하면서 두 사람을 뭐가 그렇게 즐거운지 웃음이 사라지지 않는다. 그리고 누가 봐도 서로의 눈에 사랑이 가득 담겨 있었다. 그런데 갑자기 서진이 식사를 하다가 중단하고 '흠흠' 거리기 시작한다.

"왜 그래? 사레들렸어?"

"아니. 자, 김수아… 축하한다."

"뭘 축하해?"

"우리 5주년 결혼 기념일."

"벌써 그렇게 됐어? 시간 빠르다."

"그래, 벌써 5년 전이야. 그 일이……."

수아와 서진은 아무 말 없이 서로를 물끄러미 바라보았다. 그런데 갑자기 서진이 픽 하고 웃기 시작한다.

"뭐야, 너 왜 웃어?"

"야, 그때 우리 결혼식할 때 말야, 나 얼마나 놀랐는지 알아?"

"뭐? 아, 나 대신 언니가 대신 들어가서?"

"그래, 얼마나 놀랐는지 몰라. 결혼식 끝나고 나서 정말 너 패고 싶더라. 어떻게 사람을 두 번씩이나 속일 수 있냐. 하여간 김수아, 최예영 알아줘야 해."

"재미있었잖아. 그런데 그날 너만 몰랐어. 큭."

"뭐야!! 그럼 다 알고 있었단 말야!!"

"당연하지!! 너도 골탕 좀 먹어보라고 언니하고 짠 거다! 훗."

서진은 수아의 말에 한동안 멍하니 있다가 웃을 수밖에 없었다. 지금 생각해 보면 모든 것이 다 추억이 되었다. 처음 예영이를 대신해 들어오던 수아의 모습도… 눈물 지으며 뒤돌아섰던 이별의 순간들도… 그리고 다시 만난 그 순간도… 모든 게 지금은 웃으면서 말할 수 있는 추억이 되어 있었다.

"아, 그리고 예영 언니 다음 달에 결혼하는 거 알지?"

"어… 그래, 가야지."

"근데 신랑이 진짜 잘생겼더라. 확실히 연극 배우라서 그런가 봐. 그렇지?"

그 말이 끝나자마자 서진은 자신의 옆에 있는 물잔을 세게 들어 탁자를 쳤다. 넋을 잃고 예영이의 남편 자랑을 하던 수아는 그 소리에 깜짝 놀라서 서진을 바라보았다. 그녀의 눈에 비친 서진은 무언가에 화가 난 듯 그녀를 바라보고 있었다.

"왜?"

"그래? 그렇게 잘생겼으면 대신 결혼식장에 또 들어가지 그러냐!!"

"쿡, 이서진 너 지금 질투하는 거야?"

나의 말에 갑자기 얼굴이 벌게진 서진의 모습에 수아는 웃을 수밖에 없었다. 벌써 나이가 서른 살인 이 아저씨가 질투라니. 그래도 수아는 왠지 기분이 좋았다. 아직도 수아에 대한 마음이 식지 않았다는 증거니까.

"오호, 질투."

"아, 아니야!! 절대!! 내가 그 녀석보다 빠지는 게 뭐가 있어서!"

"그래, 그래. 아니라고 해줄게."

그렇게 웃어넘기고 물잔을 집은 수아 앞에 서진이 조그마한 케이스를 내밀었다.

"이게 뭐야? 설마 선물? 어떡하지? 난 아무것도 준비 못했는데."

"준비 다 되어 있구만. 거기에다가 짠!! 이 목걸이만 하면 딱인데."

서진은 케이스에서 목걸이를 꺼내 수아의 뒤로 다가갔다. 그리고 그녀의 목에 걸어주었다. 투명하고 영롱한 빛을 가진 다이아몬드 목걸이였다.

"어때?"

"서진아, 너무 예뻐. 고마워, 서진아."

"다이아몬드는 영원한 사랑을 상징한대. 또 예전에는 사랑의 불꽃이라 마음을 비추는 거라고 믿었대. 너한테 이걸 주는 의미는 나의 사랑도 영원히 너한테 준다는 의미야. 내 마음 알지? 처음이나 지금이나 앞으로 남은 내 삶 동안이나 먼 훗날 내게 허락될 다음 생까지도 널 사랑할게, 수아야."

"서진아, 미안해. 난 준비한 게 하나도 없는데. 미안해."

갑자기 수아의 어깨를 뒤에서 끌어안는 서진. 그리고 조그마한 목소리로 그녀에게 속삭인다.

"나… 가지고 싶은 선물이 하나 있기는 한데."

"뭔데? 뭔데 이렇게 뜸을 들여?"

"나… 연경이 동생 가지고 싶은데."

"뭐라구?!"

순간 수아는 얼굴이 달아올랐고 그 모습을 본 서진이 웃기 시작한다. 그런 서진의 모습에 약이 오른 수아.

"너……!!"

"하하하!! 김수아, 나 진짜 가지고 싶다니까."

"너 잡히면 죽었어!!"

그들은 지금 자신들이 있는 곳이 식당이라는 것을 망각한 채 어린아이들처럼 뛰기 시작했다. 그러나 곧 지배인에게 주의를 듣는 두 사람이었다.

"이서진, 이게 다 너 때문이야."

"니가 나 안 쫓아 왔으면 내가 뛰었겠냐."

"아이, 정말 창피해서."

"그런데 김수아, 너 내 선물 가지게 도와줄 거지?"

수아는 갑자기 서진의 귀를 잡고 흔들기 시작했다.

아주 세게~ 잡아당기며 자신의 입가에 끌어당기는 수아.

"아아아악!! 아파, 아파!!"

"서진아 고마워. 그리고 사랑해."

그녀의 말을 듣는 순간 서진의 얼굴에 웃음꽃이 피어오르고 아무 말 없이 두 사람은 서로를 바라보았다.

"서진아, 우리 언제까지나 이렇게 행복하자. 하람이랑 연경이랑 또 미래에 태어날 연경이 동생까지… 모두 다 행복하자."

"응, 사랑한다. 그리고 예영이 대신 결혼식장에 등장해 줘서 고맙다. 사랑해."

그 말에 살짝 미소를 지어 보이는 수아. 그런 수아의 입술에 살짝 키스를 하는 서진. 김수아… 이서진……. 다시 한 번 이 세상에 맹세합니다. 앞으로도 영원히 사랑하겠다고…….

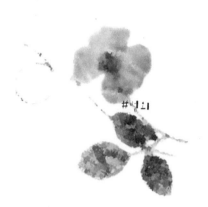

#4ㅂ ㅗ고 ㅣ

벌써 30분째 자신의 집 앞에서 꼼짝도 하지 않고 서 있는 저 남자, 바로 저 남자 때문에 예영은 바로 집 앞에서 차를 세워둔 채 차 안에서 나가지 못하고 있었다.

"저 스토커 미치겠어!! 정말 나도 모르겠다."

예영은 더 이상 그 남자가 가는 것을 포기하고 자신의 집 쪽으로 당당하게 걸어갔다. 그러자 대문 앞에 서 있던 남자가 한걸음에 뛰어와 어느새 예영의 옆에 서 있었다.

"오늘은 정확하게 30분 버티셨네요."

"니가 나한테 왜 이러는지 모르겠지만 나 이혼녀야!! 그것도 3살난 딸이 있다구!! 너 같은 애가 이래 봤자 전혀 소용없어!!"

그렇게 쏘아붙이고는 들어가는 예영의 어깨를 남자가 붙잡았다.

"사랑해요. 사랑한다구요!!"

"서태하, 정말 너 장난할래? 너 한 번만 더 이런 장난 하면 내가 안 봐준다고 했지!!"

"네, 네!! 저도 장난 아니에요! 왜 사람 진심을 이렇게 무시해요?"

주황색 가로등 아래에서 서로를 잡아먹을 듯이 노려보고 있는 예영과 태하. 사랑한다고 외치는 남자와 그 사랑 앞에서 거부하는 여자의 인연을 지금으로부터 3달 전으로 돌아가 보도록 하자.

서진과 함께 한국에 도착한 예영은 곧바로 한 조그마한 연극단으로 들어갔다. 그래야 서진에 대한 자신의 마음을 빨리 정리할 수 있다고 생각했다. 들어가자마자 시작된 연극은 「19, 그리고 80」이라는 자살을 꿈꾸는 19세의 소년 해롤드가 유쾌한 80세의 노인 모드를 만나면서 진정한 삶과 사랑을 배워간다는 내용을 가진 연극이었다.

"음, 괜찮네요. 내용도 좋구 연출진도 좋구. 그런데 해롤드의 역은 누구죠?"

"네. 서태하라고 아시죠? 예영 씨 쫓아다녔던 그 중학생 있잖아. 기억 안 나?"

예영은 대본을 자신의 입가에 물고 서태하라는 인물을 생각해 내려고 애썼다. 하지만 그 태하라는 사람은 생각날 듯 말 듯하면서 예영의 머리 속에 맴돌기만 할 뿐이었다. 그때 연습실 문을 열고 한 남자가 가쁜 숨을 내쉬면서 들어오고 있었다.

"죄송합니다!! 늦었죠? 수업이 길어지는 바람에……."

"이리 와라. 이번에 모드 역을 맡으신 최예영 씨, 알지?"

쑥스럽게 웃으면서 예영의 쪽으로 다가오는 태하를 보면서 그녀는 눈을 가늘게 떴다. 분명히 매우 낯이 익은 사람이었다. 마침내 그녀의 앞에 멈춰 선 태하의 모습을 훑어보던 예영이 자리에서 벌떡 일어나 소리쳤다.

"너, 너 설마 그 까까머리 중학생?"

"하하하, 기억하시네요? 제가 그때 말했죠. 훌륭한 배우가 되어서 꼭 누나, 아니, 선배님 옆에서 연기를 하겠다구. 어때요? 제 말이 맞았죠?"

자신의 머리를 긁적이면서 말하는 태하와는 반대로 예영의 얼굴은 굳어져 버렸다. 정말 어린 소년이 이제는 한 남자가 되어 그녀의 앞에 서 있었다. 그녀는 태하를 보면서 묘한 감정을 느꼈다. 그리고 처음 태하를 만났던 그날을 떠올렸다.

예영은 대학에 입학에서 연극이라는 것에 푹 빠져 버렸다. 그래서 연극 동아리에 들어가서 본격적으로 연극이라는 것을 배우고, 경영학과에서 연극영화과로 전과를 해버렸다. 그리고 세 달간 연습해서 그녀가 처음으로 무대에 선 것은 세계적인 명극 「로미오와 줄리엣」이었다. 물론 여자 주인공인 줄리엣의 역은 아닌 유모로 나왔지만 예영은 그녀의 배역에 불만을 갖지 않았다. 오히려 여자 주인공보다 더 열심히 연습을 해서 무대에 올랐다. 연극이 끝나고 나서 모든 영광은 주인공들에게 돌아갔지만 예영은 불평하지 않았다. 그때는 연극을 할 수 있다는 것만으로도 그녀에게는 행복이었으니까.

"자, 축하한다, 첫 연극."

대기실로 돌아온 그녀가 받은 유일한 꽃다발은 그녀의 친구가 건넨 장미다발이 전부였다. 그러나 그녀는 바쁜 시간에도 자신을 위해 와준 준이 너무 고마울 뿐이었다.

"고마워, 내가 밥 살게. 가자!"

예영은 자연스럽게 준의 팔에 자신의 팔을 끼우고 대기실 문을 나섰다. 그때 누군가가 불쑥 예영에게 장미 한 송이를 내밀었다. 놀란 예영이 그 장미 송이를 받아 들자 고개를 숙인 그 남자가 고개를 들었다. 교복을 입고 짧은 스포츠 머리의 소년이었다.

"오, 오늘 연극 잘 봤어요. 차, 참 이, 인상 깊었어요, 누나, 사랑해요!"

"아, 고마워요."

그렇게 말하고 뛰어 달려나간 소년의 뒷모습을 보면서 준이 웃기 시작했다.

"푸하하!! 사랑한대. 야야~ 너 팬 생겼다?"

"이씨!! 뭐가 웃기다고 웃어!!"

그렇게 준을 다그친 예영이었지만 자신의 손에 들린 장미 한 송이를 보고 왠지 모르게 웃음이 나왔다. 마지막에 그 소년이 했던 반했다는 말에 자신도 모르게 웃음이 나오게 했다.

로미오와 줄리엣이라는 연극이 마무리되고 예영은 그 연극 이후

늘 여주인공을 맡았다. 그녀의 노력의 결과였다. 그러나 예영은 늘 겸손했고 남보다 더 열심히 하려고 노력했다. 하지만 이런 예영에게 골치 아픈 일이 있었으니 그것은 바로… 대기실에 찾아와 방긋방긋 웃으면서 장미 한 송이를 내미는 이 소년 때문이었다.

"누나, 오늘도 연극 잘 봤어요."

예영이 하는 연극이 끝날 때마다 찾아와서 자신에게 장미를 주는 아이었다. 맨 처음에는 이 소년이 예영은 너무나 고마웠다. 자신에게 보여준 관심과 사랑이 그녀를 더욱더 열심히 하게 만드는 원동력이 되었으니까.

그런데 어느 날 예영이 집 앞에서 준과 헤어지고 올라오고 있는 길이었다. 그런데 갑자기 불쑥하고 그 소년이 그녀의 앞을 가로막았다.

"아이구, 깜짝이야! 누구야? 어~ 너구나?"

"누나! 저, 저 형이랑 사귀시는 거예요?"

"뭐? 응, 그런데 왜?"

"누나, 저 형이랑 헤어지세요!!"

예영은 당돌하게 헤어지라고 말하는 소년 때문에 놀라서 입이 벌어졌다. 그 자리에서 멀뚱멀뚱 서 있는데 소년이 예영의 손을 덥석 잡는다.

"누나, 저… 저 누나 좋아해요!!"

"애, 나는 말야, 어, 그러니까… 아, 나는 나보다 키가 큰 사람이 좋아. 그리고 또… 어!! 나랑 같이 연극도 할 수 있는 사람이었으면 좋겠어. 그런데 넌 아니잖아."

이쯤하면 됐겠지라는 생각에 예영은 살며시 소년을 살펴보기 시작했다. 역시나 그의 얼굴은 실망으로 가득찼다. 예영은 그제야 숨을 내쉬면서 흐뭇하게 웃었다. 그러나 곧 무엇가는 생각해 낸 소년이 환하게 웃으면서 예영에게 말했다.

"누나, 저 누나보다 키도 더 많이 커서 누나 옆에서 연극할게요!! 제가 지금 중학교 2학년이니까 딱 5년만 기다리시면 되겠네요!! 꼭, 꼭 기다려 주세요!! 제 이름은 서태하예요!! 서태하!!"

그렇게 계속 자신의 이름을 외치면서 뛰어가는 소년의 뒷모습이 아직도 예영의 머리 속에 생생하게 남아 있었다. 왜 이제야 저 아이가 생각나는 걸까? 오, 신이시여. 결국 예영의 머리 속이 복잡해져 버렸다.

"결혼하기 전에 보구 3년 만인데, 반갑지 않으세요?"

"너, 너 어째서!"

"아!! 예영 씨 모르겠구나. 태하 씨 잘 나가는 배우야. 잘해봐. 잘 어울리는 커플이 될걸."

감독이 우스갯소리로 말하자 태하가 싱긋 웃으면서 예영을 바라보았다. 하지만 예영은 대본에 시선을 둘 뿐이었다.

"신문 보니까 이혼하셨더라구요. 설마 저 때문은 아니죠?"

"그래!! 아니야!! 그리고 내가 이혼을 하든 말든 무슨 상관이야!!"

"훗. 그럼 저한테도 기회가 생긴 거잖아요."

"뭐, 뭐라구!!"

차분하게 말하는 태하와는 반대로 예영은 태하의 말에 점점 흥분하고 있었다. 더군다나 그런 예영의 모습을 즐기는 듯한 태하의 모습에 예영 정말 참을 수가 없었다.

"너! 너 정말!! 이 자식이!!"

"자, 자, 연습 시작합시다."

"젠장, 너 조금 있다가 봐!"

연습을 하는 동안 3년 동안 하지 않은 연극이어서 예영의 연기는 처음에는 어색했다. 그러나 예영의 가슴속에는 아직도 연극에 대한 사랑이 남아 있었으므로 그녀는 곧 자연스럽게 연습에 임했다.

"난 사랑을 한 번도 포기한 적이 없어. 언제나 아름다운 사랑을 꿈꾸지."

그렇게 대사 하나하나를 하는 동안 예영은 정말로 80세 할머니인 모드가 되었다. 그런 그녀의 연기를 날카롭게 보고 있던 태하의 입가에서 웃음이 나왔다. 3년 전 연극을 그만두었다는 예영의 이야기를 듣고 태하는 예영에게 너무나 큰 실망을 했다. 그녀가 예영을 좋아하는 이유 중 하나는 연극에 대한 그녀의 열정이었다. 무대에 선 그녀는 마치 다른 사람이었다. 늘 빛나는 그런 사람이었다. 그래서 연극을 그만둔 그녀의 소식에 그가 화를 낸 것인지도 모른다. 하지만 오늘 예영의 모습을 본 태하는 어쩔 수 없이 인정해야만 했다. 그녀가 아직도 연극을 사랑한다는 사실을, 아니, 연극 없이는 하루도 살 수 없는 여자라는 것을.

"먼저 갈게요. 밖에서 기다리는 사람이 있어서요."

그렇게 연습실을 빠져나온 예영은 밖에서 기다리고 있을 서진을 위해서 발길을 재촉했다. 바삐 나가는 예영의 뒤를 쫓아 나온 태하는 예영에게 손짓을 하고 있는 서진을 보았다.

'저 사람은 신문에서 봤던 그 자식이잖아.'

태하는 주먹을 쥐어 보이고는 서진에게 뛰어가는 예영의 어깨를 붙잡았다. 그 바람에 예영은 몸에 균형을 잃고 무너져 내리듯이 태하의 품으로 떨어졌다. 그런 예영의 모습을 보고 서진이 뛰어왔다. 태하는 예영을 부축해서 자신의 옆에 세운 후 다가오는 서진을 제지시켰다.

"이서진 씨 맞죠?"

"그래, 맞는데… 악!!"

대답이 떨어지자마자 태하의 주먹이 서진의 얼굴로 날아갔다. 서진은 아무런 반항도, 공격도 하지 못하고 그대로 보도블록 위로 쓰러졌다.

"까악!! 서태하, 너 이게 무슨 짓이야!!"

"이서진, 니가 뭔데 아직도 누나 옆에서 알짱대? 아주 대단한 일을 했더구만. 처제와 바람이 나서 이혼을 해?! 니가 뭔데!!"

그리고 아무런 반항도 하지 않는 서진이 멱살을 잡으려고 할 때 '짝' 소리가 나면서 태하의 얼굴이 돌아갔다. 예영이 부들부들 떨면서 태하의 뺨을 때린 것이다. 태하는 돌아간 자신의 얼굴을 돌릴 생각도 하지 않은 채 한동안 가만히 서 있었다.

"니가 뭘 안다고 그래!! 아무것도 모르면서 나서지 마!! 내 일이야!!

때려도 내가 때려!! 니가 뭔데 때려?! 니가 뭔데!!"

그러면서 예영은 태하의 가슴팍을 때리기 시작했다. 그러자 태하의 입에서 피식 웃음소리가 새어 나왔다. 그러면서 자신을 때리는 예영의 손을 잡았다.

"그때랑 똑같네요. 누나는 언제나 이렇죠. 내 편이 되어준 적은 한 번도 없었으니까."

그 말을 마치고 태하은 예영의 손을 놓아주고 뒤돌아섰다. 태하의 축 처진 어깨가 예영의 눈 속에 들어오자 왠지 모르게 가슴 한구석이 시큰해졌다.

대학 생활 마지막 동아리 연극을 끝나자 어느 때와 다름없이 예영의 뒤를 태하가 따라왔다.

벌써 4년째 지속되는 인연. 그런 인연에 예영은 웃음이 나기도 했고 자신을 좋아해 주는 태하가 동생처럼 귀여웠다.

"귀찮다, 태하야."

"누나, 나 오늘요, 서클 활동 연극부로 정했어요. 잘했죠?"

"너 축구하는 거 더 좋아하잖아. 그래서 중학교 때도 축구부였잖아."

"아, 이젠 아니에요. 누나 때문에 연극하고 싶은 것도 있지만 연극이 좋아요. 예전에는 엄마 따라서 보는 것만 좋아했는데 이젠 내가 해보고… 누나?"

열심히 말을 하던 태하는 갑자기 멈추어 선 예영 때문에 말을 더 이상 잇지 못했다. 그리고 멈추어 선 예영의 시선의 끝으로 보인 한 남자를 보았다. 옆에 여자를 끼고 천천히 그들의 쪽으로 비틀거리면서 걸어오는 남자. 태하의 눈에 그 남자는 무척이나 낯이 익었다.

"와, 최예영이네. 그 도도한 자존심 공주!! 최.예.영. 진짜 오랜만에 보네. 큭. 야."

"뭐 하자는 짓이야?"

"어때? 내 옆에 있는 여자 이쁘지? 나이트 가서 꼬신 애다. 어때?"

태하는 꼭 쥔 예영의 주먹이 부들부들 떨리는 것을 보고 기억해 냈다. 그 사람이었다. 처음 예영에게 장미 한 송이를 주러 대기실에 간 날 본 남자였다. 그런 생각으로 예영을 바라보고 태하는 자신의 조그마한 주먹을 준의 얼굴에 날렸다. 태하의 주먹을 움직이는 것은 예영의 눈에 고인 눈물이었다. 그녀의 눈물.

"까악!! 태하야!! 무슨 짓이야!!"

"저런 놈은 죽어도 돼요!!"

살이 부딪치는 마찰음과 함께 태하의 뺨이 붉게 물들었다. 떨리는 손을 내려놓고 예영은 준의 옆에 있던 여자를 밀쳐 내고 준을 부축했다.

"준아, 괜찮아? 서태하, 내 일이야!! 끼어들지 마!! 니가 뭔데 사람을 때려?! 니가 뭔데!! 아무것도 모르면서 아는 척 나서지 마!!"

태하는 무엇인가를 말하려다가 그대로 뒤돌아서서 갔다. 축 어깨를 늘어뜨린 채 뒤돌아서서 갔다.

예영의 눈에 그날의 태하의 모습이 겹쳐 보였다. 그렇게 한참을 태하의 뒷모습을 바라보고 있는 예영에게 서진이 일어서며 말했다.

"와, 주먹 센데? 그런데 누구야?"

"어, 있어. 서태하라고 있어."

"웃, 니 팬인가 보네? 와, 그런데 내가 왜 맞은 거냐?"

"그걸 몰라서 묻냐?!"

그렇게 예영이 외치자 서진의 표정이 금세 어두워졌다. 고개를 푹 숙인 채 예영에게서 떨어져서 걸어가는 서진에게 다가가는 예영. 그리고 살며시 서진이 팔에 팔짱을 껴보았다.

"우리 오랜만이지."

"그래, 미안하다."

"아니, 그런 말 들으려고 한 건 아니구 그냥 이렇게 둘이 걸어본 게 오래된 거 같아서. 우리 이렇게 걸을 때 진짜 행복했는데. 그렇지?"

"예영아."

"미, 미안. 내가 괜한 소리를 했네. 나 빨리 집에 데려다 줘. 우리 엄마 기다리겠다. 어서."

예영은 어느새 고인 눈물을 닦고 서진이 세워둔 차에 올라탔다. 그런 예영의 모습을 보고 서진은 가슴이 아팠지만 자신이 할 수 있는 일은 이것밖에 없었다. 그저 그녀의 곁에서 그녀를 지켜봐 주며 그녀가 자신을 잊어가기만을 기다려 주는 것밖에 없었다. 미끄러지듯이 차가 출발하고 한동안 가던 차 창문 밖으로 태하의 모습이 예영의 눈에 들어왔다. 늘 힘없이 처져 있는 어깨. 8년 전보다 키도 크고 몸도 커졌지만 여전히 태하였다. 그런 태하의 모습에 자연스럽게 웃음이 나왔다.

"왜 웃어?"

"아니야. 사람이 한 사람만 8년을 기다릴 수 있을까? 그럴 수 있을까?"

예영 그렇게 중얼거리면서 백미러로 비치는 태하의 모습에서 눈을 돌렸다. 10분 정도 달리던 차는 예영의 집 앞에서 멈춰 섰다.

"집에 들어갔다가 갈게."

"너 미쳤냐. 우리 엄마, 아빠한테 죽고 싶어서 난리가 났구나. 그냥 가. 내일은 나오지 말고 너 밀린 일이나 해."

"그래, 간다."

예영은 서진의 차가 골목길 끝으로 사라질 때까지 지켜보았다. 그리고 하나씩 지워가기 시작했다. 서진에 대한 기억들을 한 가지씩.

그 일이 있은 후 한동안 태하는 연습실에 나오지 않았다. 그래서 한간에는 그가 이번 연극을 하지 않는다는 소문까지 나돌았다. 태하가 오지 않아서 혼자서 연습하던 예영은 슬슬 걱정이 되기 시작했다.

"서태하, 이번 연극 안 한대요?"

"글쎄, 나도 모르겠어. 연락이 안 되서 말이지. 예영 씨라도 연습해라."

그렇게 말하면서 대본을 들고 나가는 연출자의 뒷모습을 바라보았다. 연락이 안 된다는 말이 계속 예영이의 머리 속을 가득 채우자 예영은 애써 그것을 부인하고 다시 연극 연습에 몰두했다.

8시간 동안의 연습이 끝나고 집으로 돌아가는 예영의 뒤를 쫓는 걸음 소리가 들렸다. 이상하게 여긴 예영이 걸음을 멈추면 멈추고. 그녀가 걸음을 빨리하면 빨라졌다.

'이럴 줄 알았으면 서진이 나오라고 하는 건데. 뭐야, 진짜.'

뒤늦은 후회를 하면서 걸음을 재촉하던 예영의 눈에 집이 보였다. 기쁜 마음에 그녀가 뛰려고 하는 순간 누군가가 그녀의 팔목을 낚아채서 골목길로 끌고 갔다. 너무 놀란 예영은 목소리조차 나오지 않았다.

"누나."

낯익은 목소리에 예영은 긴장이 풀고 고개 숙인 그 남자의 얼굴을 확인했다. 그러자 반짝이는 가로등 불빛에 비친 얼굴은 태하였다.

"태하야?"

"누나, 날 왜 이렇게 힘들게 해요? 왜… 응?"

"서태하?"

"이젠 나도 모르겠어. 나도."

두서없는 말과 계속해서 꼬이는 발음들. 예영은 태하의 목소리만 들어도 그가 술을 먹었다는 것을 알 수 있었다. 기가 막힌 예영이 태하를 밀어내고 했지만 꿈쩍도 하지 않았다.

"야. 뭐, 뭐야. 비켜."

"누나……."

순간 예영의 심장이 뛰기 시작했다. 계속해서 다가오는 태하의 얼굴과 알싸한 술 냄새에 취해 버릴 것만 같았다. 점점 태하의 얼굴이 다가올수록 예영은 고개를 돌리려고 했지만 꼼짝도 할 수 없었다. 그래서 할 수 없이 눈을 질끈 감는 순간, 그녀의 귀에 들리는 소리.

"웨에엑."

웨에엑……? 이상하다 싶어 눈을 뜨고 고개를 돌려보니 태하가 전봇대를 잡고 오바이트를 하고 있는게 아닌가! 예영은 그 모습에 자신도 모르게 웃음이 나왔다. 도대체 자기가 무엇을 바랬단 말인가. 웃음이 나왔다. 그렇게 속으로 웃고 나서 예영은 태하의 등을 두드려 주었다.

"으이구. 서태하, 그러기에 마시지도 못하는 술 먹고 내가 너 때문에 미친다!!"

"아아. 아파. 살살. 살살."

"너 같은건 더 세게 맞아야 해!!"

"아아, 누나!! 나 죽어!! 아프다고!!"

그렇게 한참을 태하의 등을 두드려 주고 예영은 태하를 집 주변 공원에 앉혀 놓고 편의점에서 물과 물티슈를 사 가지고 왔다.

"자, 닦아."

태하는 예영이 내민 물티슈에서 휴지를 한 장 꺼내 자신의 손과 입가를 닦았다. 그렇게 닦고 있는 태하 옆에 예영이 앉았다.

"강태하, 왜 연습 안 나왔어?"

"좀 아팠어."

"어디가 아팠기에 연락도 안 하고 그랬어. 너 현지(연출자) 언니한테 죽었어."

"정말 아파서 죽는 줄 알았어."

"어디가?"

"여기가."

예영은 더 이상 태하와 눈을 마주치지 않고 고개를 돌려 버렸다. 태하가 가리킨 곳은 태하의 가슴이었다. 심장이 뛰고 있는 왼쪽 가슴. 한동안 고개를 돌리지 못하고 앉아 있던 예영이 태하를 바라보았다. 태하 역시 아무 말 없이 예영을 바라보았다.

"태하야, 늘 고맙게 생각하고 있어. 니가 날 생각해 주는 마음 정말 고맙게 생각하고 있어. 그런데 말야, 태하야, 나는……."

"안 된다는 말 하려는 거지?"

"그, 그래, 알잖아. 넌 나한테 그저 편안한 동생이야."

"싫어. 나는 누나 동생 하고 싶지 않아. 내일 연습실에서 보자."

"태하야!!"

뒤도 돌아보지 않고 달려가는 태하의 모습을 보면서 예영은 그가 안타까울 뿐이었다.

다음날 연습장에서 예영은 태하를 볼 수 있었다. 처음 보았을 때보다 더욱더 밝게 그녀를 향해서 웃어주고 있었다.

"늦었네요. 커피 한 잔 드실래요?"

"아침에 커피 안 먹어. 연습하죠."

예영은 일부러 태하를 쌀쌀맞게 대했다. 주위의 사람들이 그런 예영의 행동에 귓속말을 할 정도로 차갑게 대했다. 하지만 태하는 그런 예영의 태도에도 불구하고 그녀에게 더 따뜻하게 다가가려고 노력했다.

"그게 아니잖아!"

태하와 대화를 맞추어보던 예영이 태하에게 화를 냈다. 다른 사람들이 예영의 고함 소리에 모두가 놀라서 그녀를 쳐다보았지만 태하는 오히려 웃으면서 그녀에게 꾸벅 인사를 했다.

"죄송합니다!! 다시 하겠습니다."

그렇게 말하고 다시 천천히 대본을 들고 대사를 읊기 시작했다. 그녀에게 정말 자신의 마음을 전하듯이 대사를 했다. 태하의 눈빛을 읽은 예영은 더 이상 그 자리에 있을 수가 없었다.

"죄송한데… 몸이 안 좋아서요. 먼저 들어가 볼게요."

"예영 씨, 왜 그래? 어머, 안색이 많이 안 좋네. 그래, 푹 쉬고 내일 봐."

그렇게 스텝들에게 인사를 한 후 예영이 연습실 문을 빠져나가자 태하의 눈이 자연스럽게 예영의 모습을 쫓았다. 그러나 이내 고개를 돌려 연극 연습을 했다. 서진의 모습이 보였다. 환하게 웃으면서 예영을 부축하는 그의 모습을 보았다.

"와~ 태하 많이 좋아졌다."

"감사합니다."

"그나저나 아까 온 사람, 이서진 아냐?"

"왜 저 사람이 여길 오지?"

그건 태하가 묻고 싶은 말이었다. 왜 예영의 가슴에 상처를 주고 떠난 사람이 다시 그녀의 곁에서 맴도는지. 태하는 너무나 화가 났다. 그러나 그는 화를 낼 수 없었다. 예영에게 태하의 존재는 그저 동생일 뿐이었으니까. 그게 그를 슬프게 했다.

그렇게 한참을 연습하고 있는데 여자 아이가 연습실 문을 열고 들어왔다. 그리고 멀뚱멀뚱 주위를 살피다가 뒤에 누가 또 있는지 계속 손짓을 하기 시작했다. 그러자 정장을 곱게 차려입은 한 중년의 부인이 들어왔다.

"여기 최예영이라고 있나요?"

"아, 예영 씨요? 집에 갔는데… 그런데 왜?"

"해지, 아니, 아이가 자꾸 엄마가 보고 싶다고 졸라대서요. 이런, 길이 엇갈렸네요. 해지야, 가자."

거울 근처에서 놀던 해지는 할머니의 부름에 고개를 돌리고 뒤뚱거리면서 뛰기 시작했다. 그러나 얼마 가지 못해서 넘어졌고 태하는 그 아이 곁으로 뛰어가서 아이를 안아 들었다. 해지는 태하의 품에 안겨서 갑자기 아빠라고 외쳤다. 그러자 해지의 할머니가 달려와 해지를 자신이 안아 들고 태하에게 사과했다.

"미안해요. 아이가 아빠를 못 본 지 오래 되어서……."

"괜찮습니다. 아이가 참 예쁘네요. 안녕, 다음에 또 보자."

태하의 인사에 해지는 생글거리면서 고개를 끄덕이고 밖으로 나갔다. 한동안 가만히 사라지는 해지의 모습을 지켜보던 태하가 빙그레 웃자 현지가 태하의 옆구리를 푹 찔렀다.

"뭐냐, 방금 니 얼굴에 풍겨 나온 그 분위기."

"아하하하, 아기가 정말 이쁘죠? 예영 선배 닮아서 더 그런가 봐요. 그죠?"

"오우. 대답 회피!!"

"아니예요! 연습하죠, 연습!"

세 번 짧게 박수를 친 후 대본을 집어 들었다. 그 모습을 보고 현지는 묘한 눈으로 그를 쳐다보았지만 태하는 그저 웃으면서 넘겼다. 그러나 그런 태하의 모습은 현지의 의혹을 더 가중시킬 뿐이었다.

드디어 두 달간의 연습이 끝난 후 「19, 그리고 80」 연극이 막이 올랐다. 예영과 태하는 자신들이 연습한 이상의 기량으로 연극을 마쳤고, 연극은 성황리에 막을 내렸다.

"와~ 수고했어. 나 헤롤드가 프러포즈하는 장면에서 눈물나올 뻔했다. 모드가 독약 마시고 죽잖아. 와~ 왜 그렇게 가슴에 와 닿는지. 역시 니네를 믿은 보람이 있다."

그렇게 말하면서 현지는 예영과 태하의 어깨를 툭툭 쳤다. 모두들 성공적으로 끝낸 연극 때문에 흥분해하고 있는데 한 여자가 대기실로 들어왔다.

"태, 태하야."

"어, 은수야?"

"축하해. 연극 잘 봤어. 역시 연기 잘하던데."

"고맙다."

어색하게 인사를 건네면서 은수가 건넨 꽃다발을 받는 태하. 그런 태하의 모습에 예영은 자신도 모르게 가슴이 두근거림을 느꼈다. 자신의 두근거림에 당황해하고 있는 예영의 어깨를 토닥이면서 현지가 싱긋 웃었다. 그런 현지의 행동에 예영은 더 복잡할 뿐이었다.

"자자, 오늘 쫑파티 해야지. 가자!! 내가 쏜다!!"

"정말요? 와와~ 역시!!"

"가자, 가자."

시끌벅적한 대기실에서 사람들이 빠져나가자 대기실은 조용해졌고 세 사람만이 남았다. 한동안 멍하니 있던 예영은 사람들이 빠져나갔다는 사실을 알고 자신도 허둥대면서 나가려고 했다. 그때 태하가 예영의 팔목을 붙잡았다. 그런 태하의 행동에 예영이 놀라서 그를 쳐다보자 태하는 그 시선을 피하고 자신만을 바라보고 있는 은수를 바라보았다.

"태, 태하야."

"강은수, 미안하다. 나 이 여자 사랑해. 넌 안 돼. 나 8년 동안 한 사람만 바라봤어. 그게 이 사람이야. 미안하다."

"어, 어떻게… 태하야… 흐흑."

그렇게 울면서 은수가 나가자 예영은 황당하다는 듯이 그를 바라보았다.

"이게 무슨 짓이야!!"

"진심으로 좋아해요, 아니, 사랑해요."

"태하야, 있잖아, 그게 있잖아, 너는… 너는 그저 나를 어… 존경하는 거야. 결코 이게 이성으로서 하는 사랑이 아니야. 그러니까…

그러니까……."

"집어치워요, 그런 설교는!! 누나도 잘 생각해 봐요. 나에 대해서 그렇게 늘 동생이라고 치부해 버리지 말구! 나를 남자 서태하로 보란 말이에요!"

"미안해. 나는 너를 받아들일 수가 없어. 미안해, 태하야."

예영의 말을 마치고 태하 쪽을 바라보았지만 태하는 없었다. 다만 그가 열고 나갔을 거라고 예상되는 문을 통해서 바람이 들어오고 있었다.

"미안해. 태하야, 미안."

그렇게 나지막하게 중얼거리고 나서 예영은 쫑파티를 하기로 한 식당으로 갔다. 벌써 술자리가 시작되었고 어느새 온 태하가 한쪽 구석에서 술잔을 들이키고 있었다.

"어? 예영아, 왜 이렇게 늦었어? 여기 앉아."

예영은 고개를 끄덕이고 현지의 옆에 앉았다. 술잔을 하나씩 받아서 마실 때마다 예영은 취하기는커녕 오히려 더 정신이 또렷해지는 것 같았다. 점점 시간이 지나자 사람들이 하나둘씩 테이블과 방바닥 위로 쓰러졌다. 그러나 예영은 손에 든 잔을 놓지 않았다. 취하고 싶었다. 모두 다 날려 버리고 싶었다. 지금이 감정을… 알 수 없는 자신의 감정을. 그런데 누군가가 예영의 곁에 앉았다. 고개를 돌려보니 태하였다. 예영이 다시 술병을 들어 술잔에 따라붓자 술병을 빼앗은 태하.

"뭐야!!"

"술도 못 마시면서 벌써 2병째야. 오버잖아, 그 정도면."

"상관 마!!"

"포기하지 않을 거야, 누나가 날 남자로 봐줄 때까지."

"서태하!! 아니, 태하야, 이러지 말자. 난 니가 좋아, 동생으로서."

"난 싫어."

"정말 이럴래? 난 부족해. 너한테 애 달린 이혼녀에 나이도 너보다 많구 또 아직도 그 사람 사랑해, 바보처럼. 그러니까 그만 하자."

"그래, 그렇게 밀어내. 내가 다가가면 되니까. 가자, 집에 데려다 줄게."

태하는 자신의 손을 피하려고 버둥대는 예영의 팔을 붙잡아 끌었다. 그리고 익숙하게 그녀를 자신의 등에 업고 걸었다. 정말 오랜만에 예영은 편안함을 느꼈다. 익숙한 어깨와 등. 편안했다.

"태하야, 나한테 왜 잘해줘?"

"사랑하니까."

"피. 거짓말. 남자가 사랑한다는 말을 하는 건 믿을 게 못 돼. 정말이야. 서진이도 그랬는걸. 나만 사랑한다고. 그렇지만 아니었어. 그래서 더 아팠구. 첫눈에 반했거든. 준이를 차버릴 정도로……. 그래서 벌받나 봐. 준이가 나 때문에 죽으려고 했는데도 모른 척했어. 그래서… 그래서 나 벌받은 거야. 그런 거야."

"아니야… 아니야… 하나님이 누나한테 천생연분을 만나게 해주려고 그런 거야."

"천생연분?"

"응. 누나만 8년간 본 사람, 그런 사람을 누나한테 주려고 그런 거야."

"피. 너잖아. 너… 너……."

그렇게 너라는 말만 중얼거리고 예영은 태하의 등에서 잠이 들었다. 잠들어 버린 예영의 모습에 웃음을 짓는 태하.

"정말인걸. 우리는 천생연분이야. 하늘이 내 사랑에 감동해서 누나를 나한테 보내준 거야. 틀림없어."

그렇게 태하는 중얼거려 보았다. 자신에게 찾아온 첫 번째 사랑이자 마지막 사랑이 될 여자 예영에게.

태하는 그 다음날 예영의 집으로 찾아갔다. 초조하게 초인종을 누르고 기다린 태하는 문이 열리기만을 기다렸다. 벨소리와 함께 문이 열려 집 안으로 들어가자 예영의 어머니가 그를 반갑게 맞았다.

"아이구, 어서 와요. 그런데 무슨 일로?"

"네, 예영 선배님 만나려고 왔습니다."

"어? 예영이 일본 갔는데?"

"네? 왜?!"

"아, 친척 동생이 결혼을 해서요. 내 정신 좀 봐. 우선 앉아요."

예영의 어머니는 그를 앉힌 후 차를 내왔다.

"맞죠?"

"네?"

"예전에 우리 예영이 쫓아다니던 그 중학생."

"네, 맞습니다."

"정말 멋지게 자랐네요. 이럴 줄 알았으면 그때 잡는 건데 아쉽네요."

태하는 그녀의 말에 그저 웃어넘겼다. 그런데 한쪽 방문을 열고 그때 보았던 여자 아이가 나왔다.

"어? 꼬마야, 안녕?"

"어머~ 우리 해지, 일어났어? 이리 온~"

"이름이 해지예요?"

"네, 이해지. 그런데 모임이 있는데 아줌마는 왜 이렇게 안 오는 건지."

태하는 해지의 앞에 붙인 성이 서씨였으면 좋겠다는 생각을 했다. 그리고 무슨 생각을 했는지 웃으면서 예영의 어머니에게 말을 했다.

"저기 어머님, 괜찮으시다면… 제가 해지를 데리고 놀다 와도 될까요? 날씨도 좋은데 어린애가 집 안에만 있으면 답답해할 것 같아서요. 걱정 안 하시게 잘 데리고 놀겠습니다."

"아, 저야 그러면 좋지만."

"그럼 저한테 오늘 하루 해지 맡겨주시고 다녀오세요."

그렇게 태하는 해지는 자신의 품 안에 안고 집을 빠져나왔다.

"자, 해지야, 오늘 하루는 오빠랑 재미있게 놀자."

태하는 해지와의 데이트에 신이 나서 놀이공원으로 향했다. 모든 게 처음인 해지는 그 큰 눈망울을 굴리면서 구경하기 바빴고 그런 해지를 지켜보면서 자연스럽게 웃음이 배어 나오는 자신을 발견했다.

"자, 아이스크림!!"

태하는 벤치에 해지를 앉히고 작은 해지 손에 아이스크림을 쥐어 주었다. 해지는 태하에게서 받아 든 아이스크림을 옷에 묻혀가면서 맛있게 먹었다. 흘러내리는 아이스크림을 태하는 닦아내느라 정신이 없었지만 재미있었다.

"태하야?"

"어? 은수야?"

"너 놀이공원 싫어하면서 여긴 어쩐⋯ 그 아이 누구니?"

"아, 해지야, 내 미래의 딸이지. 어때, 이쁘지?"

그렇게 웃으면서 해지는 자신의 무릎에 앉히는 태하를 보면서 은수는 기가 막히다는 듯이 쳐다봤다.

"그 여자, 애까지 있어? 너 진짜 미쳤구나. 그런 여자가 어디가 좋아서."

"말 함부로 하지 마. 그런 여자라니? 오늘 만나서 반가웠다. 간다."

은수의 말에 화가 난 태하는 해지를 안아 들고 일어섰다. 그러자 태하의 옷을 붙잡고 은수가 소리쳤다.

"서태하, 왜 나는 안 되는 건데?! 내가 그 여자보다 못한 게 뭐가 있어서!!"

"강은수, 그만 하자. 제발 그만 하자!"

"싫어!! 나 그 여자한테 너 못 보내!! 절대 죽어도 안 돼, 그 여자한테는!"

고개를 좌우로 흔들면서 태하의 옷을 놓아주지 않는 은수 때문에 태하는 안고 있던 해지를 잠시 아래도 내려놓았다. 그리고 자신을 잡은 은수의 손을 떼어내면서 말을 이어갔다.

"강은수, 니가 무슨 착각을 하나 본데 나는 너를 여자로 느낀 적이 한 번도 없어. 내 눈에 여자로 보이는 사람은 한 사람뿐이야, 최예영이라는 여자. 알았어? 해지야, 가자, 해지야!!"

잠시 내려놓았을 뿐인데 해지가 어느 사이에 사라졌다. 분명히 태하의 눈에 방금 전까지만 해도 있었던 아이가 사라졌다.

"해, 해지야!!"

"어? 아이가 어디 갔지? 어떻게 해, 태하야?!"

"하여간 너 때문에 되는 일이 하나도 없어!! 해지야!! 해지야!!"

갑자기 사라진 해지 때문에 태하와 은수는 그 놀이공원은 수백 번 돌아보고 미아 보호소에도 가보았지만 해지를 찾을 수는 없었다. 결국 놀이공원 폐장 시간이 되어서 밖으로 나왔다.

"제기랄!! 난 이제 죽었다. 아씨."

"미안해."

"됐어. 집에 가봐야지."

태하는 더 이상 놀이공원에서 해지를 찾는 것을 포기하고 결국 터덜터덜 예영의 집으로 돌아갔다. 예영에게 점수를 따려고 시작한 일이었는데 오히려 죽게 생겼다. 그런 생각을 하니 태하의 눈앞에 깜깜해짐을 느꼈다.

"미안해, 태하야."

"됐어. 설마 납치라도 어!! 해지야!!"

예영의 집으로 걸어가던 태하는 해지를 안고 서 있는 예영을 발견하고 뛰었다. 숨을 몰아 내쉬고 안도의 한숨을 내쉬었다. 그때 '찰싹' 소리와 함께 태하의 볼이 빨갛게 물들었다.

"이게 무슨 짓이에요!!"

뒤늦게 따라온 은수가 뺨을 때린 예영에게 화를 냈다. 그러나 예영은 은수가 있든 말든 태하를 향해서 날카로운 목소리로 말했다.

"서태하, 아이 데리고 나갔으면 끝까지 책임을 져야지. 이게 뭐니? 데이트하느라고 아이 잃어버린지도 몰랐니? 정말 너란 녀석은 왜 이렇게 철이 없니? 너한테 정말 실망이다."

그렇게 말하고 집 안으로 들어가려는 예영에게 태하가 나지막한 목소리고 말했다.

"왜 누나는 내 이야기는 들어보지도 않고 이래요. 적어도 변명 정도는 들어줘도 되잖아요. 하긴 난 누나한테 늘 철없는 동생이니까. 미안해요. 앞으로는 이런 일 없도록 할게요."

그렇게 말하고 태하가 뒤돌아섰다. 그러자 안절부절못하던 은수가 예영을 째려보고는 태하의 이름을 부르면서 뛰어내려 갔다. 그런데 예영의 가슴이 미친 듯이 떨렸다.

사실 일본에서 그녀가 돌아와서 해지를 찾았을 때 태하가 해지를 데리고 나갔다는 소리를 어머니에게 듣고 나서 그녀는 왠지 모르게 기분이 좋았다. 그러나 곧 경찰서에서 해지가 있다는 전화를 받았을 때 예영의 심장이 무너져 내리는 것만 같았다. 놀라서 경찰서로 해지를 찾으러 갔을 때 해지는 방긋 웃으면서 그녀의 품으로 안겨들었다.

그렇게 해지를 데려온 다음에 대문에서 예영이 본 것은 은수와 함께 언덕길을 올라오고 있는 태하의 모습이었다. 화가 났다. 그녀는 책임도 지지 못할 거면서 그렇게 행동한 태하에게, 아니, 어쩌면 질투였을지도 모른다. 하지만 예영은 그 감정들을 용납할 수 없었다. 또다시 바보같이 사랑 같은 건 하고 싶지 않았다. 어차피 자신에게 사랑이란 것은 사치일 뿐이니까.

그렇게 태하에게 화를 내고 삼일 째 되던 날 전화가 왔다. 태하에게서.

―누나…… 미안해요. 그런데 정말 일부러 그런 건 아니었어요.

"태하야, 너 어디 아파?"

―아, 아니요. 조금 열이 있긴 한데 심한 정도는 아니에요. 나 미워하지 말아요. 누나가 나 미워하면… 정말 세상 살기 싫으니까.

그게 다였다. 태하의 목소리는 더 이상 들리지 않았다. 어디 아픈 건가 하는 걱정스러운 마음에 현지에게 전화를 걸어 태하의 집 주소를 알아냈다.

"태하 혼자 살아. 집에서 연극한다고 쫓겨났다고 하던데……."

전화를 끊으면서 했던 현지의 말이 계속해서 신경이 쓰였다. 혼자 살면 아플 때 어떡하려고 걱정스러운 마음에 예영은 전복죽을 만들어 보온병에 담고 태하의 집으로 갔다. 어렵게 찾아간 태하의 집은 언덕배기에 있는 연립주택이었다. 한참을 입구에서 망설이던 예영은 태하의 집 초인종을 눌렀다. 그리고 문이 열리면서 예영은 가지고 왔던 전복죽만 놓고 발길을 돌렸다.

"누구세요?"

은수라는 여자였다. 익숙한 듯이 앞치마를 매고 그녀가 문을 열고 나왔다. 그런데 왜 이렇게 가슴이 뛰지. 왜? 예영은 계속해서 뛰어대는 자신의 심장을 진정시켜느냐 정신이 없었다. 그때 방 안에서 들리는 목소리.

"누가 왔어?"

"어, 최예영이라는……."

"저, 이거요. 가볼게요. 실례했습니다."

예영은 전복죽이 든 보온병을 은수 품 안에 안겨주고는 빠른 걸음으로 뒤돌아섰다. 그러나 이내 입구에 나가지 못한 채 태하의 손에 의해서 잡히고 말았다.

"콜록. 왔으면… 들어와야지. 왜 그냥 가려고 해요."

"어, 바쁜 일이 생겨서… 많이 아픈 거 같네."

"네. 아파죽겠어요. 누나 때문에 아파죽을 것 같아요. 누나 때문에요. 나 받아주면 안 돼요? 나 부족하다는 거 아는데… 나 좀 받아줘요. 잘할게요. 누나 버리지 않고 누나만 사랑할 자신 있어요. 네?"

다르다. 그전에 태하에게서 고백을 받으면 그저 담담했는데. 지금 예영의 심장은 미친 듯이 뛰기 시작했다. 간절한 눈빛으로 자신을 바라보는 태하의 눈빛이 오늘은 왜 이리 가슴에 와 닿는 것인지 모르겠다. 하지만 한 가지 확실하게 그녀의 머리 속에 가득찬 생각을 거절해야 한다는 것이었다.

"미안… 해. 태하야, 갈게."

예영은 자신의 어깨를 붙잡은 태하의 손을 밀어낸 채 뒤돌아섰다. 혼란스러웠다. 자신이 왜 갑자기 태하의 말과 눈빛에 반응을 하는지 모르겠다. 아직도 애절하게 자신을 보는 눈빛이 잊혀지지가 않았다. 예영은 애써 자신의 감정을 무시하고 차에 시동을 걸었다. 그러나 이내 앞으로 나가던 차는 예영이 브레이크를 밟는 바람에 멈춰 서고 말았다. 그 바람에 자신이 머리를 핸들에 세게 부딪쳤다.

"아, 아파라, 최예영. 진짜 왜 이러니. 응? 왜!!"

이마를 매만지면서 예영은 다시 차를 출발시켰다. 그러나 이것이 예영의 불안 운전의 시작이었으니 집으로 가는 도중에 신호 잘못 보고 갑자기 멈춰 서버리는 바람에 몇 번을 핸들에 인사를 했는지. 또 시도 때도 없이 브레이크를 밟아대는 바람에 뒷차 운전자들에서 엄청난 욕을 먹고, 그렇게 간신히 집에 도착한 예영은 기운이 다 빠져 버렸다.

"예영아, 너 안색이 왜 그러니?"

"몰라. 말 시키지 마. 오늘 정말 내가 핸들 잡으면서 이렇게 힘든 적은 없었으니까."

"아이구, 그런데 말야, 예영아, 그 태하라는 사람."

"어. 그 애는 왜?"

"어디 안 아픈지 모르겠다."

"왜?"

"어제 비 많이 왔잖아. 너 기다리는 눈치였는데. 갑자기 해지가 다

치는 바람에 비 맞고 병원까지 뛰었는데 괜찮은지 모르겠구나."

예영은 머리 속이 멍해지는 기분이었다. 그럼 어제 그것 때문에 아픈 거였어? 이런, 맙소사. 예영은 다시 차키를 집어 들고 태하의 집으로 향했다.

'바보처럼… 바보처럼 나는 왜 몰랐을까. 난 왜 니가 나한테 주는 사랑이 당연하다고 생각했을까. 너무 익숙해져 버려서 그랬나 봐. 태하야, 태하야.'

어느새 예영의 눈가에 눈물이 흐르기 시작했다.

끼이익!!

요란한 소리가 나면서 태하의 집 앞에 차가 멈추었다. 눈물을 닦은 후 예영은 심호흡을 하고 태하의 집으로 들어갔다.

"누, 누나."

갑작스런 예영의 등장에 놀란 태하가 뛰어나왔다. 예영은 숨을 몰아 내쉰 후에 말을 했다.

"태하야, 많이 아팠지? 미안해. 나… 나 내가 아픈 것만 생각해서 너 계속 밀어냈어. 니가 아프다는 생각을 하지도 않구… 나 바보처럼 너 아픈 건 생각도 안 하고 밀어냈어. 미안해. 이제야 그걸 알았어. 미안해, 태하야."

그렇게 말을 하고 예영은 태하를 끌어안았다. 그런 갑작스런 예영의 행동에 태하의 몸은 잠시 굳었지만 이내 예영을 끌어안으면서 말했다.

"누나, 그런 나 받아주는 거죠? 그런 거죠, 무르기 없어요. 사랑해요. 누나… 사랑해."

태하는 예영을 집으로 들어오게 했다. 그리고 소파에 앉힌 후 아무 말 없이 예영을 바라보았다. 태하의 눈빛에 무안해진 예영이 손가락으로 태하의 고개를 돌린 후 물었다.

"왜 그렇게 빤히 봐?"

"안 믿겨서. 누나가 내 마음 받아준 게… 그게 안 믿겨서."

"미안해, 태하야. 힘들게 해서."

"아니, 이렇게 늦게라도 내 맘 알아줘서 고마워, 누나."

예영은 아무 말 없이 태하를 껴안아주었다. 그리고 태하의 머리에 자신의 머리를 기댄 후 조용히 속삭였다.

"태하야, 나 너보다 나이 많구, 아이까지 있는 아줌마지만 나 말야, 겁 진짜 많다. 나 무서웠어. 서진이에게 그렇게 버림받고 나서 사랑하는 게 무서웠어. 다시, 또다시 버림받게 될까 봐. 나 무서워서 도망치려고 한 거었어."

"이게 다 누나가 나한테 오지 않아서 그래. 누나 짝은 누나가 태어나기 전부터 나였는걸. 그걸 어겨서 이렇게 된 거야. 이젠 나하고 영원히 함께 있자."

그러나… 세상은 그들의 사랑을 그저 바라봐주지 않았다.

"어머니!!"

"이 못된 놈!! 연극한다고 집 나갈 때는 언제고 이제는 이런 아이를 데려와서 뭐라구? 결혼?! 그럴 수 없다. 내 눈에 흙이 들어가도 절대 안 돼!!"

태하의 어머니가 컵에 든 물을 예영에게 뿌렸고, 예영은 닦아낼 생각도 하지 않고 그 자리에 그대로 앉아 있었다.

"어머니, 제발 허락해 주세요."

"못난 놈!! 아가씨, 그쪽도 생각해 봐요!! 댁 같으면 애 달린 이혼녀한테 아들을 주고 싶겠어요? 나는 절대 인정할 수 없어요."

그렇게 돌아선 태하의 어머니는 그대로 카페에서 나가 버렸다. 그의 어머니가 나가고 예영이 갑자기 웃기 시작했다.

"누, 누나?"

"하하, 이럴 줄 알았어. 시원하고 좋다."

"누나… 하하하."

예영의 대답에 태하 역시 웃을 수밖에 없었다. 손수건으로 예영의 얼굴을 닦아주면서 태하가 예영의 손을 잡았다.

"약속해 줘요. 힘들어도 나 믿고 따라와 주겠다구. 응?"

"당연하지. 내가 어디서 이런 킹카를 줍겠냐? 니가 싫다고 해도 내가 절대 떨어지지 않을 거야. 너나 각오해."

"네, 알겠습니다!"

태하는 자신에게 그렇게 말해 주는 예영이 너무 고마웠다. 그는 결심했다, 어머니가 반대를 해도 예영의 곁에서 그녀를 지켜주기로.

"오늘 누나 집에 가요."

"우리 집?"

"네. 해지 안 본 지 오래되어서 보고 싶다. 이제 결혼하면 내가 해지 아빠인데 해지가 나 싫어하면 어떡해요? 가자."

태하는 예영의 손을 잡고 예영의 집으로 향했다. 그녀의 집까지 나 있는 이 언덕길을 걸을 때 태하는 정말 행복했다. 천천히 예영의 손을 흔들던 태하가 걸음을 멈추고 예영의 몸을 돌려 자신을 바라보게 하였다.

"어머, 왜?"

"난 이 길이 정말 좋아요."

"왜?"

"저기 큰길에서 여기까지 올라오는 길이 길어서 좋아요. 이렇게 누나랑 손 잡고 가는 기회가 흔하지 않잖아요. 그래서 좋아요."

그리고 다시 예영의 손을 잡고 걸어가는 태하는 보면서 예영은 다시 기분 좋은 설레임을 느꼈다. 그래, 이 남자야. 왜 이렇게 늦게 알았을까. 왜 자꾸 피하려고만 했던 걸까. 왜? 예영은 태하의 넓은 어깨를 보면 생각했다. 저 어깨에 기대어 쉬고 싶다구.

어느 날 예영을 만나기 위해서 약속 장소로 향하던 태하에게 은수가 찾아왔다. 하얀 원피스를 입은 은수가 태하를 향해서 밝게 웃어 보이자 태하 역시 머쓱한 웃음을 지으면서 그녀에게 다가갔다.

"무슨 일이야?"

"시간 좀 내줄래? 중요한 일이야. 여기서 말고 어디 앉아서 이야기하자. 가자."

태하의 손을 잡아끈 은수는 가까운 카페 안으로 들어갔다. 창가에 마주앉은 두 사람 사이에 어색한 침묵만 흘렀다. 서서히 시킨 커피가 식어갈 때쯤 은수가 입을 열었다.

"태하야, 나 임신했어."

그 말에 그대로 굳어져서 은수를 빤히 바라보았다. 그러나 이내 애써 미소를 지으면서 그녀에게 물었다.

"무, 무슨 소리야. 너?"

"나… 임신한 거 같아."

"누구 애야?"

"너야."

은수의 대답에 태하의 표정이 굳어졌다.

"하. 그게 말이 된다고 생각해? 난 너랑 잔 적이 없는데?"

"그때… 너 술 엄청 마신 날, 그때 니가 예영이라고 부른 사람… 나였어."

"……!!"

설마… 설마! 태하는 지금 자신이 들은 말이 제발 잘못 들은 것이기를 바랐다.

"아니지… 아니지."

"미안해. 태하야, 내 실수였어. 미안해."

"씨발!! 아니라고 말해!! 어서!!"

"미안해, 태하야."

제길. 흥분해서 그 자리에서 일어났던 태하는 다시 자리에 풀썩 주저앉았다. 그리고 한숨을 내쉰 후 은수에게 말을 던졌다.

"…지워라."

"태… 태하야."

"나 원하지 않는 아이야. 너나 나나. 그러니까 지우…….

"지우기는 누구 마음대로 그렇게 하라고 했니!!"

태하는 깜짝 놀라 자신에게 소리치는 여자를 바라보았다. 점잖게 양장을 차려입으신 자신의 어머니였다. 태하를 소리없이 은수에게 차가운 눈빛을 날렸다. 그러자 태하의 시선을 피하는 은수.

"어머니, 그럼 무슨 말씀이세요?"

"당연히 결혼해야지. 어차피 난 니 결혼 상대 은수로 생각하고 있었다."

"어머니, 제발! 저 죽는 꼴 보고 싶으세요?"

"그래, 이놈아!! 차라리 너 죽고 나 죽자!! 여자 하나에 미쳐서 지 새끼를 죽여!! 이놈아, 난 절대 포기 못한다!! 절대!!"

태하는 어머니의 완강한 태도에 힘이 빠졌다. 그리고 머리 속이 복잡해졌다. 아이… 예영… 하지만 그는 예영이 더 소중했다. 그러나 현실은 그가 그녀를 선택하게 내버려 두지 않았다.

"그 여자에게 오늘 가서 말해라!! 은수는 니 아이를 가졌어! 그 여자도 양심이 있으면 널 놓아주겠지. 주제도 모르고 어디 감히."

태하는 더 이상 그 자리에 있지 못하고 뛰쳐나왔다. 말도 안 된다. 어떻게 이럴 수가. 이건 정말 말도 안 된다. 헉헉. 숨이 찬다. 그렇게 뛰어서 태하가 도착한 곳은 예영이 있는 카페 앞이었다. 태하의 눈에 창문가에 앉아서 끊임없이 시계를 들여다보고 있는 예영의 모습이 보였지만, 태하는 차마 카페 안으로 들어가지 못하고 발길을 돌려야만 했다. 가슴이 갑갑했다. 혼란스러웠다. 모든 게 갑자기. 조금씩 발걸음을 옮겨 예영이 있는 카페에서 멀어지자 태하의 핸드폰이 울렸다.

"여, 보세요?"

─서태하, 너 어디야?

"아, 누나."

─아, 누나? 너 죽을래? 지금 몇 분이 지났는지 알아? 너 지금 당장 안 튀어 오면 죽어!!

"누나, 나 오늘 못 가. 급한 일이 생겨서. 미안.

─뭐라고!! 이 나쁜 놈아, 그러면 전화를 해야지.

"미안해. 끊을게."

태하는 전화를 끊어버렸다. 더 이상 통화를 할 수가 없었다. 불안한 마음에 계속해서 떨려오는 목소리 때문에. 그런 그의 마음을 예영이 눈치 챌까 봐. 태하는 그렇게 전화를 끊어버렸다. 계속해서 울려대는 핸드폰의 배터리를 빼고 태하는 걸음을 옮겼다. 걸을수록 무거워지는 걸음을.

자신의 집에 도시락을 싸온 예영을 태하가 돌려보내고 있었다. 그런 태하의 행동이 마음에 들지 않는 예영은 그 자리에서 꼼짝도 하지 않고 그를 노려볼 뿐이었다. 그러나 이내 태하가 그녀의 눈길을 피했다. 결국 예영은 억누르던 화가 쏟아져 나와 버렸다.

"서태하, 너 왜 그래? 갑자기 왜 그러냐구!"

"미안. 지금은 아무도……."

"태하야."

현관 앞에 한 손에 도시락을 들고 은수가 서 있었다. 그 모습에 태하는 자신도 모르게 고개가 숙여졌고 은수는 당당하게 태하의 옆에 섰다. 그런 그들의 모습에 예영은 무슨 말을 해야 할지 몰라 하며 제자리에서 서 있었다. 그러자 은수가 예영에게 차갑게 말했다.

"여긴 웬일이세요?"

"그러는 그쪽이야 말고 여긴 무슨 일이죠?"

"아직 이야기 못 들으셨어요? 저 태하랑 결혼해요."

그 말을 듣는 순간 예영은 한동안 아무런 생각도 할 수 없었다. 기가 막혔다. 지금 이 순간이, 그리고 자신의 처지가.

"네?? 서태하, 이게 무슨 소리야?"

"태하한테 물어볼 필요 없어요. 저희 2주 후에 결혼하기로 했어요."

"너한테 안 물어봤어!! 서태하, 나는 너한테 물었어!! 대답해. 사실이야?"

예영의 말이 끝나자 태하는 조용히 고개를 끄덕였다.

툭.

예영의 손에서 그녀가 들고 온 도시락이 떨어졌다. 몸이 휘청거렸다. 그러자 태하가 그녀를 부축하려고 했지만 예영은 차갑게 그를 밀어냈다.

"니가 말한 사랑이 이런 거니? 니가 평생 외치던 그 사랑이 겨우 이거니? 서태하, 정말 기가 막혀. 너라는 녀석 정말, 아니, 내가 미쳤었지. 내가 너를 너무 쉽게 믿었어. 너도 남자인데. 하하하. 하하하. 다시는 보지 않았으면 좋겠다."

"누, 누나!!"

태하는 휘청거리면서 나가는 예영의 팔을 붙잡았다.

"내 몸에 손대지 마. 너라는 인간 역겨워. 너를 믿었는데 바보처럼."

그 말을 하고 예영은 태하의 집을 뛰어나갔다. 태하는 그저 자신의 입술만 지그시 깨물고 그녀의 뒷모습만을 지켜보았다.

"태하야."

"여긴 왜 왔어."

"왜 오긴, 너 밥 챙겨주려고 왔지."

"꺼져. 내 눈앞에서 사라지라구! 사라져, 당장 사라져!"

태하는 은수가 가지고 온 도시락을 발로 차면서 그녀에게 말했다. 그러자 은수는 뒷걸음질을 치면서 나갔다. 은수가 나가고 태하는 그 자리에서 주저앉았다.

'누나… 누나, 미안해. 누나… 사랑해… 사랑해…….'

자신의 머리를 감싸 쥐고 그 자리에서 쓰러진 태하의 머리 속에 자신을 차갑게 바라보는 예영의 눈이 생각났다. 그리고 그는 한동안 그 자리에서 눈물을 흘렸다.

"태하야, 정말 연극 안 해?"

"조용히 하고 꺼져. 걱정 마. 결혼식장은 나갈 거니까. 니 뱃속에 있는 아기가 불쌍해서라도 나갈 테니까 그만 가."

태하가 음식을 먹지 않고, 연극 연습도 그만둔 지 벌써 일주일째다. 그런 태하의 모습에 은수는 안타까울 뿐이었다.

"연극이 좋아서 집까지 나갔던 애가 연극을 갑자기 왜 안 하겠다는 거야?!"

"의미가 없어졌으니까. 내가 연극을 해야 할 의미가 없으니까."

그렇게 말을 마치고 태하는 눈을 감았다. 자신이 연극을 하기 시작하게 된 동기는 예영의 옆에 서고 싶었기 때문이다. 단지 그 이유로 시작된 연극을 태하는 사랑하게 된 것이었다.

"태하야, 그러니까 그냥 내가 대사를 하면 읽어주면 되는 거야."

동아리에서 하는 연극에서 처음으로 주연을 맡게 된 예영은 대사 연습을 하기 위해서 태하와 함께 공원으로 왔다. 영문도 모른 채 그저 예영이 자신을 불러줬다는 이유하나만으로 따라왔던 태하는 예영이 내민 대본에 깜짝 놀랐다.

"누, 누나 이게 뭐예요?"

"어, 이거 이번에 누나가 주인공 역할 따낸 거거든. 그래서 잘해야 해."

"그런데 왜 이걸 저한테……."

"그게… 준이는 요즘 유학 준비로 바쁘고, 수아는 올해 수능 봐서 못 건들겠구 너밖에 없어서. 누나 상대역 해줄 거지?"

그렇게 말하면서 자신에게 미소를 날리는 예영은 태하는 거부할 수 없었다. 결국 고개를 끄덕이고 마는 태하. 그러나 것은 고생의 시작이었으니… 불쌍한지고.

"아씨!! 태하야, 거기는 그렇게 하는게 아냐!! 그러니까 여기는……."

"아, 미안해요. 다시 잘 해볼게요."

벌써 같은 부분만 100번째다. 예영은 그저 대본을 묵뚝뚝하게 읽어 내려가는 태하 때문에 감정이 나지 않는다면서 그 부분을 계속해서 반복하고 있었다. 그만 하면 어린 나이에 짜증이 날 테지만 태하는 연신 웃으면서 예영의 연습 상대가 되어주었다.

"와~ 됐다. 서태하, 너 연기해도 될 거 같아!"

"저, 정말요?"

"응. 아~ 배고프다!! 태하도 배고프지? 가자. 누나가 떡볶기 사줄게!!"

예영의 의미없는 말이 한 소년의 미래를 바꾸어놓을지 그녀는 알지 못했다. 그저 배고픈 예영은 그녀의 말에 눈을 반짝인 소년을 무시해 버리고 만 것이다.

다음날 학교에 간 태하는 학교 게시판에 눈을 고정시키고 환하게 웃었다. 그것은 연극부를 뽑는다는 안내 게시물이었다. 그 게시물을 한참을 보고 있는 태하에 머리에 축구공이 날라왔다.

"아얏!!"

"서태하, 뭐 해!! 연습 안 해?"

바닥에 떨어진 축구공을 옆에 끼고 운동장으로 향하는 태하는 자꾸 뒤를 돌아보다가 무엇인가를 결심한 듯 태하는 바닥에 공을 내려놓고 감독님께 갔다.

"왜 그러냐, 태하야?"

"저 축구부 탈퇴하겠습니다!!"

태하의 말에 모두들 눈이 휘둥그레지면서 그를 감싸기 시작했다. 사람들이 그렇게 반응한 데는 다 이유가 있었다. 축구신동이라는 소리를 들으면서 전국 중학교 축구대회에서 득점왕을 차지한 태하가 그런 말을 했으니 어느 누가 놀라지 않겠는가. 그러나 감독은 침착하게 태하를 타이르듯이 말했다.

"태하야, 니가 지금 왜 축구를 그만두려고 하는지 모르겠지만 말이야. 그래, 때로는 슬럼프도 극복해야 훌륭한 선수가 될 수 있는 거란다. 그러지 말고 태하야."

"전 연극부에 들어갈 겁니다. 죄송합니다, 감독님."

그렇게 꾸벅 인사를 하고 태하는 운동장에서 벗어났다. 그리고 그런 태하의 모습을 감독을 비롯한 선수들은 멍하니 지켜볼 수밖에 없었다. 아까 게시물에서 보았던 대로 태하는 연극부 교실로 갔다. 그러나 그곳에 선생님은 없었고 한 여학생이 앉아 있었다.

"저기, 여기 연극부 교실 맞나요?"

"응. 왜? 연극하려고?"

"네."

그렇게 대답하고 태하가 어색한 웃음을 짓자 여학생도 웃어주었다.

"은수야, 미안하다. 오래 기…… 어머, 이 남학생은 누구니?"

"연극하고 싶대요."

"아, 환영한단다. 아, 이렇게 서 있지 말고 앉아. 주스 마실래?"

화려한 프릴이 달란 옷을 입은 여선생님이 태하를 자리에 앉힌 후 그에게 주스를 건넸다. 그리고 여선생님 역시 자리에 앉아 태하에게 물었다.

"그런데 너 축구부에 서태하 맞지?"

"네. 왜 그러시죠? 축구부는 연극하면 안 되나요?"

"어. 아니, 아니. 근데 잘하는 축구를 그만두고 왜 연극을 하려고 하는 거니?"

"좋아하는 사람이 해보라고 해서요."

그 대답에 은수와 선생님의 얼굴이 아마 한동안 멍해졌다. 그렇지만 태하는 자신의 대답이 전혀 부끄럽지 않았다. 은수는 태하를 바라보면서 고개를 끄덕였다.

"그래, 그랬었지. 그렇게 대답했었어. 설마 그 여자가… 최예영이라니. 그래서 정말 연극 안 할 거니?"

태하는 대답을 피한 채 등을 돌려 누워버렸다. 그런 태하에게 더 이상 은수는 아무 말도 하지 못하고 태하의 집에서 나왔다. 가슴이 찌르듯이 아파왔다. 삶에 의욕을 잃은 듯이 그렇게 행동하는 그를 보면서 미안하다는 생각이 들었다. 그리고 무언가를 생각하는 듯하더니 이내 미소를 지어 보이고 어딘가로 뛰어갔다.

은수는 주스에 꽂힌 빨대를 돌리면서 누군가를 기다리고 있었다. 그런 행동이 차츰 지루해질 때쯤 테이블 위에 검은 그림자가 드리워졌다. 고개를 들어보니 차갑게 아래로 눈을 깔은 예영이 보였다.

"무슨 일이죠?"

"안녕하세요. 드릴 말씀이 있어서요."

"뭐죠? 연습하는 도중에 나왔으니 용건만 간단히 말해요."

예영은 의자에 풀썩 주저앉고 아이스커피를 시켜고 시선을 창문으로 고정시켰다.

"우선 사과부터 드릴게요."

"무슨 소리예요?"

"태하는 이 결혼식을 원하지 않아요."

잔을 들어서 커피를 마시던 예영의 동작이 정지했다. 그러나 이내 다시 잔을 기울여서 커피를 마셨다.

"그래서요?"

"태하를 잡아주세요. 곧 쓰러질 것만 같아요. 제발요."

"이봐요, 사람 가지고 장난하는 것도 아니고 정말 기가 막히는군요!"

기분이 상한 예영은 그 자리에서 일어났다. 그러자 은수가 예영의 손을 붙잡았다.

"제가 임신했다는 거짓말을 했어요. 태하 어머니하고 그렇게 거짓말하기로 얘기해 놓았던 것이라서… 미안해요. 나도 그때 어떻게 된 거 같아요. 태하를 붙잡고 싶은 마음에……."

은수의 말에 예영의 가슴이 두근대기 시작했다.

'그러면… 그러면 태하가 날 배신했다는 게 아닌 거야? 그런 거야. 하지만……'

예영은 흥분한 자신의 마음을 진정시킨 후 말을 했다.

"더 이상 나랑은 상관없는 일이에요. 그리고 저 다음 주에 미국 가요. 한 2년 동안은 들어오지 않을 생각이에요. 그리고 마지막으로 태하에게 고마웠다고 전해줘요. 갈게요."

그렇게 일어나서 카페를 빠져나가는 예영의 모습을 은수는 어떻게 행동해야 할지 몰랐다. 아니, 예영이 떠나고 나면 평생 아파하면서 살아갈 태하의 모습이 그녀는 더 걱정이 되었다. 은수는 태하에게 말해줘야 하겠다고 생각하고 그 자리에서 일어나 태하에게 갔다.

"태, 태하야, 문 열어!!"

문을 부술 듯이 두드리는 소리에 태하가 문을 열고 나왔다.

"무슨 일이야? 내가 말했잖아. 결혼식에는……."

"미안해, 태하야! 내가 거짓말한 거야! 나… 임신 같은 거 하지 않았어. 거짓말한 거야. 너 붙잡으려고 내가 거짓말한 거야. 미안해… 태하야, 정말 미안해."

한동안 은수의 말을 듣고 이해하지 못한 태하는 그녀의 말이 이해가 되면서 자신의 머리를 감쌌다. 그리고 그 자리에 주저앉았다. 그런 태하의 모습을 보고 은수는 미안한 표정을 지으면서 말을 이어갔다.

"미안해, 태하야. 정말정말 미안해. 그런데 예영 씨가… 다음 주에 미국에 간대. 어떡하지?"

"…그게 무슨 상관이야."

"뭐라구? 야!! 최예영 씨가 떠난다구!! 바보야!! 2년 동안 돌아오지 않겠대!!"

"괜찮아. 2년 정도야……."

"뭐?"

"기다리면 되지. 8년을 기다렸는데 그 정도도 못 기다리겠어? 기다릴 거야, 기다릴 거야."

그렇게 중얼거리는 태하의 모습을 은수는 예전에 본 것만 같았다. 그녀의 아련한 기억 속에 그 모습이 남아 있는 것 같았다.

"태하야, 술 그만 마셔."

"예영 누나… 오늘 예뻤지. 진짜, 진짜."

"도대체 예영이가 누구야?"

"아, 은수는 모르겠구나. 내가… 내가… 세상에서 우리 엄마 빼고… 제일 사랑하는 사람. 훗, 그런데… 그런데…… 오늘… 다른 남자한테로 가버렸어… 가버렸어……."

은수는 술에 취해 자신의 몸도 가누지 못하는 태하가 한심해 보였다. 하지만 그녀는 태하를 지켜볼 수밖에 없었다. 그저 그가 아파하는 모습만을 지켜볼 수밖에 없었다.

"서태하, 그런 여자는 잊어. 잊으면 그만이잖아."

"…아니, 잊지 않을 거야. 기다릴 거야, 영원히. 내 인연은 예영.

그 사람뿐이니까…….”

옛기억이 떠오른 은수가 살짝 웃자 태하가 그녀를 쳐다보았다.

“왜 웃냐?”

“3년 전이나 지금이나 변한 게 없는 거 같아서. 어떻게 그리 똑같냐.”

“뭐가?”

“아니야. 내가 미쳤지. 이런 남자하고 거짓말까지 하면서 결혼을 하려고 하다니.”

“아, 맞다!! 너 그런 걸로 거짓말을 해? 너 오늘 잡히면 죽었어!!”

은수는 자신을 잡으려고 달려나오는 태하를 피해서 도망쳤다. 그러나 태하가 잡으려고 하면 그녀는 재빠르게 도망쳤고 결국 둘은 지쳐서 그 자리에서 주저앉고 말았다.

‘서태하, 진짜 오랜만에 뛰어보는 거 같다. 그거 알아? 나… 너한테 첫눈에 반한 거? 우리 연극반 교실이 운동장이 내려다보이는 곳이었잖아. 그때 축구하는 널 본 순간 심장이 정말 고장난 거 같았어. 엄청난 소리로 뛰었으니까. 그게 내 기다림의 시작이었어. 결국 기다림에서 끝나게 됐지만 말야. 참 신기하지? 널 사랑이라는 이름으로 지켜볼 때는 늘 불안하고 아팠는데. 지금은 아냐. 오히려 마음이 더 편하고 즐거워. 이젠 내가 널 우정이라는 이름로 지켜볼 수 있을 것 같아. 그치만 태하야 이것만 기억해 줄래? 니가 최예영이라는 여자를 8년 동안 기다리는 동안 그런 너를 내가 6년간 기다렸다는 사실을

말야.'

은수는 바닥에 대자로 뻗은 태하를 보면서 생각했다. 그렇게. 그렇게 우정으로 태하를 지켜볼 수 있기 바라면서.

공항으로 가는 동안 예영은 아무 생각도 할 수 없었다. 계속해서 은수의 말이 자신의 머리 속에서 맴돌고 있었기 때문이다.

'최예영, 정신 차리자. 너한테 사랑은 사치야. 정신 차리자.'

공항에 도착해 출국심사를 받고 여권과 비행기 표를 챙겨 든 예영이 뒤돌아선 순간 예영은 입을 다물 수가 없었다. 자신의 눈앞에 너무나도 근사한 일이 벌어졌기에. 커다란 플래카드에 이렇게 써져 있었기에.

『사랑했습니다. 8년 전 당신을 처음 본 그 순간부터, 그리고 내 남은 생애 동안 당신만을 또다시 사랑하겠습니다.』

예영은 한동안 멍하니 그 자리에 서 있었다. 그리고 저 멀리서 한 남자가 다가오고 있었다.

"너 서태하."

"오랜만이지. 마음에 들어? 그랬으면 좋겠는데."

"너 정말… 너……."

"사랑해, 누나. 그리고 내 남은 생애뿐만 아니라 내가 죽은 후에도 사랑할게."

태하는 예영은 끌어당겨 자신의 품에 안았다. 예영의 눈에서 그녀가 참고 참았던 눈물이 쏟아졌다. 그러자 태하가 그녀의 등을 토닥여 주었다.

"다녀와, 8년도 기다렸는데 기다릴 수 있어. 나는 그동안 미루어 왔던 일을 해야겠어."

"미루어왔던 일?"

"응. 그러니까 2년 후에 웃으면서 여기서 만나는 거다. 알았지?"

예영은 밝게 웃으면서 고개를 끄덕였고, 둘은 2년 후 다시 만날 날 을 기약하면서 헤어졌다.

예영은 미국에서 정신없이 미루어왔던 연극 공부를 했다. 그렇게 정신없이 하루를 보내는 그녀였지만 도통 전화가 없는 태하에게 슬 슬 화가 나고 있었다. 그러나 그녀는 다시 만나게 될 날을 기약하면 서 참고 참았다.

그렇게 2년이라는 시간이 화살처럼 빠르게 지나갔다. 그리고 예영 이 한국으로 들어오는 날, 예영은 선글라스를 벗으면서 태하의 모습 을 찾았지만 그의 모습은 보이지 않았다.

"뭐야, 이 녀석. 설마 진짜!!"

그렇게 화를 삭히면서 가방을 들고 가는데 누군가가 그녀의 앞을 가로막았다. 안 그래도 화가 나 있는 예영의 앞을 가로막다니. 이 사 람 죽었다.

"당신 뭐야?!"

고개를 든 예영의 눈에 녹색 군복이 보였다. 그리고 어디서 많이 본 인물이 자신의 앞에 서 있음을 알았다. 얼른 고개를 돌려 가슴팍에 달린 명찰을 확인하는 순간!!

"충성!! 병장 서태하!! 국방의 의무를 마치고 오늘 최예영 앞에 복귀하라는 명을 받고 이에 신고합니다!! 충성!!"

"태, 태하야!!"

예영은 환하게 웃으면서 태하의 목을 끌어안았다. 그런 것이었다. 예영이 미국에 가 있는 동안 태하는 그동안 미루어왔던 군대에 가기로 한 것이었다. 그래서 2년 동안 예영에게 연락을 하지 않았던 것이었다.

"너 미루었던 일이 이거였어? 난 또⋯⋯."

"왜? 불안했어? 에이, 누나가 뭘 모르는구나. 나에게 누나 말고 다른 여자는 눈에 안 들어와. 진짜야."

"입에 침이나 바르고 거짓말해라!"

"아, 이런 깜박했네. 하하하."

태하의 농담에 예영이 활짝 웃자 태하는 예영의 어깨를 안고 그녀의 귓가에 속삭였다.

"이제 우리 다시는 서로 기다리게 하지 말자. 우린 서로를 만나는데 너무 오랜 시간을 소비했으니까."

"그래. 그러자, 태하야."

"사랑해, 누나. 언제까지나⋯ 사랑할게."

사람들은 흔히 천생연분이라는 말을 자주 합니다. 그러나 대부분의 사람들이 알고 있는 건 '天生緣分'일 것입니다. 한자 그대로 태어나기 전부터 하늘이 맺어준 인연.

그렇다면 여러분 '千生緣分'에 대해서 아시나요?

천생(千生)이라는 것은 사람으로 태어나 천 번을 살아야 된다는 뜻입니다. 그렇게 천 번의 생을 살아가면서 계속하여 인연을 맺게 되는 사이를 일컬어서 '천생연분(千生緣分)'이라고 하는 것이랍니다.

혹시 여러분은 天生緣分(하늘이 맺어준 인연)을 찾고 계시나요? 그렇다면 주위를 한번 둘러보세요. '天生緣分'보다 더 깊은 인연이 되어야만 만날 수 있는 '千生緣分'이 여러분 곁에 있을지도 모릅니다. 지금 당신의 곁에서 당신을 지켜주는 사람이 몇 십, 몇 백 생을 거듭하는 동안 만나온 바로 그 소중한 사람이라는 것을 알 수는 없겠지만, 만약 지난 생을 사는 동안에 당신과 그 사람이 애절하고 아픈 사랑을 했었다면 이번 생에서는 그 사람을 위해서 아낌없이 모든 것을 다 베풀어주어야 하는 거 아닐까요?

어쩌면, 아주 어쩌면 지난 어느 생에서인가 지금 당신 곁에 있는 그 사람이, 당신을 위해 대신 목숨을 버렸는지도 모르니까요. 지금 사랑하고 있는 사람을 위해 모든 것을 다 주세요, 아낌없이.

고급 승용차에 몸을 기댄 채 한 남자가 아파트 내에서 유일하게 불
이 켜진 창문을 바라보고 서 있다. 무슨 고민이 있는지 그의 발 아래
는 여러 개의 담배꽁초들이 떨어져 있다. 숨을 크게 들여 마신 남자
가 차 위에 놓아둔 장미 한다발을 들고 아파트 입구로 들어서려는 순
간 핸드폰 벨소리가 아파트 복도에 울려 퍼졌다.

"여보세요?"

─준아, 어디야? 오늘 약속 잊은 거야?

"미안. 지금 갈게."

─그래. 천천히 운전 조심해서 오구. 알았지?

짧게 전화를 끊은 준은 조용히 벽에 몸을 기댄 채 그대로 서 있었

다. 그리고 자신의 손에 들린 꽃다발을 한번 쳐다보고 천천히 그 자리에서 비틀거리면서 돌아섰다. 주차장으로 돌아온 그의 눈에 낯익은 하얀색 승용차가 보인다. 준은 천천히 그 차에 다가가 손에 들고 있던 장미 한다발을 차 위에 올려놓고 미소를 지어 보였다.

"김수아… 수아야, 이런 나를 어떻게 해야 하는 거니. 응?"

준은 그렇게 한참을 중얼거리면서 차에 몸을 기댄 채 서 있었다. 하지만 또다시 울리는 핸드폰으로 인해서 그는 몸을 일으켜 자신의 차로 돌아가 시동을 걸 수밖에 없었다.

빠르게 차를 몰아 준이 도착한 곳은 조그만한 카페 앞이었다. 한숨을 내쉬면서 차에서 내린 준은 천천히 걸음을 옮겨 카페 안으로 들어갔다. 그러자 '팡팡' 소리와 함께 그의 눈앞에 촛불이 켜진 케이크가 보였다.

"뭐야, 김유나? 간 떨어지는 줄 알았잖아."

"놀라긴. 축하해!! 벌써 우리가 만난 지 150일이야!!"

유나의 말에 준은 어리둥절할 뿐이었다. 준과 유나가 만난 지 150일이 지났단 말이야. 준은 그제야 알았다. 아침때부터 수선을 떨던 이유가 바로 150일 파티 때문이었다는 것을.

"어때? 깜짝 놀랐지? 준은 항상 바쁘니까 이런 거 못 챙기잖아. 그래서 내가 챙겼지."

"하, 감동이다. 김유나."

"자, 앉아, 앉아."

준은 유나의 안내를 받아 자리에 앉았다. 그리고 그녀가 준비한 저녁 식사를 하고, 그녀가 틀어놓은 잔잔한 음악에 맞춰서 춤을 추고, 그녀가 골라놓은 포도주를 마셨다. 분명히 그것은 완벽했다. 평소에 준이 생각하던 것들이었기 때문이다. 하지만 그의 가슴 한구석에는 왠지 허전함이 느껴질 뿐이었다.

"유나야, 나 술 한 잔만."

"술? 지금도 손에 들고 있잖아."

"그거 말고, 내가 가게 오면 마시는 거 있잖아."

"음… 그래. 까짓것 기분이다. 오늘은 준과 나의 날이니까."

유나는 싱긋 웃으면서 주방으로 가서 술과 안주들을 챙겨서 나왔다. 한 잔, 두 잔, 술이 준의 목을 타고 몸 안으로 들어갔다. 그럴수록 준의 의식은 몽롱해져 갔다. 걱정이 된 유나가 준에게 다가가 그를 흔들어 깨웠다.

"준, 일어나!"

"어? 김유나네. 내가 세상에서…제일 좋아하는 김유나. 훗!! 그래, 그래!! 김유나는 내가 세상에서 제일 좋아하는 사람!! 그리고… 그리고 수아는 내가 세상에서 제일 사랑하는 사람. 그래, 사랑하는 사람."

그 말을 마친 준은 다시 한 번 미소를 지어 보이고는 그대로 테이블 위로 쓰러져 잠들어 버렸다. 그가 아무렇지 않게 내뱉은 말에 눈물을 흘리고 있는 한 여자를 남겨둔 채 준은 깊은 잠 속으로 빠져들고 있었다.

다음날 아침 준은 머리가 깨질 듯한 통증과 함께 잠에서 일어났다. 눈을 떴을 때 그는 자신이 낯선 곳에 누워 있다는 것을 알았다.

"젠장, 너무 많이 마셨나."

준은 몸을 일으켜 방 안을 살펴보기 시작했다. 그리고 자신의 사진이 놓여 있는 것을 발견하고 이곳이 그녀의 방임을 알았다. 천천히 방 안을 살펴보던 그의 눈에 침대 옆 테이블에 놓여진 조그마한 쪽지가 들어왔다.

『준아, 무슨 술을 그렇게 마셨어? 콩나물국 끓여놨으니까 꼭 아침에 일어나서 먹고 가. 아, 그리고 일어나면 바로 전화하는 거 잊지 말구.』

준은 하늘색 쪽지를 손에 쥐고 구겨 버렸다. 그리고 잠시 눈을 감고 침대에 누워 있었다. 힘겹게 한숨을 내쉬고 이내 손을 뻗어 전화기를 집어 들어 익숙하게 번호를 누른다. 두 번 정도 신호가 가고 전화기 너머로 밝은 여자 목소리가 들려왔다.

—준?

"어. 나야. 카페야?"

—응. 국 끓여놓았으니까 먹고 회사 가. 준아, 사랑해. 그럼 끊을게. 띠. 띠. 띠.

날카로운 전화기의 신호음이 그의 귀를 괴롭게 했지만 그는 전화기를 내려놓지 않았다. 얼마간의 시간이 지난 후에 준은 끊어진 전화기에 대고 힘겹게 입을 열었다.

"사랑… 사랑이라."

준은 그렇게 한 시간 동안 침대에 누워 있은 후에야 회사로 출발할 수 있었다. 사무실로 올라가는 엘리베이터를 기다리는 동안 '또각또각' 구두 소리가 나더니, 곧 그의 옆에서 소리가 멈추었다. 그는 굳이 누군지 확인하지 않았다. 지금 이 순간 미친 듯이 뛰는 자신의 심장이 그녀의 존재를 알려주고 있었으니까……

"저기 어제 우리 집에 왔다 갔었어……?"

"아니, 왜?"

"아침에 출근하려고 보니까 누가 차에 장미 다발을 놓고 가서 설마 한국에 있는 서진이가 그랬을 리는 없구. 그래서 오빠가 왔다 갔을 줄 알았지. 에이~ 오빠면 칭찬해 주려고 했는데."

"내가 거기까지 가서 왜 돌아와? 하람이도 보고, 집으로 들어갔지. 그리고 어제 유나랑 150일이어서 파티했어."

"어, 정말이야? 진짜 치사하다. 나만 쏙 빼고. 내가 요즘 얼마나 심심해하는지 알면서."

"당연한 거 아냐? 그런 날은 단둘이 있는 거야."

"얼씨구, 아주 살판나셨어. 좋아좋아. 다행이다, 좋아 보여서."

수아는 준의 어깨를 가볍게 치면서 웃었다. 그럴 때마다 그의 심장이 미친 듯이 뛰기 시작한다. 언제나 늘 반복되는 일이지만 그에게는 괴로울 뿐이었다. 왜냐하면 그것은 수아에 대한 감정이 아직도 지워지지 않았다는 증거였기 때문이다. 예전에는 볼 수 없었던 그녀의 미소를 볼 때마다 그의 심장은 더욱더 요동만 칠뿐이었다. 그게 시간이 지날수록 그를 더욱더 힘들게만 했다. 준은 아무것도 모른 채 자신의 앞에서 활짝 웃는 수아를 보면서 씁쓸한 미소만 지었다. 그렇게 수아의 뒷모습을 바라보고 있는데 갑자기 뒤로 돌아선 수아로 인해 고개를 창가 쪽으로 돌려야만 했다. 준은 잔기침으로 마음을 가다듬고 그녀를 다시 바라보았다.

"그나저나 서진이와는 연락하는 거야?"

"아니, 지금 힘들 거야. 그래서 그냥 연락하지 않아도 봐주기로 했어. 나까지 서진이 힘들게 하고 싶지 않아. 우리 지각하겠다. 빨리 올라가자."

사무실에 들어오자마자 수아는 컴퓨터를 켜고 얼마 전에 만든 자신의 홈페이지로 갔다. 심각한 표정으로 모니터를 빤히 바라보다가 환하게 미소를 지었다. 그리고는 준을 향해서 손짓을 했다.

"와우, 이것 좀 와서 봐. 점점 홈페이지 방문자 수가 늘고 있어. 글도 많이 올라오구……."

준은 익숙하게 홈페이지 관리창으로 들어갔다. 예전에는 비난의 글로만 가득 했던 게시판이 어느 샌가 응원의 글들로 넘쳐 나기 시작했다. 그가 홈페이지를 만들어준 이후에 홈페이지는 수아의 일부가 되어버렸다. 그리고 차츰 늘어가는 응원의 글들을 보면서 수아는 늘 행복했다. 그러나 그녀는 알지 못했다. 그녀만큼 이 시간이 행복한 남자가 있다는 사실을……. 준 또한 하나하나 읽어보면서 행복해하는 그녀를 바라보는 이 순간이 하루 중에 제일 소중한 시간이었다.

"오빠? 오빠……?"

"어, 그래. 왜?"

"내 얼굴에 뭐 묻었어? 왜 그렇게 빤히 봐?"

"아냐. 야, 니가 어디가 예쁘다고 보냐. 이제 와서 나 차버린 거 후회하냐? 늦었다~ 나 임자 있는 몸이야!!"

준의 농담 섞인 말에 수아가 웃기 시작했다. 수아의 웃음소리를 들으면서 그는 모니터로 시선을 옮겼다. 마우스를 누르는 그의 손에 힘이 잔뜩 들어갔다.

오늘도 하루에 한 번씩 하는 거짓말을 하는 것인지 준은 알지 못했다. 하지만 이렇게라도 수아의 마음에 편해질 수 있다면, 이렇게 해서라도 그녀와 자신이 어색하지 않는다면, 이 거짓말을 다른 사람의 마음을 아프게 한다 할지라도 준은 천 년, 아니, 만 년이라도 할 것이라도 다짐했다. 이런 준의 마음을 아는지 모르는지 수아는 자신의 책상 앞에 놓인 서류들을 검토하고 있었다. 준은 그런 그녀의 모습을 보면서 미소를 지었다. 그러나 그는 알지 못했다. 그가 수아를 바라보고 있을 때, 어느 누군가가 그를 슬프게 바라보고 있었다는 사실을……

어느덧 사무실의 시계가 오후 6시를 가리키고 있었다. 검토하던 서류를 내려놓은 준의 시선은 자연스럽게 수아에게 향했다. 그녀의 모습을 보는 순간 준은 '풋' 하고 터져 나오는 웃음을 참으려고 애썼다. 고개를 땅으로 푹 숙인 채 손은 키보드 위에 올려놓고 자고 있는 그녀의 모습을 보고 있을때, 문득 준의 머리 속에 그녀가 자신의 여자가 될 것이라는 것을 믿어 의심치 않던 그때가 그의 머리 속에서 영화처럼 스쳐 지나갔다.

"지워!!"

"싫어요."

"지우라구!! 너 혼자 그 아이를 낳아서 어쩌겠다는 거야!! 김수아, 정신 차려!! 이서진, 니 언니 남편이야!! 그 아이가 이 세상에 나오면 축복받을 수 있다고 생각하니?"

그의 말에 수아는 더 이상 아무 대답도 하지 않았다. 자신의 뱃속에 자리 잡은 생명은 그의 말대로 축복받지 못할 아이라는 것을 너무도 잘 알기 때문이었다. 하지만 그녀는 지울 수가 없었다. 이 아이가 서진의 아이이기에 더욱더 지울 수가 없었다.

"당신이 뭐라고 해도 난 이 아이 꼭 낳아요. 내 모든 것을 바쳐서라도……."

자신의 배를 감싸 안은 채 그에게서 뒷걸음질치는 그녀의 모습에 그의 마음은 갈기갈기 찢겨져 나가는 것만 같았다. 3일 전 수아에게 아이를 가졌다는 말을 들었을 때 설마 하는 생각으로 그녀에게 준이 물었다.

"이서진 애야?"

자신의 말에 아무 말 없이 고개를 끄덕이는 그녀를 보면서 그는 한순간 절망의 늪에 빠졌다. 아니라고 해주길 바랐다. 아니, 아이를 가졌다는 말 자체가 거짓이길 바랐다. 하지만 그것은 현실이 되었고 그것은 그에게 커다란 혼란이 되었다. 그리고 지금 이 순간에도 그는 그녀의 모습에 더욱더 절망에 빠졌다.

"나랑 결혼 안 할 거니……?"

"무언가 착각을 하신 거 같은데요. 전 당신과 결혼한다는 말은 하지 않았어요. 그리고 만약에 당신과 결혼한다고 해도 이 아이 지우지 않아요. 당신과의 결혼보다는 난 이 아이가 더 소중해요. 마지막 희망이에요. 내가 세상에서 살아갈 수 있는……."

준은 수아에게 있어서 자신은 절대 첫 번째가 될 수 없다는 사실을 알고 있었다.

"그래, 잘 알고 있어. 네가 이곳에 와서 몇 번이나 수면제를 네 목으로 넘겼는지, 그리고 몇 번이나 네 팔목을 칼로 그었는지. 그래서… 그래서 그런 너 때문에 언제나 천국과 지옥을 오가던 내 모습도 기억해. 그래서 끝까지 그 아이를 낳겠다는 거야……?"

그의 물음에 수아는 말없이 고개를 끄덕였다. 그러자 준은 탁자 위에 있는 유리잔을 집어 들어 창문으로 던져 버렸다. 유리잔은 수아를 가까스로 지나쳐 창문에 쨍그랑 소리를 나면서 깨졌다. 그리고 깨진 유리창 틈 사이로 바람이 스며들어 왔다. 그렇게 차갑지 않는 바람인데, 아니, 오히려 따뜻한 바람인데 그의 몸과 마음은 오히려 시렸다.

"김수아, 그런 니 모습에 날 더 화나게 해!! 어째서 나로 인해서 채울 수 없는 니 옆 자리가 왜 그 아이는 채울 수 있는 거야!! 왜 하필 니 뱃속에 있는 아이가 이서진 자식이냐고!!"

그녀에 대한 사랑으로 순간순간 억눌렀던 격한 감정들을 쏟아내 버렸다. 그럼에도 불구하고 그의 마음은 시원하지 않았다. 오히려 그 말들이 그의 마음을 더욱더 짓누를 뿐이었다.

"미안해요. 하지만 난 이 아기를 포기할 수 없어요. 서진 아이…

그 사람 아이라서 더욱더 그래요. 미안해요. 정말 미안해요. 당신이 무엇을 걱정하는지 알아요. 하지만 나 잘할 수 있어요."

눈가엔 눈물을 가득 괴고 있으면서도 입가에는 끝까지 미소를 잃지 않고 말하는 수아에게 준은 더 이상 아무 말도 할 수 없었다. 더 이상 그녀를 상처를 줄 수는 없었다. 비록 다른 사람의 아이를 가진 여자지만 수아는 그가 사랑하는 여자였기에 준은 그저 조용히 그녀를 지켜보기로 했다. 그게 그녀가 원하는 것이라면 그렇게 해주고 싶었다.

시간이 지날수록 수아의 배가 불러왔고, 이듬해 겨울이 끝자락이 되었을 때 갓 태어난 아이답지 않게 짙은 검은색 머리가 건강한 사내아이를 낳았다. 수아는 하람 이름을 아이에게 붙이고 많이 울었다. 그리고 서먹서먹하게 서 있는 준에게 아이를 안겨주었다.

"한번 안아볼래요?"

수아가 준의 품에 안기자 아이가 환하게 웃었다. 준을 향해서 웃음 짓는 아이를 본 순간 그는 그 아이에게서 사람들이 흔히 말하는 부정애라는 감정을 느꼈다. 어쩌면 그것이 당연한 것인지도 모른다. 아이를 낳을 때까지 수아 곁에 있어준 사람은 그였으니까. 그리고 단지그 아이가 수아의 아이라는 사실만으로 준은 마치 자신의 아이 같았다.

그리고 그 아이로 인해서 조금씩 준도 변하고 있었다. 늘 평상시처럼 자신의 사무실로 향하던 준은 그만 길가에 차를 세우고 말았다. 그의 눈길을 잡아끈 물건 때문에 아이 옷가게 쇼윈도우에 걸린 옷 때문이었다. 중앙에 진열된 남자 아이의 옷을 바라보고 있던 준은 환하게 웃으면서 옷가게로 들어갔다.

"저기 바깥에 진열된 하늘색 옷 있죠? 보여주시겠어요?"

준은 자신의 행동에 웃음이 났다. 평상시에는 눈에 들어오지도 않던 아이의 옷이 눈에 들어오고, 또 지금은 이렇게 사기까지 하다니 자신의 옆 좌석에 놓인 쇼핑백을 본 준은 웃음이 나왔다. 그리고 방향을 돌려 수아의 집으로 향했다. 미끄러지듯이 달리던 차가 어느 한적한 주택가의 도로에 세워지고, 준은 한 손에는 아이의 옷이 든 쇼핑백을 들고 수아의 집으로 들어갔다.

"김수아, 선물 사 왔어!! 어? 뭐야… 자잖아."

준이 집 안으로 들어갔을 때 수아는 아이를 안은 채 흔들의자에서 잠들어 있었다. 노을이 져서 붉어진 하늘을 뒤로하고 모자는 세상 모르고 자고 있었다.

"자려면 문이라도 잠그고 자지. 야, 야, 들어가서 자!! 김수아!!"

그녀를 흔들어서 깨웠지만 수아는 이미 깊이 잠들어 있는지 꿈쩍도 하지 않았다. 준은 살며시 고개를 숙여 수아의 이마에 자신의 입술을 가져갔다. 그리고 그녀의 이마에서 입술을 떼었을 때 잠에서 깬 하람이 자신을 바라보고 있다는 것을 알았다.

"이런, 목격자가 있잖아. 이봐, 꼬마, 내가 이거 선물로 줄 테니까 엄마한테는 비밀이다. 자, 어때? 아저씨가 센스가 좀 있지?"

준은 쇼핑백에서 옷을 꺼내 하람에게 보여줬다. 아직 사물에 대한 판단력이 없을 아이인데도 하람은 뭐가 좋은지 연신 계속 웃어댔다.

그리고 그런 하람의 웃음을 보면서 그 역시 행복함을 느꼈다.

그렇게 매일매일 웃음이 끊이지 않던 날이 계속된 어느 날, 준은 어느 때와 다름없이 한 손에 봉지를 들고 수아의 집으로 향했다. 익숙하게 열쇠로 문을 열려는 순간 집 안에서 여자의 흐느끼는 소리가 들렸다. 그가 현관문을 열었을 때 거실에서 하람을 안은 채 주저앉아 우는 수아의 모습이 보였다.

"수아야, 왜 울어?"

"우리 하람가 말을 할 수 없을지도 모른대요. 흑. 다 내 잘못이에요. 우리 하람이 말 못하게 되면 내 잘못이에요. 흐흑, 어떡해요. 불쌍한 우리 아기 어떡해요."

준은 서럽게 울고 있는 수아를 끌여당겨 품에 안으면서 수아의 어깨를 토닥여 주었다.

"그럴 일 없을 거야. 걱정 마. 내가 고쳐 줄게. 걱정하지 마."

준의 품 안에서 한참을 울던 수아는 새벽에 되어서야 잠이 들었다. 준은 조심스럽게 수아를 방으로 옮겼다. 그리고 그는 조심스럽게 물수건으로 눈물로 얼룩진 그녀의 얼굴을 닦았다.

"김수아, 넌 왜 이러니? 이제야 니가 조금은 행복해 보였는데…….이서진이 니 옆에 없어도 너의 웃는 모습을 볼 수 있다고 생각했는데……. 왜 신들은 널 미워하니? 왜… 왜…….'

준은 잠든 그녀의 손을 잡고 처음으로 기도라는 것을 했다. 제발 그녀가 아프지 않도록, 더 이상 그녀의 눈에서 눈물이 흐르지 않도록 해달라고… 기도했다.

그렇게 사흘이 지나서야 준은 회사에서 수아를 볼 수 있었다. 수아는 어느 때와 다름없어 보였다. 예전처럼 잘 웃고, 사람들과 이야기하고, 조금 달라진 게 있다면 그 웃음이 조금 희미해졌다는 것이었다. 수아는 복도에서 만난 준에게 가볍게 목례를 하고 스쳐 지나갔다.

그런 그녀에게 준이 말을 했다. 그녀를 사랑하게 된 후에 하고 싶었던 말, 그 말을… 오늘 그녀에게 건넸다.

"김수아 씨, 하람이 김하람보다는 독고하람이 낫지 않아요? 한번 생각해 봐요, 어떨지……."

준은 아직도 그 순간이 기억난다. 그녀에게 프러포즈라는 것을 했던 그 순간을. 그가 건넨 말에 놀라 멍해진 그녀의 얼굴도, 그리고 그날이 오늘처럼 이렇게 하늘이 온통 붉은색으로 물든 시간이었다는 것까지……. 준은 자리에서 일어나 컴퓨터 앞에서 꾸벅꾸벅 졸고 있는 수아의 곁으로 갔다. 조금만 손을 뻗으면 닿을 수 있는데라는 생각으로 준은 자신도 모르게 천천히 수아의 머리카락으로 손을 옮기고 있었다. 그때 조용한 사무실내에 핸드폰 벨소리가 울렸다. 그는 그 소리에 정신을 차리고 자신의 양복 주머니에서 핸드폰을 꺼냈다.

"여보세요?"

―어디야? 지금 오고 있는 거야?

"어. 지금 출발할게."

―빨리 와. 아, 비 오던데 조심해서 운전하구.

탁!!

언제나 자신이 일방적으로 끊어버리는 전화. 그렇게 전화를 끊고 나서 준은 한참을 그 자리에서 서 있었다. 그때 수아가 기지개를 펴 며 일어났다.

"아우~ 잘 잤다. 어? 시간이 벌써 이렇게 됐네? 집에 가… 어라, 아직 안 갔어?"

자신의 옆에서 장승처럼 서 있는 준을 보고 수아가 말을 건넸다.

"어, 할 일이 있어서……. 끝내고 지금 막 퇴근하려고 하는 참이었 어. 아, 밖에 비 오던데 데려다 줄게."

"아니~ 차 있는데 뭐. 이 무드없는 인간아, 이런 날에는 애인을 만 나는 거야. 오랜만에 일찍 끝난 거 같은데 유나 언니 만나. 그럼 나 먼저 갈게."

싱긋 윙크를 하고 수아는 자신의 옷과 가방을 챙겨 들고 사무실을 빠져나갔다. 수아의 발걸음소리가 멀어짐에 따라 준은 수아의 의자 에 앉아서 천천히 눈을 감았다. 수아의 뒷모습을 바라보고 싶지 않았 다. 언제나 그녀를 사랑하는 그에게 돌아온 몫은 그녀의 뒷모습뿐이 었기에 그는 보고 싶지 않았다. 한참을 생각에 빠져 있던 준은 사무 실 밖에서 무언가가 처참하게 부서지는 소리도 듣지 못했다.

"너!! 정말 이럴 거야? 요즘 왜 그러는데!!"

"아무 일 없어!!"

일요일 아침부터 유나가 준을 찾아왔다. 그에게 맛있는 것을 해준다면서 양손 가득히 장을 봐왔다. 그러나 준은 그녀를 집 안으로 들이지 않은 채 현관에서 그녀를 돌려보내려고 하였다.

"왜 이러는 건데, 정말. 목요일 저녁 약속도 펑크 내고!! 도대체 문제가 뭐야!!"

"돌아가 줘. 나 피곤하다."

이 말을 마치고 준은 쾅 소리를 내면서 문을 닫았다. 문을 닫는 순간 유나의 볼을 타고 흐르는 눈물들을 준은 보았다.

'젠장!! 독고준, 정말 가지가지 한다. 모든 게 엉망이 되어버렸어. 모든 게……'

유나를 돌려보낸 후 준은 아무 생각 없이 소파에 앉아 창문가로 그녀가 사라지는 것을 바라보았다. 그리고 점점 사라지는 유나의 뒷모습을 보면서 시간이 지나기만을 기다렸다. 10분… 20분… 그리고 준이 자리에서 일어남과 동시에 전화가 울리기 시작했다.

"왜?"

—미안해. 내가 잘못한 거 있으면 이야기해. 니가 자꾸 나 피하는 거 같아서 힘들단 말야.

"잘못한 거 없어. 요즘 회사 일이 안 풀려서 그래. 새로운 일이 추진중이라서. 요즘 바쁜 거 알잖아. 미안하다. 피곤해서 끊을게."

언제나 자신이 먼저 끝내 버리는 유나와 전화. 그녀의 마음을 준은 누구보다도 잘 알고 있다. 그래서 너에게 함부로 대할 수 없다. 혼자서 바라보는 게, 혼자서 사랑하는 게 얼마나 힘든 일인가를 알기 때문에 그는 유나에게 말할 수 없다. 사랑하지 않으니 헤어져 달라는 말을 할 수가 없었다.

"이…서진이 왔어……?"

"응, 어제."

서진이 왔다는 말에 준은 이제 그녀의 옆에 자신이 존재할 이유가 없음을 알고 가슴 한구석이 저려옴을 느꼈다. 하지만 준은 자신의 감정과는 반대로 말할 수밖에 없었다. 왜냐하면 그녀의 얼굴에 행복이 가득했기 때문이다.

"하하하!! 그래서 니가 이렇게 기분이 좋구나. 그럼… 이제 곧 결혼하겠네?"

"응, 2주 후에 하기로 했어. 서진이야 당장 내일이라도 하자고 그러는데 어떻게 그래. 이게 다 오빠 덕분이야. 고마워."

그렇게 웃으면서 수아는 살며시 준의 볼에 입을 맞췄다. 두근두근. 그의 가슴이 엄청난 소리를 내면서 뛰기 시작하자, 준은 어색하게 웃으면서 수아를 밀어냈다.

"날씨가 덥네. 나 화장실 좀 다녀올게."

준은 화장실을 향해서 뛰었다.

쏴아아.

세면대 수도꼭지에서 나오는 물을 손에 가득 담아 자신의 얼굴을 씻었다. 얼굴은 점차 식어갔지만 그의 심장은 아직도 요동치고 있었다. 한참 동안 물 속에 담가놓았던 얼굴을 들어 거울을 바라보았다. 머리카락에 스며든 물들이 뚝뚝 손등으로 떨어졌다.

"넌 모르지? 넌 너의 의미없는 그런 행동들이 나를 얼마나 힘들고 아프게 하는지⋯⋯."

화장실에서 나와 준은 사무실로 돌아왔지만 들어가지 못하고 발걸음을 돌려야만 했다. 그곳에 수아와 서진이가 소파에 앉아서 웃으면서 이야기를 하고 있었기 때문이다. 뒤돌아선 준의 가슴을 아프게 한 건 수아의 말이었다.

"다행이야. 오빠 곁에 유나 언니가 있어서 언니가 있어서 덜 미안해, 너한테 가는 게⋯⋯."

그는 천천히 주먹을 꼭 쥐면서 돌아서서 휴게실로 향했다. 그리고 3년간 입에 대지도 않던 담배를 꺼내 물었다. 담배에 불을 붙이고 깊게 담배 연기를 자신의 몸 안으로 들이마셨다.

'김수아, 사람들이 왜 담배가 나쁜지 알면서 못 끊는 줄 알아? 중독성이 있거든. 사람을 담배를 피우는 그 순간 묘한 흥분감을 주거든. 그렇지만 건강엔 아주 치명적이어서 끊어야 하지. 나에게서 있어서 너는 담배 같은 존재야. 너는⋯⋯.'

준이 생각에 잠긴채 앉아서 담배를 피우고 있는데 누군가가 휴게실 문을 두드리면서 들어왔다. 문이 열리면서 들어온 사람은 환하게 웃고 있는 수아였다.

"여기서 뭐 해? 안 갈 거야? 오늘 한국 그룹하고 미팅있다면서? 가자."

준은 서둘러 담배를 비벼 껐다. 그러자 준의 행동을 이상하다는 듯이 수아가 쳐다보았다.

"어? 담배 안 피웠잖아. 또 피우는 거야? 어쩐지 요즘 향수를 진하게 뿌린다 했어. 이왕이면 끊으세요~"

휴게실에 나서려고 할 때 수아의 핸드폰 벨이 울렸다.

"어! 서진아……? 왜? 어. 어.그래."

전화를 받으면서 수아는 준보다 조금씩 빠르게 걷기 시작했고, 준은 조금씩 걷는 속도를 늦췄다. 조금씩 조금씩… 수아와의 거리는 멀어지고 있었지만 그녀의 웃음소리는 더 크게 들리는 것만 같았다. 하지만 준은 그저 수아의 모습을 보면서 씁쓸하게 미소를 지을 뿐이었다. 왜 이렇게 아픈 건지, 수아가 행복해지는 만큼 자신도 행복할 거라고 생각했다. 하지만 수아가 행복해지는 만큼 준의 가슴은 더욱더 아파올 뿐이었다.

그렇게 한참을 떨어져 가던 그의 모습을 이상하게 생각했는지 수아가 걸음을 멈추고 뒤돌아서면서 그에게 달려왔다.

"왜 이렇게 떨어져서 와!! 그렇게 신경 안 써줘도 되는데."

밝게 웃으면서 그의 손을 잡아끄는 수아를 따라 준은 천천히 끌려갔다. 그리고 이내 그의 얼굴에도 수아와 같은 미소가 번지기 시작했다.

"김수아."

"응? 왜?"

"행복해 보여서 좋다."

"뭐라구?"

"늦었다고. 빨리 가자."

준은 수아가 잡은 자신의 손을 빼내고 수아를 앞질러서 뛰었다. 뒤에서 수아가 따라오는 소리를 들으면서 살며시 미소를 지었다.

"뭐야!! 지금 나랑 달리기 시합하자는 거야? 좋았어."

준은 수아가 이렇게만 행복하다면 자신의 마음은 아파도 괜찮다고 생각했다. 자신의 마음은 찢겨져도 그녀만 웃을 수 있다면 준은 그걸로 만족하고 행복해하겠다고 생각했다.

그렇게 장난치듯이 제시간에 가까스로 약속 장소에 도착한 그들은 준의 아버지에게 한 시간 동안 잔소리를 듣고 나서야 그곳에서 벗어날 수 있었다.

"오랜만에 회장님께 잔소리 듣는 것도 괜찮다. 그렇지?"

"넌 꾸중 듣는 게 그렇게 좋나?"

말을 하다가 갑자기 무언가를 보고 환한 미소를 짓는 수아를 보고 준 역시 그녀의 시선이 닿는 곳으로 시선을 옮겼다. 그리고 어김없이 그녀의 시선 끝에는 그가 있었다. 준의 눈에 도로변에서 차를 세워두고 한 손에는 빨간 장미 한 다발을 들고 서 있는 남자가 보였다. 그리고 서진이에게 뛰어가는 수아가 일으킨 바람이 준의 곁에 불었다.

"서진아~"

그렇게 달려간 수아는 아무런 망설임 없이 서진의 품 안에 안겼다. 그 모습을 본 준은 머리를 어색하게 매만지면서 천천히 서진과 수아에게 다가갔다.

"오랜만입니다."

"네. 그동안 우리 수아 돌봐주셔서 감사했습니다."

"뭐, 돌봐줬기보다는 이 녀석하고 같이 있어서 재미있었습니다.

제가 몰랐던 걸 많이 가르쳐 줬으니까요."

그렇게 말하는 준의 시선은 수아의 어깨를 다정히 안고 있는 서진의 손에 고정되어 있었다. 마음이 아파왔지만 준은 웃어야 했다. 그는 웃어야만 했다.

"같이 저녁이라도 하실래요?"

"아니요. 약속이 있습니다."

"뭐? 그 약속 취소하면 안 돼? 일부러 서진이 부른 건데."

"그게 아!! 유나하고 만나기로 해서 요즘 내가 너무 바빠서 잘 못 챙겨줬거든. 미안하다."

"그럼 유나 언니도 불러. 응? 나도 언니 못 본 지 오래됐어. 응?"

결국 준은 고집스럽게 졸라대는 수아로 인해 유나에게 전화를 걸어야만 했다. 오랜 신호 끝에 전화기 너머로 유나의 목소리가 들렸다.

"유나?"

—웬일이야, 먼저 전화를 다 주구?

"아, 오늘 저녁 약속한 거 말야. 수아네랑 같이 하지 않을래? 이서진 씨가 왔네."

—저녁… 약속? 아, 알았어.

준은 유나에게 약속 장소를 알려주고 전화를 끊었다. 그러나 전화를 끊고 나서 준은 유나의 탄식 어린 목소리에 마음이 걸렸다. 약속 장소로 향하는 도중에도 계속해서 신경이 쓰였다. 약속 장소인 레스토랑 안으로 들어가자 그곳에는 이미 유나가 와서 기다리고 있었다.

"언니, 빨리 왔네요?"

"어, 그래. 수아, 오랜만이지?"

"네. 서진아, 이리 와서 앉아."

수아의 부름에 서진은 웃으면서 그녀의 옆으로 자리를 잡았다. 하지만 준과 유나는 서로를 쳐다볼 생각도 하지 않은 채 다른 곳을 응시할 뿐이었다. 유나가 담담하게 준에게 말했다.

"준아, 이리 와서 앉아. 정식 A코스로 내가 미리 시켰는데… 서진 씨, 괜찮죠?"

"네, 괜찮습니다."

시간이 지날수록 서진과 수아의 이야기하는 소리로 시끌벅적했지만, 무슨 일인지 준과 유나는 더욱더 어색해질 뿐이었다. 그런 두 사람의 모습을 이상하게 여긴 서진이 수아에게 속삭였다.

"수아야, 오늘 저 두 사람 분위기 아니다. 우리 피해주자."

"안 돼~ 아직 다 안 먹었어."

"으이구, 이 돼지, 빨랑 나와."

"이씨, 아직 다 안 먹었는데…….."

계속해서 수아의 팔을 잡아끄는 서진 덕분에 수아는 포크와 나이프를 손에서 놓아야만 했다. 원망스런 눈빛을 서진에게 보내고 수아는 웃으면서 유나와 준에게 말했다.

"언니, 저희부터 갈게요. 집에서 하람이가 아줌마랑 기다리고 있을 텐데 너무 늦어서요."

"네, 가볼게요. 죄송합니다. 그 대신 저희가 오늘 저녁 사겠습니다."

"아닙니다. 유나야, 우리도……."

"그래요? 다음에 봐요. 수아야, 잘 가. 서진 씨도 다음에 뵈요."

"네, 그럼."

서진은 아직도 음식에 미련을 버리지 못한 수아를 끌고 레스토랑 밖으로 나갔다. 그들의 모습이 사라지자 준은 다시 소파로 털썩 주저앉았다. 그런 그의 모습을 보고 유나는 '훗' 하고 웃으면서 고개를 돌렸다

"참 아슬아슬했지? 얼마나 질투가 났겠어. 안 그래?"

"무슨 소리 하는 거야?"

"내가 눈뜬장님 같아? 내가 그렇게 우습게 보이니? 니 눈에 내가 그렇게 우습게 보여? 왜!! 왜 나랑 만났어? 왜, 왜!!"

유나가 이미 알고 있다는 사실을 준은 그제야 알 수 있었다. 눈에 눈물이 그렁그렁 맺힌 유나가 입술을 깨문 채 간신히 눈물을 참고 있었다.

"설마 했어. 아니라고 생각했어. 내가 생각한 게 다 거짓일 거라고 생각했어. 그런데… 바보같이 너를 너무 믿어버렸어, 너무."

"미안하다."

"미안해? 왜!! 왜 미안해!! 잊으면 되는 거잖아. 니가 잊으면 되잖아!! 그러면 되는 거잖아!!"

"우리 그만 하자. 더 이상 너 힘들게 하고 싶지 않다."

준의 그 한마디에 유나의 울음 섞인 목소리가 멈췄다. 나지막하게 한숨을 내쉬고 천천히 자리에서 일어나 뒤돌아서는 그에게 유나가

물었다.

"사랑은 했니?"

"모르겠어, 내가 널 사랑했는지, 아니면 수아를 닮은 널 사랑했는지. 갈게. 미안하다."

차갑게 뒤도 돌아보지 않고 나가는 준의 뒷모습을 보면서 유나의 두 눈에는 눈물이 흘러내렸지만 그녀의 입은 웃고 있었다. 거짓말이라고 말해 주기를 바랐다. 사실이 아니라고……. 하지만 그는 너무도 차갑게 그녀에게서 뒤돌아섰고, 그런 그를 아직도 사랑하는 자신의 마음이 유나는 너무나도 밉고 분했다.

다음날, 누군가가 아침부터 준의 집 현관문을 부술 듯이 두드렸다. 잠이 덜 깬 준이 문을 열었을 때, 밤새 어디에서 마셨는지 몸도 가누지 못한 채 유나가 준의 품 안으로 쓰러졌다.

"독고준!! 니가 뭔데 날 이렇게 비참하게 해! 응? 왜!! 왜 사람을 바보로 만들어!!"

자신의 옷자락을 붙잡고 늘어지는 유나의 모습에 준은 적지 않게 당황했다. 자신이 이렇게 유나를 찾아간 적은 있었지만, 이런 그녀의 모습은 본 적이 없었기 때문이다. 언제나 유나가 자신에게 해주었듯이 준 역시 그녀는 자신의 침대로 데려가 눕혔다.

"자고 가라."

준이 유나를 자신의 침대에 눕히고 돌아서려고 할 때 유나가 준의 옷자락을 붙잡았다.

"왜 나는 안 되는 거야. 왜?"

"너 많이 취했어. 술 깨면 이야기하자."

그렇게 말하면서 준은 자신의 옷자락을 붙잡은 유나의 손을 떼어
냈다. 힘없이 준의 옷자락을 놓은 유나는 고개를 끄덕이면서 이불을
덮고 누웠다. 그런 유나를 보면서 준은 한숨을 내쉬고 방에서 나온
준은 소파에 자신의 온몸을 기대어 누웠다. 유나를 처음 보았을 때,
분명히 그의 가슴은 뛰었다. 수아를 보았을 때처럼……

"아, 저는 이민 왔어요, 한국에서."

"네. 저는 독고준이라고 합니다."

"저는 김유나예요."

준은 유나의 미소가 좋았다. 자신의 심장을 다시 한 번 뛰게 해주
었으니까. 또 그녀의 행동하나가 무척이나 낯이 익어서 편안했다. 그
날 이후 두 사람은 급속도로 가까워졌다. 아마 유나는 혼자서 낯선
타국으로 이민 온 외로움을, 준은 수아를 떠나보내 허전한 마음을 서
로를 통해서 위로받고 싶었을지도 모른다. 이러한 이유 때문에 서로
에게 다가갈 수 있었을 것이다.

어느 날과 다름없이 준은 유나의 카페로 향했다. 오늘은 자신의 옆
에 수아를 데리고 카페로 갔다.

"준아, 어서… 어? 누구?"

"인사해, 수아라고."

"안녕하세요, 김수아라고 해요."

유나는 수아가 내민 손을 어색하게 잡았다. 그리고 환하게 웃는 수

아를 바라보는 준의 눈길을 보고 알 수 없는 기분에 사로잡혔다. 불안감. 그것이었다. 그러나 이내 유나는 고개를 저으면서 수아와 준을 창가의 자리로 안내했다.

"이리 와서 앉아요."

"네. 그런데 정말 좋다. 그죠?"

"그렇지? 나는 특히 이 창가가 마음에 들어. 여기 앉아서 사람들이 어떤 표정을 짓는지 구경하면 왠지 기분이 편해지거든."

"와, 진짜."

준은 테이블에 턱을 괴고 자신의 이야기를 들어주는 수아를 바라보면서 신이 나서 이야기를 했다. 차를 준비해서 쟁반에 들고 나오던 유나는 그런 준의 모습이 조금은 어색하게 보였다. 만나면 늘 자신의 이야기를 들어주는 쪽에 속했던 준이 지금 얼굴을 상기한 채 말을 하고 있다니. 이런 자신의 마음을 숨기고 유나는 한숨을 내쉰 후 자리에 앉았다.

"나 없는 사이에 무슨 이야기를 그렇게 해?"

"어, 아니야."

수아가 유나가 준 파르페를 스푼으로 가득 떠서 입 안에 넣었다. 시원한 파르페가 입 안에 가득 차자 살짝 표정을 찡그렸다. 그와 동시에 준과 눈이 마주치자 살짝 웃어 보이는 수아. 그런 수아의 모습을 보고 준 역시 희미하게 웃어 보였다. 그 모습에 유나는 자신도 모르게 심장이 내려앉음을 느꼈다.

"진짜 맛있어요. 와~ 이래서 이 카페가 유명하구나."

"꼭 그런 것만은 아니에요. 저 화분 때문에 유명하죠."

유나의 손끝으로 가리킨 건은 짙은 자색의 꽃이 달린 화분들로 가득 차 있었다.

"와~ 저게 뭐예요?"

궁금함에 수아는 그 자리에서 일어나 그곳으로 다가갔다. 그녀가 그곳으로 가니 강한 초콜릿 향기가 수아의 콧속으로 들어왔다.

"와~ 초콜릿 향기가 나다니. 이게 뭐예요?"

"향이 참 신기하죠? 그래서 그 꽃을 신이 인간에게 내려준 첫 번째 향기를 가진 헬리오트러프라고 해요. 헬리오트러프는 일명 사랑을 이루게 해주는 꽃으로도 불려요. 이 꽃이 피우게 되면 사랑이 이루어지죠."

유나의 말을 들은 수아는 신기하다는 듯이 눈을 반짝이면서 꽃의 향기를 맡았다. 그리고는 살며시 고개를 들어 유나에게 말했다.

"저기, 저 화분 주시면 안 돼요? 저는 꽃이 핀 걸로 주세요. 어차피 제 사랑은 이루어졌으니까요."

수아의 말을 들으면서 자신도 모르게 준의 표정을 살피게 되었다. 준의 표정이 약간 어두워져 있었다. 유나는 그런 그의 표정을 보고 뒤돌아섰다.

"그, 그래요. 준아, 너도 하나 키워봐. 응?"

"아냐, 나는 분명히 일주일도 못 가서 죽일 거야."

"준이 씨, 그러지 말고 한번 키워봐요. 재미있을 거 같은데. 꽃이 피게 되면 사랑이 이루어지게 된다면서요. 재밌을 것 같은데."

꽃이 빈 화분을 하나 집어 든 수아가 웃으면서 말했다. 그러자 준역시 웃으면서 고개를 끄덕였다. 준은 알지 못했다. 자신의 그런 무의미한 행동이 유나를 얼마나 불안하게 하는지.

"자, 한번 잘 키워봐."

"그래."

"나도 오늘부터 하나 키워볼게. 정말 우리의 사랑이 이루어질 수 있을지 보자구!!"

그렇게 씩씩하게 웃으면서 준에게 말을 건네는 유나를 보고 수아가 말을 걸었다.

"유나 씨는 웃을 때 보조개가 들어가네요. 나랑 똑같다. 나도 왼쪽에 살짝 들어가는데. 와~ 그리고 웃음소리도 비슷한 거 같다."

"그래요? 음, 정말 그런 거 같네."

유나와는 수아가 서로의 공통점을 발견하고 웃고 있을 때 준의 표정이 굳어졌다. 준의 머리 속에는 수아가 하는 말이 계속해서 맴돌았다.

"제길."

준은 낮게 중얼거린 후 카페를 빠져나왔다. 그런 준의 모습에 유나가 놀라서 따라 나왔지만 준은 이미 자신의 차를 타고 출발했다. 그게 끝이었다. 더 이상 준은 유나에게서 두근거림을 느끼지 못했다. 자신이 수아를 닮은 그녀의 미소를 좋아했다는 사실을 깨달은 순간 그에게 있어 유나는 죄책감일 뿐이었다.

준은 감은 눈을 천천히 뜨고 자신의 테이블 위에 놓인 헬리오트러프를 바라보았다. 여전히 잎만 무성한 채 피지 않는 꽃. 카페에서 보았던 보라색 꽃은 자신의 화분에서 볼 수 없었다. 어쩌면 당연한 일인지도 모른다. 왜냐하면 그의 사랑은 이루어질 수 없을 테니까. 평생을 원하고, 원해도 절대 이루어질 수 없을 테니까.

"그래, 김유나, 사랑하는 줄 알았어. 그런데 나는 널 사랑한 게 아니었어. 니가 닮은 수아의 웃음을 그것을 사랑한 거였어. 제기랄!!"

준이 자신의 머리를 무릎에 기댄 채 조용히 속삭였을 때 그 말을 듣고 있던 유나의 눈에서 눈물이 떨어졌다. 알고 있었다. 수아를 본 순간 자신과 수아가 닮았다는 것을, 그리고 수아를 본 순간 그가 사랑하는 여자는 자신이 아닌 수아라는 것을.

오후 늦게 일어난 유나가 소파에 앉아 있는 준에서 말을 꺼냈다.

"수아 결혼식할 때까지만… 그때까지만 사귀는 척하자."

"무슨 생각이야?"

"너… 너 걱정하고 있잖아, 지금."

"니가 상관할 바 아니야."

"내가… 내가 원해서 그러는 거야. 나한테도… 시간을 줘. 너하고 헤어질 수 있는… 시간을 줘. 혼자 있는 게 익숙해지도록…그 시간을 줘. 부탁할게……."

준은 아무 말 없이 유나를 바라보았다. 이 바보 같은 여자가 끝까지 자신을 걱정하고 있다. 이 바보 같은 여자가……. 준의 가슴속에서 뜨거운 무언가가 올라왔지만 준은 그 감정을 무시한 채 말했다.

"그래, 고맙다."

"갈게. 그럼… 수아 결혼식 때 보자."

끼이익 소리와 함께 현관문이 닫히자 준은 내뱉듯이 말을 이어 나갔다.

"이제 이걸로 끝난 거야. 너와… 나는……."

준은 유나에 대한 감정을 접었다고 생각했다.

수아의 결혼식 날, 준은 그녀의 카페로 차를 몰고 갔다. 카페 안으로 들어가려고 했던 준은 들어가지 못했다. 그 이유는 유나가 카페 출입문 앞에서 한 남자와 환하게 웃으면서 이야기를 하고 있었기에. 준은 담배를 꺼내 물었다. 그런데 왜 갑자기 가슴이 이렇게 뛰는지 모르겠다. 답답한 마음을 담배로 풀고 있을 때 유나가 이쪽으로 달려오기 시작했다. 그리고는 차 창문을 두드렸고 준은 창문을 내렸다.

"미안. 조금만 기다려 줄래? 손님이 와서."

"그래."

"잠시만."

유나는 그렇게 말하고 다시 그 남자에게 뛰어갔다. 그리고는 유나가 귓속말로 무언가를 속삭이자 가만히 서 있던 남자도 웃기 시작했다. 그런데 그 모습을 보고 있는 준의 가슴속에서 무언가가 치밀어 올랐다.

"젠장!! 뭐가 그렇게 재미있는 거야!!"

자신도 모르게 튀어나온 말 때문에 준은 무척이나 당황했다. 마치 자신이 질투를 하는 것 같았다. 그렇게 자신의 알 수 없는 감정에 복잡해하고 있는 준의 눈에 차 문이 열리는 소리가 들리면서 차에 올라타는 유나의 모습이 보였다.

"가자. 늦겠어."

"누구 때문에 늦게 생겼는데!!"

"어. 미안. 그렇지만 손님이… 그런데 왜 화를 내? 그래서 내가 기다려 줄 수 있냐고 물었잖아. 그리고 그렇다고 한 게 너고. 근데 왜 화를 내!!"

"그래, 그만 하자… 미안해."

자신도 왜 화가 났는지 모르겠다. 갑자기 울컥하는 마음에 화를 낸 것 같다. 준은 자신이 이런 마음 때문에 머리가 너무 복잡했다. 너무…….

수아의 결혼식에서 그 소동을 했음에도 준은 웃지도 아무런 느낌도 들지 않았다.

"김수아, 너 정말 너무한 거 아니냐!!"

"뭐~ 오빠, 어때? 결혼식 서프라이즈했지? 언니도 그렇게 생각하지?"

"어! 너무 놀랐다. 서진 씨 앞으로 고생 좀 해야겠어. 아직도 철드려면 먼 것 같은데."

"그렇죠? 역시 내 마음 알아주는 건 유나 씨밖에 없다니까. 하하하."

"이씨! 정말 준이 오빠!! 말 좀 해봐!! 오빠!!"

"어? 어, 그래, 우리 수아가 어디가 어때서. 하하."

한참을 멍하니 서 있던 준은 수아의 질문에 어색하게 웃으면서 대답했다. 너무 복잡했다. 한꺼번에 밀려오는 이 감정들. 너무너무 준은 고개를 돌려 웃으면서 수아와 서진에게 말하는 유나를 바라보았다. 하지만 유나는 아무렇지도 않은 듯이 보였지만, 이상하게도 자신이 변하는 것만 같은 느낌에 준은 혼란스러웠다.

수아와 서진을 공항까지 배웅하고 돌아오는 내내 차 안은 침묵만 가득했다. 아까 일로 준에게 화가 난 유나는 입을 꽁꽁 다문 채 꼼짝도 하지 않았고, 알 수 없는 자신의 마음 때문에 준은 복잡한 머리 속을 정리하느냐 바빴다. 어느덧 유나의 카페에 차가 도착했고, 인사도 없이 내리려는 그녀를 준이 잡아끌었다.

"왜!!"

"김유나. 아까 그 남자 누구야?"

준은 그 남자를 본 다음부터 궁금해서 물어보고 싶었던 그 질문을 기어이 꺼내고 말았다. 차 안에는 금세 조용해져서 두 사람의 숨소리 밖에 들리지 않았다. 유나는 준의 질문에 잠시 당황한 표정을 지었지만 이내 기가 막히다 는 듯이 그에게 쏘아붙였다.

"그게 너랑 무슨 상관인데!! 이젠 우리 끝났어!! 수아 결혼식 이후에 우리 남남 되기로 했잖아. 독고준, 이제 끝이야!!"

"내가 만약에 너랑 다시 시작하고 싶……."

퍽!

유나의 핸드백이 준의 얼굴을 강타했다. 그리고 유나는 자신의 팔목을 잡았던 준이 손을 매몰차게 떼어냈다.

"뭐? 다시 시작하자구? 왜? 너 가지기 싫었는데 남 주기는 아깝든? 그런 거야? 정말 어이가 없어서! 미안하지만 사람 잘못 봤어!! 이젠 내가 싫어!! 내가!!"

그렇게 유나가 차갑게 말하고 차에서 내렸다. 하지만 준은 유나를 붙잡을 수가 없었다. 울고 있었다. 그녀는 눈에 눈물을 가득 담은 채 그에게 말하고 있었다. 준은 깊게 한숨을 내쉬고 유나의 뒷모습을 바라보았다. 어디서부터 유나와 자신이 잘못되었는지 준은 후회하기 시작했다. 하지만 이미 차가워진 유나의 행동에 씁쓸함을 삼키면서 준은 집으로 돌아갔다. 집으로 가는 동안 내내 그의 머리 속에는 알 수 없는 감정들로만 가득했다. 열어놓은 차 창문 사이로 들어오는 바람도 그의 머리 속에 있는 고민들을 날려주지 못했다.

집에 도착한 준은 차 키를 테이블 위로 올려놓고 힘없이 주저앉았다. 그의 눈에 유나가 준 화분이 눈에 들어왔다. 아직 꽃이 피우지 않은 채 꽃봉오리만 매달고 있는 헬리오트러프의 잎사귀를 살며시 만져 본다. 그러자 해맑게 웃으면서 그에게 말을 하던 그녀의 모습이. 그의 머리 속을 어지럽게 한다.

"준아, 준아."

카페 안에 헬리오트러프 화분들을 돌보던 유나가 의자에 앉아서 책을 읽고 있는 준에게 손짓을 한다. 준은 유나의 손짓에 읽던 책을 테이블 위에 올려놓고 그녀의 곁으로 갔다.

"준아, 이것 좀 봐."

"그거 그때 수아 왔을 때 본 거잖아."

"그게 아니야. 이거 내가 분양해 준 사람이 다시 가져온 거야."

"왜?"

"꽃이 피어서 이거 다른 사람들한테도 나누어 주라고. 그 여자 우리 카페 왔을 때 실연한 상태였거든. 그래서 매일매일 울면서 갔어. 아마 이곳에서 헤어진 거 같아. 그래서 내가 화분을 하나 줬어. 이걸 정성껏 가꾸어서 꽃을 피우면 사랑이 이루어진다고 하면서. 맨 처음에는 그 여자는 속는 셈치고 가져갔지. 그런데 이 화분에서 꽃이 피고 결혼을 했대, 저번 주에. 준아, 우리도… 우리 화분에서 꽃이 피면 말야, 결혼하기 전에 삿포로로 가자. 그 근처 후라노 지역에서 하는 라벤더 축제 가자. 알았지? 나 그게 소원이었거든. 보라색 라벤더 꽃밭에서 청혼받는 거. 그렇게 해줄 거지?"

유나는 카페 벽면에 걸린 라벤더 꽃밭 사진을 가리키면서 준에게 말을 했다. 말없이 그녀가 가리킨 쪽으로 고개를 돌린 준은 보았다. 사진 속에 가득한 보랏빛 꽃들을, 그리고 그녀의 눈을.

삿포로… 준은 그 이름을 되뇌어보았다. 그곳은 수아를 처음 만난 곳이기도 하다. 처음 보았을 때 위태위태하던 그녀를 받아들였을 때 준의 심장은 멈춘 것만 같았다. 자신을 떠난 예영이 다시 그의 앞에 나타난 것 같았다. 죽고 싶을 만큼 보내고 싶지 않았던 여자, 최예영을 닮은 여자 김수아를 만난 던 곳. 모든 것을 숨 막히게 할 만큼 너무도 닮아서 그 사랑이 집착으로 갔었던. 김수아. 하지만 사랑한다는 이유 하나로 수아를 떠나보내 줬다. 지금 수아를 다른 남자 품으로 떠나보냈지만, 후회하지 않는다. 그러나 유나를 떠나보낸 지금 후회하고 있다. 무엇 때문에, 무엇이 그의 마음을 이렇게 붙잡고 놓아주지 않는 걸까. 무엇 때문에 그가 이렇게 후회를 하고 있는 것일까?

하루를 바쁘게 살았던 준은 조금씩 자신을 복잡하게 하던 마음들을 정리하기 시작했지만, 깨끗하게 정리되지는 않았다. 수아를 떠내보냈을 때보다 더 가슴 한구석이 아프고 쓰렸다.

"먼저 퇴근할게요."

직원들에서 말을 하고 사무실을 빠져나온 준은 유나의 카페로 발길을 향했다. 늘 멀리감치 지켜보다가 그대로 돌아가 버리기 일쑤였지만 준은 그녀가 밝게 웃는 모습을 보면서 자신도 그녀의 웃음에 동화되어 돌아가곤 했다.

그렇게 그의 일상이 반복되던 어느 날, 어느 때와 다름없이 회사로 향하던 준은 베란다에서 보랏빛 꽃이 바람에 흔들리는 것을 보았다.

"뭐지?"

준은 현관으로 가던 걸음을 돌려 베란다로 나갔다. 블라인드를 치우자 한꺼번에 눈부신 햇빛이 쏟아지면서 동시에 준의 눈이 감겼다. 햇빛에 익숙해진 그의 눈이 떠지자 마법처럼 헬리오트러프의 보라색 꽃이 들어왔다. 준은 자신도 모르는 힘에 이끌려서 화분 쪽으로 다가갔다. 예전에 유나가 이 꽃을 보며 자신에게 했던 말이 준의 귀에 유나의 목소리가 들려오는 것만 같았다. 그리고 준은 화분을 들고 자신의 차에 올라타면서 사무실에 전화를 했다.

"네. 독고준입니다. 삼 일 정도 쉬고 싶어서요. 네."

전화를 끊고 준은 공항으로 갔다. 공항으로 향하는 내내 준은 자신이 옆 자리에 놓인 보라색 꽃에서 눈이 떨어지지 않았다. 왜 자신이 지금 공항을 향해서 가는지 모르겠다. 하지만 지금 이 길을 하지 않으면 준은 후회할 것만 같았다. 한참을 달려 공항에 도착한 준은 삿포로 행 비행기에 떨리는 마음으로 몸을 실었다.

비행기에서 내린 준은 삿포로 근처에 있다는 후라노 지역으로 향했다. 다행히 라벤더 축제 기간이라서 거기까지 가는 데는 어렵지 않았고, 그곳에 도착했을 때 이미 많은 인파들이 보랏빛으로 가득 찬 라벤더 밭을 왔다 갔다 하고 있었다. 바람이 일자 향긋한 라벤더의 향이 준의 근처에 맴돌았다. 준은 자신의 양복 상의를 벗어 자신의 팔에 끼우고 천천히 라벤더 밭으로 걸어 들어갔다. 사람들의 환한 웃음과 보랏빛 꽃과 그 꽃에서 뿜어져 나오는 향기들. 왠지 모르게 이 모든 것이 준은 익숙했다. 한참을 올라가던 준은 걸음을 멈춰 서버리고 말았다.

"유, 유나야……."

준이 떨리는 목소리로 말을 마치자 앞치마를 입은 여자가 한 손에 모종을 들고 뒤돌아섰다. 한 달 전에 준이 보았던 유나의 모습이 아니었다. 예전과는 비교할 수 없을 정도로 짧아진 머리에 검게 그을린 피부… 다른 모습이었다. 하지만 준의 심장을 말하고 있었다, 그녀라고.

"준… 아?"

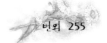

"여, 여기서 뭐 하는 거야?"

"너야말로 여기서 뭐 해?"

어색한 침묵만이 두 사람 사이에서 맴돌았다. 이 지루한 침묵을 깬 것은 그를 보면서 어색하게 웃은 유나였다.

"하하. 내 정신 좀 봐. 저기 아래에 카페가 있거든. 내려가자… 덥지?"

"그래."

유나는 준을 앞장서서 내려가기 시작했다. 그런데 얼마 가지 못해서 그녀가 미끄러졌고 준이 달려갔다.

"괜찮아?"

"어…어……. 괜찮아."

그렇게 쓰러진 유나를 부축하고 있는 준에게 한 남자가 뛰어오기 시작했다. 준의 표정이 굳어지고 말았다. 그 남자는 전에 카페에서 보았던 그 남자였기 때문이다. 그들의 곁으로 온 그 남자는 놀란 표정으로 유나의 옷들을 털어주고 있었다.

"괜찮아, 오빠."

"어디 다친 건 아니야? 조심 좀 하지. 괜찮아? 괜찮은 거야?"

연신 괜찮냐고 그녀에게 묻는 남자의 물음에 유나는 안절부절못하면서 괜찮다고만 했다. 그런 그들의 모습에 준은 그들을 지나쳐 내려갔다. 그러자 그 남자의 목소리가 준을 붙잡았다.

"저기요, 좀 도와주시겠어요?"

"네?"

"독고준 씨죠? 유나가 발을 삔 거 같아서요. 도와주시겠어요?"

"그러죠."

두 남자의 부축을 받으면서 유나는 아래에 있는 카페 안으로 들어갔다. 그 카페 안으로 들어갔을 때 준은 매우 이곳이 낯이 익다는 생각이 들었다. 많이 본 듯한 기분이 들었다.

"하하하, 고맙습니다. 여기 앉으세요."

"아, 네."

"저는 김현수라고 합니다."

"독고준입니다."

"네. 알고 있습니다. 저 녀석한테 이야기 많이 들었으니까요."

현수는 자신의 뒤에 앉아 있는 유나를 손으로 가리키면서 말했다. 준이 현수의 손끝을 따라서 시선을 옮기자 유나와 눈이 마주쳤다. 준과 눈이 마주친 유나는 얼른 고개를 돌려 창밖으로 눈을 고정시켰다.

"그런데 여긴 어떻게?"

"아, 추, 출장 왔습니다. 이번에 축제 그쪽에 투자를 할까 해서."

"아, 그러시군요."

그렇게 마주 앉아 차를 마시고 있는데 누군가가 카페 안으로 들어왔다. 만삭이 된 몸을 안고 들어온 한 여자, 그 여자가 들어오자 현수가 자리에서 일어났다.

"여보, 나 배가 너무 아파요."

"배? 왜? 병원 가야겠어?"

현수의 물음에 식은땀을 흘리면서 고개를 끄덕이는 여자.

"유나야, 오빠 병원 좀 다녀올게."

"나도 같이 가."

"너는 여기 있어. 괜찮으니까. 손님도 와 계시잖아. 간다."

현수가 자신의 아내를 부축하고 카페 밖으로 나가자 또다시 어색한 침묵이 흘렀다. 그리고 준은 머리 속에서 정리가 되지 않는 이 상황들을 이해하려고 노력 중이었다. 그러자 유나가 그의 표정을 보고 한숨을 내쉬면서 말했다.

"오빠야, 친오빠."

"뭐?"

"그리고 아까 같이 나간 사람은 새언니구. 임신 8개월째거든."

"그러면 뭐야, 너."

"내가 뭘. 그나저나 정말 왜 왔어? 니네 회사가 이런 거 관심있었어?"

준은 무언가를 다짐한 듯한 표정을 지어 보이고는 카페 밖으로 나갔다. 잠시 후 카페 문에 걸어놓았던 방울들이 부딪치면서 소리는 내면서 준이 다시 들어왔다. 준의 모습을 찬찬히 바라보던 유나의 시선이 그의 손끝에 머무는 순간 유나의 눈이 커졌다.

"너… 너."

"그래, 꽃 피웠어."

유나가 놀란 이유는 준의 손에 들린 화분 때문이었다. 보랏빛 꽃이 달린 헬리오트러프 화분을 보고 유나는 알 수 없다는 듯한 표정을 지어 보였다.

"김유나, 니가 말했지? 이 꽃이 피면 사랑이 이루어진다고 그랬지?"

준의 물음에 유나는 고개를 끄덕이자 그런 그녀의 모습을 보고 준이 웃으면서 말했다.

"김유나, 결혼하자. 우리 결혼하자!!"

준의 말에 그 자리에서 벌떡 일어난 유나가 그를 스쳐 카페 밖으로 뛰쳐나갔다. 그런 그녀의 뒤를 준이 쫓기 시작했고 라벤더 꽃밭 한가운데서 유나가 준의 손에 잡혔다

"놔!! 놔!!"

"김유나!!"

"내가 말했지!! 너 싫어!! 이젠 내가 싫다구!! 너한테 얽매이기 싫어. 비참하다구!! 아직도 너를 보면서 뛰어대는 내 심장도 싫고, 너의 결혼하자는 말에 감동 받는 내 모습이 싫어. 너무 비참해 싫어. 나 싫어. 준아, 나 싫어."

준은 그렇게 말하면서 그 자리에 주저앉으려는 유나를 끌어안았다. 그리고 그녀를 토닥이기 시작했다.

"미안해, 너무 늦게 알았어. 니가 떠난 후에서야 알았어. 내가 사랑한 사람이 누군지. 내게 다가온 사랑을 피하려고 했어. 또다시 피하려고 했어. 바보처럼 착각했다고 생각했어. 너를 사랑한 게 아니라고 생각했어. 너를 떠나보내고 나서 후회했어. 뼈저리게 후회했다고. 사랑해. 유나야, 사랑해."

유나를 꼭 끌어안은 준이 속삭였다. 그러자 유나의 눈에서 눈물이

흘러내렸다. 한 번도 해주지 않았던 말. 그에게서 꼭 듣고 싶었던 말. 사랑해, 그 말을 지금 그가 그녀에게 해주고 있었다. 유나는 복받쳐 오는 감정으로 준을 꼬옥 붙잡고 울 수밖에 없었다.

"바보!! 바보. 이제… 이제야 널 놓아주려고 했는데."

"아니, 놓지 마. 유나야, 날 잡은 손 놓지 마. 기억나, 니가 했던 말? 우리 화분에서 꽃이 피면 꼭 이곳에 오자고 했던 말."

준의 말에 유나는 고개를 끄덕였다. 그러자 준은 밝게 웃으면서 말을 이어갔다.

"그럼 그 다음 말도 기억해? 보라색 라벤더 꽃밭에서 청혼받고 싶다고 한 말… 기억해? 유나야. 나랑 앞으로 니가 남은 인생 동안 같은 곳을 바라보면서 나랑 같이 아침을… 아씨, 못해먹겠다. 김유나, 이렇게 닭살스러운 말로 청혼해 줄 수는 없지만 내 남은 인생을 너만 사랑해 줄게. 나랑 결혼해 줄래?"

준의 말에 유나는 예전처럼 그를 보면서 환하게 웃어주었다. 그리고 고개를 살며시 끄덕였다. 그러자 준은 살며시 그녀의 이마에 키스를 했다.

"다시는 보내지 않을게. 내가 잡은 니 손 놓지 않을게."

"이연경!!"

작은 키에 하얀 피부를 가진 소녀를 한 남자가 숨을 헉헉거리면서 따라온다. 한참을 열심히 걷던 그 소녀는 누군가가 자신을 쫓아온다는 것을 알고 걸음을 멈추고 뒤돌아섰다. 하지만 누구인지를 확인하고 다시 걸음을 재촉하기 시작했다.

"이연경!! 잠깐만!! 야!!"

계속해서 자신의 이름을 부르는 소년 때문에 연경이는 걸음을 멈추고 그 소년을 기다렸다. 자신의 시계를 보면서 무언가를 세던 연경은 싱긋 웃어 보이면서 그녀에게 다가오는 소년의 정강이를 자신의 발로 뻥 하고 차버렸다.

"아!! 오우, 야! 이연경!! 너… 너!!"

"내가 분명히 말했지!! 다음번에 늦으면 끝이라구!!"

"그, 그거야, 아, 내가… 미안하다고 했… 잖아!!"

소년은 자신의 몸을 어떻게 주체할지 몰라서 계속해서 앉았다 일어났다는 반복하면서 말을 이어 나갔다. 그런 소년의 모습에 그들의 주변에 있던 사람들이 그들을 힐끔힐끔 보면서 지나갔다. 그러자 연경은 그런 사람들에서 따지듯이 말했다.

"뭐예요!! 사람 처음 봐요? 눈 돌려요, 눈!! 그리고 야, 한지훈, 너랑 끝이야!! 우리 오빠 같았으면 절대 안 늦어!! 알아? 어쩜 너라는 남자는 매일 늦니!!"

정강이에서 느껴지는 아픔 때문에 자신의 몸을 주체할 수 없었던 지훈이 갑자기 그 자리에서 벌떡 일어섰다. 그리고 연경을 기가 막히다는 듯한 표정으로 바라보았다.

"왜!! 그렇게 보면 어떡할 건데?! 우리 오빠는 너처럼 이렇게 늦지도 않구, 언제나 내가 첫 번째구, 나를 화나게 하지도 않아!! 알아!!"

"야… 이연경, 너 말 다 했냐? 하, 그래, 끝이야!! 나도 질렸어!! 매일 너네 오빠랑 비교당하는 것도 질렸고, 니 짜증 받아주는 것도 질렸고!! 그리고 그렇게 너네 오빠가 좋으면 오빠랑 사귀지 그러냐!"

지훈은 연경을 차갑게 한번 바라보고 뒤도 돌아보지 않고 가버렸다. 그런 지훈의 태도에 연경은 당황해서 멍한 표정으로 그 자리에 가만히 서 있었다. 그러나 곧 속에서 올라오는 화가 폭발해 버렸고 고래고래 지훈의 뒷통수에 고함을 쳤다.

"그래, 한지훈!! 이 쪼잔한 자식아!! 끝이다, 끝이라구!! 너!! 다시는 나 볼 생각 하지 마!! 이 나쁜 자식아!"

그렇게 고함을 질렀지만 연경의 속은 풀리지 않았다. 부글부글 끓어오르는 속을 간신히 참고 있는데 누군가가 연경의 어깨를 톡톡 쳤다.

"아씨!! 짜증나 죽겠는데 누구야!! 어, 오빠?"

연경이 뒤돌아서자 하얀 피부에 예쁜 미소를 가진 키가 큰 남자가 서 있었다. 그녀의 오빠 하람이었다. 그는 커다란 손으로 자신의 여동생의 어깨를 감싸 안았다.

"오빠, 여긴 웬일이야? 오늘 재활원 가는 날 아냐?"

하람은 연경을 향해서 웃어 보여준 후 말을 하지 않았다. 그러자 그런 하람의 행동에 더욱더 의심이 간 연경이 자신의 오빠에게 말해 달라고 조르기 시작했다.

"가, 가고 싶지 않아서."

"왜? 오빠 거기 가서 많이 좋아졌잖아."

"그… 그… 냥 됐… 어. 지, 집에 가자."

조금은 부정확한 발음이었지만 연경은 하람이 하는 말을 모두 다 알아들을 수가 있었다. 그렇지만 연경은 하람의 표정이 좋지 않다는 것을 알고 그만두기로 했다.

"그런데 오빠 집에 가면 엄마한테 혼날 텐데."

"괜, 괜찮… 아. 저, 전화해, 했으니까."

"그래두. 음, 그러면 나랑 영화 보러 가자. 응?"

환하게 웃으면서 말하는 연경의 부탁에 하람이는 미소를 띠고 고개를 끄덕였다. 그러자 연경은 펄쩍 뛰어서 자신의 오빠의 목을 감싸 안았다.

익숙했다. 어렸을 때부터 늘 둘이 함께 있는 것이 그들에게는 너무나 익숙했다. 말하지 못하는 하람에게 연경은 언제나 씩씩한 대변자였다. 자신을 벙어리라고 놀리는 아이들에서 주먹을 날려주는 것도 연경이었다. 그렇지만 키가 작은 연경이 자신보다 키가 큰 아이들에서 땅콩이라고 놀림을 받을 때는 언제나 나타나서 그녀를 대신해서 아이들을 혼내준 것은 하람이었다. 그렇게 두 남매는 서로에게 모자라는 것을 채워주는 존재였다.

영화관으로 향하는 동안 둘의 입가에서는 미소가 떨어지지 않았다. 그렇게 한참을 가고 있는데 한 여자가 그들의 앞을 가로막았다. 연경의 눈에 비친 그 여자는 짧게 줄인 교복 치마와 쫙 달라붙는 교복 블라우스에 한 손에는 피우다 만 담배가 들려 있었다.

"이하람, 안녕?"

"……."

"어머, 말도 안 할 거야? 섭섭한데. 후."

담배 연기를 하람의 얼굴에 내뿜는 여자. 하람은 그런 여자의 행동을 거부하지 않았다. 그러나 그의 동생인 연경은 이 여자의 행동에 너무나 화가 났다.

"이봐요!! 누군데 우리 오빠한테 이러는 거예요!!"

"어머, 귀여운 꼬마네. 하람아 니 동생이니?"

그러면서 그 여자는 긴 손가락으로 연경의 머리를 쓰다듬으려고
한 순간 하람이가 그녀의 손목을 잡았다. 여자는 조금 놀란 듯이 그
를 쳐다봤지만 익숙한 듯이 하람의 손에서 자신의 손을 빼냈다.

"아, 이게 그 여자애구나. 당돌하네. 그래서 니가 선택한 여자가
강나래야?"

"쓸데없는… 소리 하지 말고 꺼, 꺼져."

"와, 발음이 많이 좋아졌네?"

담배를 한 모금 빨고 연기를 뱉어낸 여자가 말을 했다. 그러나 그
말은 엄청난 실수였다.

그 여자가 말을 꺼낸 순간 연경의 주먹이 그녀의 복부를 향해서 나
간 것이었다. 퍽 소리와 함께 그 여자가 쓰러지고 뒤를 이어 그녀를
밟으려는 연경을 하람이 저지시켰다. 여자는 숨을 몰아 내쉬면서 눈
이 찌져질 듯이 연경을 바라보았다.

"너… 꼬마, 너 죽을래!!"

"뭐라구!! 야, 이년아!! 다시 말해 봐!! 뭐라구?! 발음이 좋아졌네?!
죽을래!! 옷만 술집 여자처럼 입으면 다냐!! 어디서 그런 말을 함부로
해!! 너 다시 한 번만 우리 오빠한테 그런 말 하면 죽을 줄 알아!!"

"그만 해. 그, 그만 해. 가자, 연경아. 가… 자. 응?"

"너 오늘 우리 오빠 아니었으면 죽었어!!"

하람이는 발광하는 연경을 잡아끌고 간신히 영화관 근처로 갔다.
아직도 분이 안 풀린 듯 연경을 계속해서 숨을 씩씩거리고 있었다.
하람은 그런 동생을 보고 고개를 설레설레 흔들었다.

"이씨. 오빠, 그 여자 누구야? 누군데 오빠한테 그런 말 해? 정말 오빠가 안 말렸으면 오늘 그 여자 나한테 죽었어!"

"그, 그만 하자. 여, 영화 뭐, 뭐 볼래?"

"흠, 글쎄. 미녀 삼총사! 그거 보자!"

하람은 영화 한 편에 금세 기분이 좋아져서 방방 뛰고 있는 동생을 보고 웃어준 후 매표소로 갔다. 매표소에 표를 받고 뒤돌아선 순간 하람이는 고개를 돌려 버렸다. 그리고 빠른 걸음으로 연경에서 가려는 순간 그를 붙잡는 목소리가 들려왔다.

"어. 하람아."

보고 싶지 않았다. 그녀를 보고 싶지 않았다. 그러나 하람은 돌아서야 했다. 그리고 봐야만 했다. 그녀와 그의 친구를.

"와, 이하람!! 여긴 웬일이야? 어라. 연경이네? 영화 보러 왔구나."

"으, 응."

"하람아, 그런데 왜 요즘 재활원 안 나와?"

"그, 그냥. 그럼 영화 자, 잘 봐."

"그래. 가자, 나래야."

강하는 자연스럽게 나래의 어깨의 손을 올리고 매표소로 발길을 돌렸다. 그리고 그를 향해서 밝게 웃어주는 나래를 보면서 하람은 손에 쥔 표를 자신도 모르게 구기고 말았다.

"오빠, 여기서 뭐 해? 어, 강하 오빠네. 그런데 저기 옆에 있는 여자 누구야? 나랑 만만히 않게 얼굴 히뜩하네. 와, 근데 이쁘다. 그치?"

"가, 강하 여, 여자 친구야."

"아, 예쁘다. 근데 저 여자 강하 오빠보다 오빠랑 더 잘 어울린다. 근데 이거 몇 시 표야? 까악! 오빠, 표를 이렇게 구기면 어떡해? 이런, 이런."

하람은 옆에서 표가 구겨졌다면서 자신을 흔들어대는 연경의 목소리는 들어오지 않았다. 그의 눈과 머리에는 온통 나래만 가득 차 있었다. 결국엔 연경이 겨우겨우 영화관 안으로 끌고 가야만 했다. 영화를 보는 내내 하람은 그저 멍하니 스크린만 보고 있었다. 아무런 생각도 하지 않고 한참을 영화를 보면서 감탄사를 쏟아내면서 팝콘을 집어 먹던 연경이 하람이를 흔들어댔다.

"오빠, 오빠, 음료수. 오빠, 오빠?"

아무리 불러도 하람이 대답이 없자 연경은 짜증이 나서 오빠 쪽으로 고개를 돌렸다. 그러나 더 이상 화를 내지 못하고 다시 스크린 쪽으로 시선을 고정시켰다. 계속해서 시선이 하람 쪽으로 향했지만 연경은 보지 않으려고 무척이나 애를 썼다. 그 이유는 하람의 눈에 눈물이 고여 있었기 때문이다. 그의 눈에.

영화가 끝나고 연경은 아까의 그 장면이 무척이나 궁금했지만 참기로 했다. 연경은 살며시 넋이 나간 하람의 손을 붙잡고 아래위로 흔들었다. 그제야 하람은 연경이를 바라보고 웃었다.

"오빠야, 무슨 고민 있어?"

"왜?"

"그냥 오빠야가 아닌 거 같아서. 나는 오빠가 좋다. 알지? 내 꿈은 오빠 같은 사람 만나서 예쁜 사랑 하는 거야. 그만큼 오빠는 좋은 사람이야. 정말 우리 오빠가 아니었으면!! 사귀자고 매일 졸라댔을 텐데."

연경의 말에 하람은 웃어 보일 뿐 아무 말도 하지 않았다. 그런 하람의 행동에 뿌루퉁해진 표정으로 하람의 손가락을 가지고 장난을 치기 시작했다. 그런 연경의 행동을 보고 하람은 왠지 슬픈 듯이 그 모습을 바라보았다. 그 모습이 나래와 겹쳐 보였기에.

"하람아, 너 손가락이 왜 이렇게 길고 예뻐? 와, 여자 손보다 이쁘다."

나래는 늘 자신의 손을 하람이의 손에 대보면서 그 크기를 재보았다. 그리고 계속해서 연달아 감탄사를 내뱉으면서 웃었다. 그 모습에 하람은 늘 가슴이 설레었다. 그런 나래의 아무런 의미 없는 행동 하나에도 하람은 가슴이 떨려왔다.

"언젠가는 하람이 니 목소리를 듣고 싶어. 만약에 말하게 되면 나한테 먼저 들려줘, 니 목소리. 알았지?"

"오빠!! 오라버니!!"

"으응?"

"무슨 딴생각을 하는 거야!! 이런, 섭섭해요, 오빠님. 나랑 같이 있는데 딴생각을 하다니. 집에 가자구. 집에 엄마 기다리겠어."

연경은 아직도 멍해져 있는 하람의 손을 잡아끌었다. 하람은 곧 표정을 바꾸고 연경을 따라서 뛰기 시작했다. 그러나 곧 걸음을 멈출 수밖에 없었다. 자신의 집 대문 앞에서 자신을 기다리고 있는 나래를 보았기에. 연경은 갑자기 걸음을 멈춘 하람을 이상하게 생각해 그의 시선이 머문 곳을 바라보았다. 연경은 나래의 모습을 발견하고 하람의 옆구리를 푹 찌르고 들어가겠다고 눈을 한번 깜빡이고 집 안으로 먼저 들어갔다. 하람 역시 나래를 무시하고 집으로 들어가려고 했다. 그러자 나래가 그의 앞을 가로막았다.

"무슨 짓이야. 비켜!!"

"하람아, 이야기 좀 해."

"하, 할 이야기 없어!! 비켜. 나, 난 내 동생 마, 말고는 여자도 패!!"

하람의 말에 나래를 고개를 떨구고 옆으로 비켜섰다. 그렇게 들어가는 하람의 뒤에 나래가 조용히 속삭였다.

"하람아, 알지? 내 마음… 알지? 알지?"

하람은 걸음을 멈추고 뒤돌아서서 나래에게 거침없이 말했다. 그녀에 대한 감정을 뿌리 뽑아버리고 싶었다. 자신의 심장에서 아직도 나래를 보면 뛰기 시작하는 자신의 마음에서.

"강나래!! 한 번만 더 그 소리 하면 가만 안 놔둬!! 난 니가 싫어. 니가!! 그리고 내가 왜 널 싫어하는지는 니가 더 잘 알 거야. 그렇지?"

쾅!!

그렇게 말하고 하람은 대문을 닫아버리고 집 안으로 들어왔다. 바로 방으로 들어가려고 했지만 거실에 모여 앉아 있는 부모님을 보고 그럴 수 없었다.

"다, 다녀왔습니다."

"하람아, 밖에 누가 왔어?"

"아."

"어, 엄마. 어떤 이쁜 언니가……."

"이연경!! 아니에요. 아무도 아니에요. 들어가 볼게요."

수아와 서진은 연경에게 화를 내는 하람의 행동에 그만 놀라서 서로의 얼굴을 바라보았다. 그리고 처음으로 오빠가 자신에게 화낸 모습을 본 연경을 거의 울기 직전이었다.

"아, 아빠, 오빠가… 오빠가 나한테 화냈어. 으앙."

"그래, 그래. 아빠가 오빠 혼내줄게. 울지 마. 연경아."

"이서진!! 니가 그렇게 하니까!! 애가 버릇이 없잖아!! 이연경, 그쳐!! 시끄러워 죽겠어!!"

"으으으으앙~"

수아의 다그침에 연경의 울음소리는 더 커져 버렸고 그날 저녁 하람의 집은 시장통이 되었다. 그렇게 집 안이 시끄러웠음에도 하람은 자신의 방에서 꼼짝도 하지 않았다. 그저 침대에 누워서 한숨만을 내쉬고 있었다.

"강나래. 강나래 나쁜 기집애."

다음날 아침에 학교를 가는 길에 어쩐 일인지 늘 하람의 옆에서 떨어지지 않고 학교에 가던 연경이 멀찌감치 떨어져서 걷는 것이었다. 그런 연경을 이상하게 생각한 하람은 연경의 팔을 잡아끌었지만 연경은 꼼짝도 하지 않고 걸어가기 시작했다.

"여, 연경아, 왜, 왜 그래?"

"어제 나한테 화냈잖아!!"

"미안, 미안하다고 사과했잖아."

"치!! 몰라!! 당분간 내 옆에 50m 접근 금지!!"

연경을 그 말을 남긴 채 학교를 향해서 뛰어가기 시작했다. 하람은 그런 연경의 뒷모습을 보고 웃을 뿐 잡지도 뒤따라가지도 않은 채 열을 그 자리에 서서 세웠다. 그러자 멀찌감치 뛰어가던 연경이가 뒤를 돌아보더니 하람에게 다시 뛰어오기 시작했다.

"이씨, 왜 안 따라와?!"

"니가 50m 금지라면서?"

"그래도 그렇지. 내가 뛸 테니까 따라와. 알았지?"

연경의 말에 하람은 싱긋 웃어 보이면서 고개를 끄덕였다. 그런 하람의 모습을 보고 연경이 역시 환하게 웃으면서 뛰기 시작했다. 그렇게 한참을 뛰어서 학교에 도착하고 남매는 교문 앞에서 웃기 시작했다. 그러나 어제 그 여자의 등장에 하람의 웃음이 멈추어졌고, 연경은 무언가를 경계하듯이 하람의 앞을 가로 막아섰다.

"훗, 이 꼬마 진짜 당돌하네. 애, 비켜."

"싫어!! 너 같은 여자가 우리 오빠 곁에 다가오는 거 싫어!!"

"연경아, 먼저 들어가."

"오빠!"

"하, 할 말이 있어서… 그래. 먼저 가."

연경은 하람의 말에 못마땅한 표정을 지었지만 이내 그 여자를 한

번 째려보고 교실로 뛰어갔다. 연경이 멀리까지 간 것을 확인한 하람은 교문에서 몸을 돌려 역시 교실로 향했다. 그러자 싱긋 웃어 보이고는 하람에게 팔짱을 끼는 여자. 그런 여자를 쓱 한번 보고서 하람은 말없이 걸어갔다.

"하람아, 오늘 정말 죽이는데 있는데 놀러가지 않을래?"

"안 돼. 오늘 재활원 가야 해."

"야, 너 말도 이렇게 잘하면서 왜 가?"

"가야 해, 꼭. 아, 그리고 너도 가자."

"나? 나는 왜?"

"싫으면 말고. 다른 여자랑 가면 되니까."

"알았어, 갈게. 갈게!"

흥분한 듯이 말하는 여자를 보고 입꼬리를 올리면서 한번 웃었다. 그리고 학교 현관에 다다르자 자신의 팔짱에 낀 여자의 손을 빼내었다. 그러자 조금 아쉬운 듯한 여자가 그에게 달라붙었다.

"꺼져, 윤가연. 학교에서 달라붙으면 곤란해."

"피. 알았어. 조금 있다가 교문에서 기다리면 되는 거지? 이따 보자."

하람은 미련없이 돌아서서 교실로 향했다. 교실로 간 하람은 누군가가 자신의 자리에 앉아 있는 것을 발견했다. 자신의 친구 박강하였다.

"웬일이냐, 교실까지?"

"너 좀 보려구."

"왜?"

"어제 강나래 너한테 갔었냐?"

"어."

"그래? 그런데 하람아, 나래 말야, 그때 나한테 온 건……."

"박강하, 수업 시작할 시간 아니냐?"

일어서는 강하의 어깨를 하람이 붙잡았다. 쓰윽 고개를 돌리면서 하람을 바라보는 강하. 그런 강하와 눈을 마주치지 않은 채 하람이 말했다.

"강나래, 오늘 밟는다."

"너… 그래. 좋아. 그럼 재활원에서 보자."

하람은 강하가 사라질 때까지 자리에 앉지 않고 그 자리에서 서 있었다. 그래, 강나래. 오늘 내가 너 밟는다. 나를 속인 너를 오늘 내가 밟는다.

학교가 끝나고 하람이 교문으로 나가자 기다렸다는 듯이 가연이 옆으로 바짝 달라붙었다. 발걸음을 옮기려는 순간 하람이 가연의 팔을 쳐내고 다시 교문 쪽으로 걸어 들어갔다.

"오빠!!"

"어, 어, 그래."

"어디 가?"

"어, 재활원."

"나두 가면 안 돼?"

"아, 아니, 오늘은 오, 오빠만 갔다 올게. 미안. 다음에 같이 가자."

"피. 그래, 그럼 집에서 보자~"

하람은 자신에게 힘차게 손을 흔드는 연경의 모습이 사라질 때까지 그 자리에서 그녀의 모습을 보았다. 그러자 천천히 하람의 곁으로 다가와 그의 어깨에 손을 올리는 가연.

"와~ 니 연기는 갈수록 느는 거 같다. 그래. 집과 학교에서는 범생이. 훗."

"입 닥치고 따라오기나 해."

"상관없어. 그런 니 모습이 더 매력적이니까."

천천히 재활원으로 하람과 가연은 발걸음을 옮겼다. 가연은 익숙하게 담배를 입에 물어 불을 붙이고 하람의 입 안에 넣어주었다. 그러자 담배 연기를 한 모금 빨아들이고 하람은 가연과 함께 재활원 안으로 들어갔다. 계단을 올라가 한 교실 앞에서 멈추어 섰다. 이 문을 열면 그녀가 있다. 강나래, 그녀가 있다.

좌르르륵.

미닫이 문이 열리고 교실 한가운데에 묶여져 있는 나래와 그 주변을 둘러싸고 있는 아이들이 보였다. 강하가 반갑게 그를 맞이했고 하람은 고개를 끄덕인 후 자리에 앉았다. 묶여 있는 나래와 일직선상에 놓여 있는 자리. 하람은 나래와 눈을 마주치며 천천히 자리에 앉았다.

"하, 하람아?"

"반가워, 강나래. 아, 아직도 내 소개를 안 했나? 내가 니가 꼬시려고 발버둥 치는 강산고 짱이야."

하람의 말이 끝나자 나래의 얼굴이 굳어져 버렸다. 그리고 심하게 눈동자가 흔들리기 시작했다.

"왜? 놀랐어? 벙어리인 줄 알았는데 그게 아니라서? 아니면 강하가 짱인 줄 모르고 꼬셔서? 뭐가 그렇게 널 놀라게 하지? 말해 봐, 강나래."

하람은 자리에서 일어나 나래의 주위를 돌았다. 나래 역시 계속해서 자신의 주위를 맴도는 하람에게서 시선을 떼지 않으려고 노력했다. 그러자 자신의 목을 쥐는 하람의 손에 또다시 꼼짝도 할 수 없었다.

"이 목을 비틀면 니 애인이 날 죽이려고 하겠지? 아니, 그전에 여길 오겠구나. 박강하, 안휘승 불렀냐?"

"어, 10분 후에 저기 앞에 올 거야."

"훗. 멍청한 새끼. 이런 애를 믿고 일을 시키다니. 나가서 기다려 줘라!!"

모두가 교실 안을 빠져나가고 가연만이 그 자리에서 그들을 지켜보고 있었다. 그런 가연에게 하람을 나가라는 고갯짓을 하자 가연은 나래를 쏘아보고 나가 버렸다. 아무도 없었다. 교실 안에는 그들의 숨소리만이 가득 찰 뿐이었다.

"오, 천하의 강나래가 떨다니 놀랄 노자군. 조금만 기다려. 안휘승이 짠 하고 나타나서 널 구해줄 테니까. 과연 그 자식이 저기를 혼자서 뚫을 수만 있다면야."

"하, 하람아."

휙!! 무엇인가가 나래의 머리 위로 스쳐 지나갔다.

"내 이름 함부로 부르지 마. 그렇게 불쌍한 표정 짓지 마. 나쁜 기집애. 하마터면 니 미소에 속아넘어갈 뻔했잖아."

"내, 내 말 좀 들어봐. 응?"

"닥쳐!! 지금 너 밟아 죽이고 싶은 거 참고 있는 중이니까."

그 순간 교실 문이 열리고 윤가연이 숨을 몰아쉬면서 교실 안으로 들어왔다. 하람과 나래의 시선이 동시에 그녀에게 쏠렸고 가연은 숨을 몰아 내쉬면서 말을 이어갔다.

"하람아, 안휘승이… 안휘승이……."

"그래, 왔어?"

"근데 그 자식이 패거리를 몰고 왔어!!"

호들갑 떠는 가연과는 달리 하람을 그럴 줄 알았다는 표정을 지으면서 나래를 바라보았다. 그리고 천천히 자리에서 일어나 교실 밖으로 발걸음을 옮겼다.

"강나래. 아주 좋은 남자 친구 두셨어. 여자 친구를 파는 남자 친구라 아주 멋진 놈을 뒀어."

하람은 나래를 그곳에 놔둔 채 운동장으로 뛰어갔다. 그곳에 안휘승이 턱하니 서 있었다.

"환영한다. 그런데 손님이 너무 많은 거 아니냐?"

"아니지. 이런 잔치일수록 손님이 많아야지. 안 그래?"

"그래? 그럼 니 여자 친구 우리한테 넘기는 걸로 해석해도 되는 거지?"

"아, 강나래 필요없어, 그런 애 따위는."

안휘승의 마지막 말에 전쟁은 시작되었다. 서로의 팀들이 엉켜서 싸우기 시작했다. 이곳저곳에서 피가 튀고 쓰려져 갔지만 하람은 움직이지 않았다. 그에 반면에 휘승은 이 싸움을 즐기고 있었다. 그런 휘승의 모습을 입꼬리를 올리면서 씨익 웃더니 그 자리에서 일어나 휘승의 앞으로 갔다.

"오, 이제야 나서는 건가. 좋다."

"이걸로 다시는 우리 강산에 대항할 생각 하지 마."

"누가 할 소리."

휘승이 열심히 발과 주먹질들을 해댔지만 하람을 여유있게 피하기만 했다.

"그렇게 느려서야 날 한 대라도 때릴 수 있을 거 같아?"

"이 자식이!"

자신에게 달려오는 휘승에게 미소를 지어 보인 후 주머니에서 손을 꺼내 서서히 주먹을 쥐었다. 그리고 휘승에게 주먹을 날리자 힘이 빠진 휘승이 그대로 쓰려졌다.

"안휘승, 내가 왜 3년 동안 짱이 된 줄 알아? 나는 정 따위에 얽매이지 않거든. 니가 아무리 내 친구였다고 해도 나는 너를 가만두지 않아!! 우리 강산고에 대항하면 다 죽는다. 다시는 싸움 같은 거 하지 못하게 해주지."

쓰려진 휘승의 손을 하람이 밟으려고 할 때 휘승은 저절로 눈을 감아버렸다. 그때 누군가가 휘승의 손을 감쌌다. 놀란 하람이 동작을 멈추고 누군지 확인했을 때 그는 기가 막혔다. 교실에 묶여 있던 나래였다. 강나래.

"씹. 너 뭐야."

"하람아, 제발… 제발 휘승이 보내줘. 응? 제발. 이번 싸움 휘승이가 원해서 한 거 아냐!! 정말이야. 하람아, 보내줘. 응?"

"꺼져. 내가 말했지. 난 여자라고 안 봐줘. 너부터 밟아줄까?"

"그래. 차라리 날 밟아!! 응!! 그게 낫겠어!! 나를 밟아!!"

그러면서 나래는 눈을 질끈 감았다. 하람은 그런 나래를 보고 웃어 보인 후 세게 발을 내렸다. 잠시 후 쿵 소리와 함께 나래가 눈을 떴을 때 하람의 발은 그들이 아닌 옆에 있는 나무판자가 산산히 부서져 있었다. 모두들 그런 그의 행동에 놀라서 하람을 바라보고 있었다.

"꺼져."

"하람아!! 이하람!!"

모두들 놀란 듯이 하람의 이름을 불렀지만 그는 단호하게 말하고 돌아섰다.

"내 눈앞에서 당장 사라져. 이게 내 마지막 배려야. 강나래. 다시는 내 눈앞에 띄지 마."

그 말을 하고 하람은 그들에게서 멀어졌다. 가연이 말도 안 된다는 듯이 나래를 쳐다보고는 곧 하람의 뒤를 쫓아갔다. 그런 하람의 모습을 나래는 말없이 바라보았다.

"하람아, 왜 그냥 돌려보냈어! 응?"

"조용히 해라."

"이건 말도 안… 읍!"

가연의 떠들어대는 소리에 하람은 말없이 그녀의 입을 자신의 입으로 막아버렸다. 그러자 버둥대던 가연은 자연스럽게 하람의 머리를 감싸고 키스에 응했다. 그러나 이내 하람이 가연을 밀어냈고 그녀는 아쉽다는 듯이 그를 바라보았지만 하람은 이미 저만치 걸어가고 있었다.

"따라오지 마. 집에 가니까."

"홋. 알았어. 내일 학교에서 보자."

자신을 속인 나래였는데도 하람은 그녀의 손끝 하나 건들지 못했다. 왜 그랬을까? 하람은 복잡한 자신의 마음을 하나씩 정리하면서 집 앞에 도착했지만 집에 들어갈 수 없었다. 그의 집 앞에 나래가 또다시 있었기에. 하람은 말없이 나래 앞에 섰다.

"뭐야, 강나래? 내 말이 개 짖는 소리로 들려? 내가 다시는 내 앞에 나타나지 말라고 했지? 좋아. 그럼 내가 너한테 무슨 짓을 해도 내 책임 아냐!!"

하람은 나래를 벽으로 밀어붙였다. 나래의 눈은 벌벌 떨고 있었지만 하람의 시선을 피하지 않았다. 그런 나래를 향해서 하람은 비웃음을 날리고 그녀에게 키스를 했다. 키스를 피하려고 버둥거리는 그녀의 손목을 자신의 한 손으로 묶어버렸다. 난폭하고 강압적인 키스였다. 그때 달빛에 이끌려서 했던 설레이던 키스와는 달랐다.

재활 수업이 늦어져서 벌써 해가 지고 달이 떠오르고 있었다.

"가자. 데려다 줄게."

하람이 말없이 앞으로 나서자 나래는 그래라고 말하면서 뒤를 따랐다.

"말이 많이 늘어서 다행이야, 정말."

나래가 웃으면서 하람에게 말을 걸었다. 그러자 하람은 말없이 머쓱한 듯이 웃음을 지어 보일 뿐이었다.

"와, 하람아, 오늘 달이 참 이쁘다. 그렇지?"

연경이 하늘을 향해 달을 가리키자 하람은 그녀의 손끝을 따라 달을 바라보았다. 정말로 환하고 아름다운 달이었다.

"정말 그렇네."

"와, 이제야 말하는 거야? 목소리 한번 듣기 어렵다."

"미안. 아직은 바, 발음이 부, 부정확하니까 마, 말하기 싫어."

"아니야! 지금 말을 얼마나 잘하는데. 아야. 눈에 뭐가 들어갔나봐. 아, 아프다. 불어줘."

하람은 말없이 나래의 머리를 자신에게 돌린 후 눈을 불어주었다. 여러 번 나래가 눈을 깜빡이고 나서야 눈에 들어간 티가 빠져나갔다.

"아, 빠졌다, 빠졌어."

그렇게 환하게. 웃는 나래를 보면서 하람은 심장이 심하게 두근거렸다. 한동안 그 자리에서 가만히 서 있자 나래가 어색하게 웃었다. 그런 나래를 붙잡고 천천히 얼굴을 내리자 그녀는 잠시 당황한 듯하다가 눈을 감았다. 그렇게 한 첫키스. 잔잔하게 쏟아지던 달빛 아래

에서 한 설레었던 키스. 천천히 하람이 나래의 입에서 입술을 떼어내
자 어색하게 미소 짓던 나래. 그 모습이 얼마나 하람이의 가슴을 설
레게 했는지 나래는 몰랐을 것이다.

하람은 발버둥 치는 나래를 놓아주었다. 그러자 눈에 눈물을 머금
은 나래가 하람의 뺨을 때렸다. 그리고 실망했다는 듯이 하람을 바라
보고는 뒤도 돌아보지 않고 뛰어갔다. 그렇게 뛰어가는 나래의 뒷모
습에 대고 하람은 고개를 돌리지 않고 그녀에게 말했다.

"실망? 날 이렇게 만든게 누군데!! 강나래, 니가 날 이렇게 만든 거
야!! 니가 날 이렇게 만들었다구!! 다시는 내 앞에 나타나지 마, 다시
는!"

그렇게 말하고 하람은 집 안으로 들어가려고 대문을 열었을 때 현
관문 앞에서 연경이 서 있었다. 하람은 어색하게 웃으면서 집 안으로
들어가려고 했다. 그러자 하람의 앞을 연경이 막아섰다.

"오빠, 나한테 뭐 숨기는 거 있지?"

"무, 무슨 소리야? 응?"

"솔직히 말해!! 저 언니 누군데 계속 오빠 찾아오는 거야?"

잔뜩 골이 나서 말하는 연경의 모습에 하람은 웃을 수밖에 없었다.
그리고 연경의 앞에 무릎을 꿇고 아래서 연경이를 바라보았다. 그런
하람의 행동에 놀란 연경은 뒤로 물러섰다.

"아이구, 우리 여, 연경이 지, 질투하는 거야?"

"뭐라구? 아냐, 아냐!"

"지, 지훈이는 어, 어쩌구?"

"그 자식 이야기를 하지도 마!!"

"왜?"

"몰라!! 들어가서 잘 거야!!"

연경이 지훈의 이야기가 나오자마자 들어가 버리자 하람은 또 자신과 지훈을 비교했을 거라고 생각했다. 방으로 들어온 연경은 머리 속에 또다시 그 장면이 떠올라 괴로워서 미칠 것 같았다. 오빠와 영화관에 가던 날 보았던 그 장면이.

매표소로 표를 끊으려고 간 하람을 기다리는 동안 연경은 못볼 것을 보고 말았다. 그것은 반가운 표정으로 누군가에게 뛰어가는 지훈의 모습이었다. 그래, 거기까지는 좋았다. 지훈이 웃으면서 뛰어간 곳에는 연경보다 키도 크고 성숙함을 풍기는 여자가 서 있었다. 그 자리에서 연경은 몸을 돌려 하람 곁으로 뛰어갔다. 그리고 서둘러서 영화관에 자리를 잡았는데… 그랬는데 바로 앞에 지훈과 그 여자가 앉아 있었다.

"오빠, 오빠, 음료수. 오빠, 오빠?"

그러나 표정이 좋지 않은 하람이기에 연경은 부들부들 떨면서 음료수를 집어서 마셨다. 지훈을 보면서 내일을 기약하면서 이를 갈았다.

다음날 학교로 가자마자 연경은 지훈이 반으로 뛰어갔다. 연경은 자리에 앉아서 한가롭게 음악을 듣고 있는 지훈에게 다가가 이어폰을 빼버렸다.

"아씨!! 뭐야!! 어, 이연경, 니가 여기 무슨 일이냐?"

"뭐? 무슨 일?!"

지훈은 화를 내면서 펄펄 뛰는 연경을 본 척 만 척하고 다시 이어폰을 귀에 끼우려고 했다. 그런 지훈의 행동에 연경은 화가 나서 이어폰을 다른 곳으로 던져 버렸다.

"뭐야, 이연경!!"

"너, 너 어제 누구 만났어?"

"누구? 아, 향아 누나."

"향아 누나? 너 죽을래!!"

"왜 이러시나? 우리 어제부터 끝난 사이잖아. 뭐 어때. 이연경, 그만 열 내고 교실로 돌아가지 그래? 아니면 니 잘난 오빠한테 가던지. 어, 누나?"

차갑기 그지없었던 지훈의 표정이 밝아지면서 교실 문 쪽으로 향했다. 연경은 향아라는 여자에게 가려는 지훈을 붙잡아 세웠다. 그리고 갑자기 애절한 표정으로 지훈을 바라보기 시작했다. 그런 연경의 모습에 묘한 웃음을 지어 보이는 지훈.

"이연경, 그만 해. 우린 끝났어."

"지훈아, 우리 한 번만 더 생각하면… 이렇게 말할 줄 알았냐?! 이 바람둥이 자식아!! 그래, 끝이다, 끝!"

그 말이 끝나자 연경의 발이 지훈의 발등으로 꽂혔고 동시에 지훈의 비명 소리가 교실을 가득 채웠다. 그런 지훈의 모습에 안절부절못하는 향아라는 여자에게 연경은 가운뎃손가락을 날려준 후 그 자리를 떠났다.

아직도 그 모습을 상상하면 이가 갈리는 연경이었다. 감히! 좋아, 하지훈, 두고 봐.

아침에 일어나자 연경은 서둘러서 밥을 먹기 시작했다. 그런 연경의 모습에 가족 모두가 지켜보고 있자 연경은 씨익 웃어 보인 후 밥을 다 먹고 일어섰다.

"연경아, 하람이랑 같이 안 가니?"

"괜찮아. 이제 오빠 몸은 자기가 챙겨야지. 오빠, 나 먼저 간다!"

그렇게 씩씩하게 나간 연경이 향한 곳은 지훈의 집이었다. 한참을 지훈을 기다리던 연경은 집에서 나온 그를 미행하기 시작했다. 그런데 지훈이 향한 곳은 어느 집 앞이었다. 한동안 그곳에서 기다리던 지훈은 그때 본 향아라는 여자가 나오자 밝게 웃으면서 인사를 했다. 자신에게는 한 번도 저런적이 없는 지훈이기에 연경의 분노는 극에 다달았다.

"연경아, 뭐 해?"

"미행. 조용히 해. 헉, 오빠?"

갑자기 자기의 귀에 속삭이는 하람 때문에 연경은 자신이 숨어 있었다는 사실도 잊은 채 그 자리에서 일어났다. 그리고 그 덕분에 거기에 있던 지훈, 향아와 눈이 마주쳤다.

"하하하. 안녕, 하지훈? 오늘 날씨 참 좋지?"

"그래. 그런데 니가 여기 웬일이야? 여긴 너희 집하고 반대 방향이잖아?"

"그게… 그게… 그게 말야."

지훈의 날카로운 질문에 연경은 갑자기 말문이 막혔다. 그런 연경의 모습을 아래에 앉아서 지켜보고 있던 하람은 고개를 설레설레 흔들면서 일어섰다.

"오랜만이다, 지훈아."

"형, 안녕하세요."

"어머, 어머!! 이하람 맞죠? 이런 데서 보다니. 진짜 잘생겼다."

향아라는 여자는 무언가에 홀린 듯이 하람 앞으로 다가왔다. 그 여자의 모습에 하람은 어깨를 으쓱하면서 연경을 보자 연경은 그에서 엄지손가락을 들어 보였다.

"하하하, 감사해요. 집이 이 근처인가 보죠?"

"네. 이 근처 사세요? 와, 정말 영광이에요."

호들갑스럽게 하람의 앞에서 계속해서 말을 해대던 향아를 지훈이 화를 내면서 끌고 가버렸다. 그런 지훈의 모습에 연경은 샘통이라는 듯이 크게 웃어댔다.

"속 시원하냐?"

"응응!! 오빠 아까 그 여자 표정 봤어? 아주 맛이 갔던데. 큭."

"자, 학교 가, 가자."

"응."

하람이 말없이 손을 내밀자 연경은 하람의 손을 잡고 학교로 향하기 시작했다. 교문에 이르자 연경이는 하람이 잡은 손을 놔주었다. 그러자 궁금한 듯이 연경을 바라보는 하람.

"응. 이제 오빠한테서 독립해 보려구! 그럼 이따가 집에서 보자!"

하람은 연경이의 뒷모습을 보고 흐뭇하게 웃었다. 그러자 그의 뒤에서 가연이의 웃음소리가 들려왔다.

"뭐야."

"아니야. 니네 하는 짓이 귀여워서. 큭."

하람은 자신에게 팔짱을 끼는 가연의 손을 차갑게 밀어내고 교실 안으로 들어왔다. 자리에 앉자마자 바로 책상 위로 엎어지는 하람.

'그래, 취미없어, 그런 거 버렸어. 강나래… 강나래를 만난 후부터.'

"선생님, 잘 좀 부탁드려요. 발음만 교정하면 되니까 괜찮을 거예요."

"아, 걱정 마십시오. 이하람라고 했지? 잘 부탁한다."

하람은 반갑게 손을 내미는 재활원 선생님의 손을 그냥 쳐다보더니 무슨 생각이 들어섰는지웃으면서 그 손을 반갑게 잡았다.

"하람아, 엄마 갈게. 잘하고 와!! 우리 아들 파이팅!!"

수아는 눈물까지 글썽이면서 하람에게 응원의 메시지를 보내고 재활원을 떠났다. 아직도 어린 아이 같은 엄마의 모습을 보면서 조용히 웃음을 지어 보였다. 그때 누군가가 하람의 등을 톡톡 쳤다. 누군지를 확인하기 위해 하람이 뒤돌아섰을 때 그곳에는 웬 작은 여자 아이가 서 있었다.

"안녕? 니가 하람이니? 반가워. 나는 강나래라고 해."

나래는 아무런 거리낌 없이 자신의 손을 내밀었다. 이상한 듯이 하람은 나래를 보았지만 이내 그녀의 악수에 응해주었다.

"나도 이 재활원에 다니고 있어. 지금은 많이 좋아져서 놀러오는 거야. 내가 안내해 줄게."

하람은 보았다, 나래의 해맑은 미소를. 그런 나래의 모습에 자신도 모르게 웃음이 지어졌다.

재활원에서 치료가 끝난 후 하람은 곧바로 학교 공터로 향했다. 하람의 등장에 흩어져 있던 아이들이 그의 주위로 모이자 재활원에서 한마디도 하지 않던 하람이 입을 열었다.

"시작하자."

그 소리와 함께 싸움이 시작되었고 언제나 강산고의 승리였다. 하람은 말없이 자신의 입가에 흐르는 피를 닦아내었다.

"맞았냐? 괜찮냐?"

"집에 간다."

"짜식, 차갑기는. 어머님께 안부 전해드려라."

일종의 반항 같은 것이었다. 어렸을 적 자신의 장애에 대해서 비웃던 세상에 대한 반항심리 때문에 싸움을 시작했다. 말을 할 수 있었음에도 하람은 입을 열지 않았다. 그는 알고 있었다. 세상에서 제일 무서운 것은 침묵이라는 것을. 고요한 바다에 침묵 다음에 오는 것은 태풍이라는 것을 그는 알았다. 그러나 집과 학교에서는 착한 아들,

반듯한 모범생 그것이 이하람이었다.

재활원에 다닌 지 2주일이 넘어가고 하람은 자신과 유일한 또래인 나래와 친구가 되었다. 왠지 나래와 함께 있으면 자신도 그 순수한 웃음에 동화되는 것만 같았다. 그래서 좋았다, 나래와 함께 있는 시간이.

"하람아, 있지, 나는 죽으면 새가 되고 싶어. 왜냐하면 새는 노래를 할 수 있잖아. 그래서… 그래서 죽어서도 노래하고 싶어."

그렇게 말하고 나서 나래는 벤치로 뛰어올라 가 앉아 꾸벅 하람을 향해서 인사를 했다. 그런 그녀의 모습을 보고 하람은 웃어 보인 후 박수를 쳐주었다. 그러자 나래의 입에서 아름다운 목소리가 흘러나왔다. 그럴 때마다 하람은 두 눈을 감고 천천히 그녀의 목소리를 감상했다. 그리고 언제나 마음이 편해짐을 느꼈다. 자신의 마음이 요동치고 있다는 것을 느꼈다. 살아 있다고 느꼈다.

"어때?"

"좋은데."

"어? 하람아? 넌 역시!"

어렵게 나래에게 말을 한 하람은 그녀의 반응에 조금은 걱정이 되었다. 이상하다고 생각하면 어쩌지 하는 불안감이었다.

"이, 이상한가?"

"아니, 정말 좋다. 역시 이럴 줄 알았어. 니 목소리 좋을 줄 알았어."

그렇게 밝게 웃으면서 말하는 나래를 보면서 하람은 왠지 모르게 뿌듯함을 느꼈다. 그런 나래를 보면서 하람이 고개를 숙인 채 말했다.

"강나래 네 덕이야. 네 덕에 말하고 싶었어. 너한테 하고 싶은 말이 있어서."

그렇게 똑바로 나래를 바라보는 하람의 눈이 묘하게 흔들리고 있었다. 묘하게, 그리고 그 다음에 했던 하람의 말은… 그 말은…….

'젠장!!'

하람은 자신도 모르게 자리에서 일어나고 말았다. 그러나 수업 시간이라는 것을 알고 하람은 선생님께 양해를 구한 후 밖으로 나갔다.

'왜, 왜 아직도 내 머리 속에 니가 남아 있는 거야!! 어째서!! 모두 다 거짓인데… 모두 다 거짓말이었는데. 순수하다고 생각했던 그 미소, 그 말들이 다 거짓이었는데.'

하람은 수돗가로 가서 수도꼭지를 나래의 목을 비틀듯이 틀었다. 수도꼭지에서 시원하게 쏟아지는 물줄기에 자신의 머리를 가져다 대었다. 그러자 곧 물이 하람의 머리카락을 적셨다. 시렸다. 머리 안까지 시린 것 같았다. 하지만 하람 안의 있는 불길은 쉽게 잡히지 않았다. 한동안 물을 맞던 하람에게 누군가가 수건을 내밀었다.

"야, 닦아라."

강하였다. 하람은 강하가 내민 수건을 받아 들고 피식 웃었다.

"이런 것도 가지고 있냐?"

하람은 수건으로 얼굴을 닦으면서 신기하다는 듯이 강하를 아래위로 훑어보았다. 그리고는 수건을 강하에게 수건을 던져 주었다.

"여긴 어떻게 왔냐. 수업 시간인데."

"니가 나오는 것 보고 따라왔지. 내 복장을 봐라, 지금이 무슨 시간인지."

강하는 체육복 입은 모습을 손가락으로 가리킨 후 한 바퀴 돌아보았다. 그 모습에 큰 소리로 웃기 시작하는 하람. 강하는 그런 하람의 목에 자신의 팔을 감고 돌리기 시작했다.

"야, 뭐야!! 어지러워!! 그만 돌려!!"

"어제 왜 그랬는지 솔직히 말해."

"뭘? 몰라. 그만 돌려!! 어지럽다구!!"

"너 짱 그만두게 한 거 강나래지?"

강하는 그 말을 내뱉고는 동작을 멈추었다. 그와 동시에 더 이상 하람의 웃음소리도 들리지 않았다.

"무슨 말이 하고 싶은 거야, 박강하?"

"어제 니가 한 일 때문에 애들이 얼마나 술렁이는지 알아? 니 모습이 아니었어. 언제나 냉철하게 판단하던 니가 아니었다구!!"

"실수였어, 어제는."

"실수가 아니라 손댈 수 없었던 거겠지. 아무리 여자 때리는 이하람지만, 지가 좋아하는 여자는 때릴 수 없었을 테니까."

강하가 그 말을 마치는 순간 '퍽' 소리와 함께 저만치 쓰러졌다.

"그만 하자, 강하야. 나 너랑 싸우고 싶지 않아."

"한마디만 할게. 니가 시켜서 강나래랑 사귀기는 했지만 니가 말한 대로 그런 애 아니더라. 진짜야, 임마. 진짜라구. 그리고 그 애가

나를 만나러 온 건 안휘승이랑 싸우는 거 피해달라고 부탁하려고 온
거였어. 진짜야, 이하람!!"

하람은 그런 강하의 말을 무시하고 뒤돌아섰다. 그리고 자신도 모
르게 주먹에 힘이 들어갔다.

"이하람."

재활원으로 들어가는 하람을 누군가가 불러 세웠다. 잠시 머뭇거
리던 하람이 뒤돌아섰다.

"윤가연, 니가 여긴 웬일이냐?"

"할 말이 있어서."

"만약 저번에 한 이야기라면 집어치워. 난 너랑 사귈 마음 없으니
까."

차갑게 돌아서는 하람의 모습을 보고 가연은 의미심장한 미소를
지으면서 말했다.

"그래서 강산고 일짱 자리로 버리고 택한 여자가 강나래야?"

"니가 강나래를 어떻게 알아?"

"강나래, 안성고 안휘승 알지? 그 애 여자 친구잖아."

가연의 말에 하람의 표정은 굳어질 수밖에 없었다. 그리고 가연의
손목을 잡아채어 재활원 밖으로 나갔다.

"그게 무슨 소리야?!"

"니가 속았다는 거지."

"무슨 소리냐구!!"

"알았어, 알았어. 요즘 안성고가 왜 잠잠한지 알아? 대단한 걸 잡

앗다고 하더군. 그게 강나래였어."

"자세히 말해 봐!!"

"그 순진한 척하는 강나래를 시켜서 강산고 짱을 꼬시라고 시켰
대. 그래서 지금 그 기집애가 무슨 짓을 하는지 알아? 박강하, 강하
꼬시고 있어. 그 애가 지금."

가연의 말이 끝나자마자 하람은 강하에게 전화를 걸었다. 오랜 신
호음 끝에 강하의 목소리가 들리자 다짜고짜 강하에게 물었다.

"너 강나래 알아?."

―어. 요즘 나 따라다니는 애? 왜?

팍!!

전화를 끊어버렸다. 하람의 손이 떨리기 시작했다. 그런 하람의 모
습을 보면서 가연이 웃으면서 다가오기 시작했다.

"어때? 내 말이 맞지?"

"비켜. 내 눈으로 확인해야 해!!"

하람은 그 자리에서 일어나 재활원으로 뛰어갔다. 그러나 그곳에
서 하람은 주저앉을 수밖에 없었다. 젠장!! 나래와 휘승이가 이야기
를 하고 있었다. 다정하게 웃으면서.

"제길!! 강나래, 널 믿었는데… 너라면 나와는 다르다고 생각했는
데. 제길!!"

믿었다, 지독하게도 나는 너의 미소를 믿었다. 나를 바라보는 그
순수한 눈을… 나를 향해서 짓던 그 환한 미소를… 나를 위해 노래를
불러주던 그 목소리를… 나를 믿었다. 그래서 너를 용서할 수가 없

다… 너를.

그렇게 생각에 잠겨 교실로 걸어 올라가는데 지훈이의 모습이 보였다. 하람이 반갑게 지훈에게 손을 흔들자 하람 곁으로 뛰어오기 시작하는 지훈.

"형, 안녕하세요?"

"그래. 왜 복도에서 서성이고 있냐."

"그게 향아 누나 때문예요."

"아, 아침에 봤던? 이쁘던데 잘해봐라. 간다, 연경이 속 너무 태우지 말구."

하람은 지훈의 어깨를 툭 치고 교실로 올라갔다. 이미 수업이 끝난 상태였고 그의 책상 위에 윤가연이 앉아 있었다. 그녀의 모습을 보고 뒤돌아서려고 했지만 그를 발견한 가연이 그를 불러 세웠다.

"하람아!"

"학교에서는 아는 척하지 말라고 했지."

"알았어. 깜박했어. 오늘 나올 거야?"

"뭔데?"

"잊었어? 오늘 안성고랑 붙는 날이잖아. 나갈 거야?"

"아니, 나 어제 부로 손 뗐다."

그렇게 유유히 사라지는 하람의 모습을 가연은 넋이 나간 사람처럼 바라보았다. 안성고라는 이름에 바로 승낙할 줄 알았던 하람이 거절한 것이었다. 그렇게 가연이 멍하니 서 있을 때 하람은 연경의 반으로 내려갔다. 하람의 등장으로 순식간의 1학년 교실은 뒤집어졌고, 연경은 자신의 귀를 막고 하람의 손을 잡아 이끌고 교실에서 나왔다.

"아휴, 내가 교실 오지 말라 했지."

"왜? 오빠가 동생 보고 싶어서 가는 것도 안 되는 거야?"

"그건 아니지만 아무튼 싫어! 애들이 오빠 보는 거."

"또, 또 질투한다."

"이씨!! 나 이제 어린애 아냐!! 그, 그런데 무슨 일이야?"

"지훈이 미행 같이 하자구."

"뭐?!"

하람의 말에 연경이 놀란 듯이 외쳤다.

"에이, 그런 거 왜 해?"

"그래? 아까 지훈이가 향아랑 오늘 영화를 보러 간다고 했던가."

"가자!! 끝나고 교문 앞에서 기다려!!"

금방 또다시 흥분하면서 자신의 손을 꼭 붙잡고 말하는 연경의 모습에 하람은 웃음이 배어 나왔다. 그리고 살며시 자신의 손을 동생의 머리에 얹어보는 하람.

"오빠, 무슨 일 있어?"

"아니, 아니, 그럼 있다가 끝나고 보자."

그렇게 뒤돌아서 하람의 뒷모습이 연경의 눈에는 너무나 무거운 짐을 진 사람 같았다. 그러나 이내 지훈의 등장에 고개를 휙 돌리고 자신의 교실로 돌아왔다.

학교 수업이 끝나고 하람은 연경을 기다렸다. 그러자 그의 눈앞에 낯선 교복을 입은 여학생이 보였다. 그리고 서서히 그 여학생이 다가오자 하람은 고개를 돌렸다.

"하람아, 할 말 있어. 나랑 이야기 좀 하자. 응?"

"강나래, 내가 내 앞에 다시는 나타나지 말라고 했지. 꺼져. 나 간다."

하람은 자신을 향해서 반갑게 뛰어오는 연경이의 손을 붙잡고 나래를 지나쳐 왔다. 질질 끌려가던 연경의 눈에 나래가 들어왔다. 연경과 눈이 마주친 나래는 그녀를 향해서 환하게 웃어주었다. 그러자 연경도 자신도 모르게 그녀를 따라서 웃어버렸다. 언제나 오빠에게 접근하는 여자는 모두 적으로 동일시한 그녀였지만 왠지 모르게 나래에게만은 그러고 싶지 않아서였다.

"오빠, 저 언니 강하 오빠 여자 친구 맞지? 그런데 왜 오빠랑 있었어?"

"강하 어딨냐고 물어봐서 대답해 줬어."

"거짓말. 피."

"지훈이 아까 나갔다."

"맞다, 맞다!! 어서 쫓아가자!!"

한참을 빠른 걸음으로 지훈을 쫓던 연경과 하람은 공원 안으로 들어가는 지훈을 발견하고 따라 들어갔다. 호수 주변을 화기애애한 분위기로 걷던 지훈을 보면서 연경은 이를 갈았다.

'나쁜 새끼!! 나하고는 저런 적 한 번도 없었으면서. 매일 먹는 데로만 끌고 갔으면서.'

연경은 점점 화가 났고 자신이 먹고 있던 콜라 캔을 한 손으로 찌그러뜨리기 시작했다. 하람 역시 그런 그의 동생을 보면서 웃음을 참기 위해 허벅지를 꼬집었다. 그렇게 웃음을 참고 있는데 갑자기 연경이가 벌떡 일어서더니 발걸음을 척척 옮기는 것이 아닌가!! 하람은 먹던 콜라를 내뿜을 뻔했다. 숨을 죽이고 연경이 무슨 행동을 할지 지켜보았다.

"어, 이연경이네? 너 미행하는 거 취미였냐?"

"그래, 미행했다!! 어쩔래!!"

아주 당당하게 말을 하는 연경의 모습을 보고 지켜보고 있는 세 사람은 입이 딱 벌어졌다. 그런데 순식간에 연경이 자신의 손에 들고 있는 콜라 캔을 지훈의 머리 위에서 엎었다.

"이연경!! 이게 무슨 짓이야!!"

"연경아!!"

하람 역시 연경의 행동에 놀라 그녀의 행동을 막았다. 그런데 더 이상 아무 말도 할 수 없었다. 연경이의 눈에 눈물이 흘러내렸기 때문이다.

"흑흑. 하지훈!! 그래, 붙잡고 싶지 않았어!! 나 이연경의 자존심이 허락하지 않으니까!! 그런데 너무 분했어!! 나랑 사귈 때는 이런 적 한 번도 없었잖아!! 다정한 말 한마디, 웃는 얼굴 보여준 적 없었잖아!! 늘 장난치듯이 대하고 그랬으면서 흑흑. 분했어!! 분했다구!!"

그런 연경의 모습에 지훈은 조금 놀란 듯했지만 이내 헛기침을 하면서 말했다.

"그래서 나보고 어떻게 하라구?"

"뭐?!"

"다시 너한테 돌아갈까?"

"몰라!!"

"그 대신 너도 약속해, 하람 형하고 나하고 비교하지 않겠다고. 어때?"

지훈의 제안에 연경은 조금 난감한 듯이 하람을 바라보았다. 그러자 하람은 웃으면서 고개를 끄덕여 보였다.

"좋아!! 그 대신 너도 저, 저 여자 만나지 마!!"

"그럴 수 없는데."

"뭐, 뭐라구!!"

"향아 누나는 내 친척 누나거든. 그런데 어떻게 안 만나냐?"

"뭐? 친척 누나? 너… 너 설마… 너! 감히 나를 속여?! 너 잡히면 죽었어!"

그랬던 것이었다. 지훈은 연경의 마음을 알아보기 위해서 친척 누나에게 부탁해 여자 친구인 척 행세했던 것이다. 이 모든 사실을 알아버린 연경은 화가 나서 지훈을 쫓기 시작했다. 그리고 하람과 향아는 헐크로 변해 버린 연경을 피해서 달아나는 지훈의 모습을 보고 배를 잡고 웃었다. 그 후에 어떻게 되었는지는 아무도 모른다. 아마 그날 지훈이가 연경이에게 죽도록 맞고 일주일 동안 침대에 누워 있다고 그랬나.

아무튼!! 브라더 콤플렉스를 가진 연경이는 그 후로 지훈이와 알콩

달콩 사랑을 키워 나갔다. 그러나 아직 우리에게는 해결되지 않는 한 명이 남았으니 하람이었다. 하지만 하람도 무슨 바람이 불었는지 그 후에 하람은 더 이상 이중생활을 하지 않았다.

그러던 어느 날, 집으로 돌아가려는 그에게 휘승이 찾아왔다.
"그래, 웬일이야?."
"할 이야기가 있어서. 잠깐 이야기 좀 하자."
하람은 휘승의 뒤를 아무 말 없이 뒤따랐다. 얼마쯤 걸었을까. 휘승을 따라 하람이 도착한 곳은 병원이었다.
"병원이잖아. 여길 왜?"
"아파… 나래가 많이 아파."
휘승의 말에 하람은 자신의 심장이 떨려온다는 사실을 알았지만 애써 외면한 채 상관없다는 듯이 차갑게 돌아섰다. 뒤돌아서는 하람의 뒤에서 휘승은 눈을 감고 말해야만 했다. 인정하기 싫었던 그 사실을 하람에게 말해야만 했다.
"나래 죽어. 곧 죽는다구."
그 말 한마디에 하람은 걸음을 멈추고 휘승을 바라보았다.
"우리 나래… 한 번만 만나줘. 니가 나래한테 왜 그러는지 알아. 하지만 오해야. 나래는 내 동생이야. 나도 미웠어. 그 아이가… 늘 바보같이 웃기만 하는 그 아이가 미웠다구!! 늘 사라졌으면 좋겠다고 생각했어. 늘 내 눈에 안 보였으면 했는데 정말… 그 바보가 곧 이 세상에서 사라져 버린대. 그 바보가 오늘을 넘기지 못하면… 영원히 사라진대!! 한 번만 만나줘. 그 아이가 마지막으로 웃으면서 갈 수 있도록… 제발."

휘승의 말이 끝나기도 전에 하람은 병원 안으로 들어갔다. 그리고 병원으로 뛰어들어 가기 전에 휘승이 말해 주었던 302호로 하람은 천천히 걸어갔다. 그리고 천천히 문을 열었다. 점점 문이 열릴수록 하람의 눈에 들어오는 것은 하얀 침대에 누워 예전보다 더 하얗게 된 얼굴. 그리고 더 말라 버린 나래의 모습이 보였다.

"오, 오빠 왔어? 어, 하람아? 여긴 웬일이야?"

휘승인 줄 알았던 사람이 하람라는 사실에 나래는 놀랐지만 이내 표정을 바꾸어 웃어주었다. 하람은 하얀 모자를 쓰고 있는 나래의 곁으로 다가갔다.

"강나래, 너 또 나 속이려는 거지? 그런 거지?"

"앉아. 마실 거 줄까?"

"씨발!! 강나래, 빨리 말해!! 거짓말이라구 말하라구!!"

하람이 나래에게 다가와 소리치면서 말했지만 나래는 하람을 달래듯이 부드럽게 미소를 지으면서 말했다.

"하람아, 나… 나 아무렇지도 않아. 날 이렇게 일찍 데려가시는 건 하늘나라에 내가 필요해서일 테니까. 그래서 나 슬프지 않아. 억울하지도 않구."

아무렇지도 않게 말하는 나래의 말에 하람은 화가 나서 그녀에게 고함을 질렀다.

"살겠다는 의지가 있어야 사는 거야. 그래야 사는 거라구!!"

"하람아, 사랑해. 많이 많이. 니가 나에게 좋아한다고 말해 주었을 때 얼마나 기뻤는지 몰라. 하지만 니 마음 받아줄 수 없었어. 왜냐하면 내가 이 세상에서 지낼 수 있는 시간이 없다는 것을 알았으니까. 너한테 짐을 지워주고 싶지 않았어."

하람은 아무 말 없이 나래의 어깨에 자신의 머리를 기대었다. 그러자 나래는 마치 엄마처럼 하람의 어깨를 토닥여 주었다.

"하람아, 기억나? 그때 니가 나한테 노래 불러준 거."

"하람아!! 하람아!! 나 니 노래 듣고 싶어!!"

다른 때와 다름없이 나래를 집으로 데려다 주던 하람에게 나래는 두 눈을 반짝이면서 노래를 불러달라고 했다.

"싫어."

나래의 부탁을 하람은 무시하고 나래를 앞질러서 걷기 시작했지만 나래는 끝까지 포기하지 않고 하람을 졸라댔다. 결국 하람은 나래의 부탁대로 노래를 부르기 시작했다.

"잘 들어. 다시는 듣지 못할 테니까. 흠흠!! Whenever I'm weary from the battles that rage in my head(내가 머리 속에 가득 찬 고뇌로 지칠 때마다). You make sense of madness when my sanity hangs by a thread(나의 이성이 한줄기 실가닥에 매달린 듯 위태로울 때 당신은 그 고뇌를 이해해 줘요). I lose my way but still you seem to understand(난 갈 길을 몰라 헤매이지만 당신은 이해하는 것 같아요). Now and forever I will be your man(지금은 물론 영원토록 당

신의 사랑이 되겠어요)."

하람은 자신이 알고 있는 유일한 노래를 불렀다. 리차드 막스의 Now And Forever. 우연히 라디오에서 듣고 가사가 인상적이어서 외워두었던 노래였다. 어쩌면 하람은 이 노래의 가사를 나래가 들어주었으면 하는 바람에서 이 노래를 불렀는지도 모른다. 하람의 노래가 끝나자 나래가 놀란 듯한 표정으로 박수를 쳤다.

"와, 하람아!! 너 이렇게 노래를 잘 부르면서 모른 척했단 말야? 진짜 좋다."

하람은 아직도 잊을 수가 없었다. 아니, 잊혀지지 않았다. 자신의 노래를 듣고 활짝 웃던 나래를.

"그래, 잊지 않았어. 그게 내 처음이자 마지막이었지."

"나 또 듣고 싶다."

"안 돼."

"피. 왜?"

"그야 창피하니까 그렇지!!"

붉어진 얼굴을 감추려는 하람의 팔을 치우고 나래는 그의 얼굴을 바라보았다.

"왜?"

"하람아, 너를 만나서 정말 행복했어. 정말이야."

"갑자기 너 왜 그래?"

"너를 만나서 사랑이란 것을 배웠구, 너로 인해서 살고 싶다고 생각했어. 고마워. 내 앞에 이렇게 다시 나타나 줘서 정말 고마워."

나래는 마치 마지막 인사를 하듯이 하람을 바라보았다. 그리고 천천히 하람의 얼굴을 자신의 야윈 손가락으로 하나씩 더듬어갔다. 하람의 입술에서 손이 머물자 그녀는 그의 입술에 자신의 메마른 입술을 살짝 가져다 댔다. 그리고 살며시 자신의 입술을 떼고 살짝 윙크를 하는 나래.

"니 입술 내가 가져갔다."

"가, 강나래!!"

"히힛, 나 조금만 잘게. 피곤하다."

"그래."

하람은 그렇게 나래를 침대에 눕히고 병원 밖을 빠져나갔다. 그리고 집으로 가려고 발길을 돌리는 순간 하람의 눈동자가 흔들리기 시작했다. 그것은 휘승의 옆에서 다정히 팔짱을 낀 채 무엇인가를 말하고 있는 가연의 모습 때문이었다. 하람은 설마 하는 마음으로 그들의 곁으로 천천히 다가갔다.

"이하람 짱 그만둔대. 그러면 된 거 아냐? 이제 나랑 사귀어줄 거지?"

"아니, 난 이번 일과 상관없어. 그건 우리 짱하고 해결해."

"그런 게 어딨어!! 내가 얼마나 가슴 졸이면서 이하람 옆에서… 하, 하람아?"

"윤가연, 다시 한 번 말해 봐. 뭐라구?"

"그게… 하람아… 휘승아!! 나 좀 살려줘!!"

가연은 급한 마음에 휘승의 뒤로 숨었지만 휘승은 그녀를 하람이에게 넘겨주었다.

　"니가 알아서 해. 나는 이번 일하고 상관없으니까. 나래는 봤어?"

　"어, 병원 들어가 봐라. 잠들었어."

　"그래."

　휘승이 병원으로 사라지는 모습을 가연은 안타까운 듯이 바라보았다. 그러나 가연은 이내 하람에게 고개를 돌리고 뒷걸음질치기 시작했다.

　"저, 저기 하람아, 내 말 좀 들어봐!! 응?"

　"오호. 윤가연, 입 조용히 다무는 게 좋을 거야. 내 주먹은 니 그 예쁜 얼굴을 비켜서 칠 수 없을 것 같아서 말야."

　가연의 고함 소리와 함께 그녀의 눈이 감기자 하람의 주먹이 가연을 향해서 날아갔다. 그러나 한참의 시간이 지났음에도 벌써 가연의 얼굴을 강타했어야 할 하람의 주먹이 느껴지지 않자 가연이 살며시 눈을 떴다. 그리고 그런 가연의 눈에 코앞에서 부들부들 떨고 있는 하람의 주먹이 보였다.

　"하, 하람아."

　"훗, 내가 왜 멈춰 섰는지 알아? 그래도 변명을 들어봐야지. 안 그래?

　입꼬리를 올리면서 미소를 짓는 하람의 모습에 가연은 섬뜩했다. 하지만 이내 무슨 마음을 먹었는지 큰 소리로 대답했다.

　"그, 그래!! 그게 나야!! 니가 강나래로 알고 있는 사람이 나라구!!

맨 처음엔 그저 휘승이하고 사귀고 싶은 마음에 너한테 접근했어!! 그랬는데 넌 나 처다봐 주지도 않고!! 강나래 그 깡마른 기집애한테만 관심 가졌잖아!! 자존심이 상했어!!"

두 눈에 눈물이 고인 채 하람에게 따지듯이 말하는 가연의 모습에 하람은 주먹을 치우고 그녀를 빤히 바라보았다. 자신이 알고 있는 윤가연이 아닌 것만 같았다. 하람의 시선을 느꼈는지 가연이 고인 눈물을 닦으면서 말을 이어갔다.

"사, 사과할게. 미안. 그러니까 나 때릴 때 얼굴은 피해서 때려줘. 그리고 살살. 아마 니 주먹에 맞으면 나 죽을지도 모르니까. 자, 때려."

하람은 어린아이처럼 울먹이면서 말을 하고 눈을 꼬옥 감고 몸을 내민 가연을 보고 크게 웃었다. 콧대 높은 윤가연의 이런 모습이라니. 눈을 감은 가연은 하람의 웃음소리를 듣고 깜짝 놀라서 눈을 떴다. 한 번도 이렇게 웃은 적이 없던 하람이라서 가연은 하람의 웃는 모습을 보고 자신도 모르게 멍해졌다. 그러나 이내 자신을 비웃는 것 같은 느낌을 받은 가연이 하람이에게 따져 물었다.

"왜, 왜 웃어!!"

"웃겨서. 가라. 너 지금 무용 레슨 받을 시간 아니야?"

가연은 또 한 번 놀라고 말았다. 자신 이외에 타인에게는 관심도 없는 하람이 이런 말을 해주니. 가연의 심장이 빠르게 뛰기 시작했다.

"어, 어떻게 알았어?"

"꼭 이 시간만 되면 없어졌잖아. 늦겠다. 가봐라."

가연은 처음으로 자신에게 부드러운 미소를 띠며 말하는 하람에게 어색함을 느끼며 뒤돌아서 걸어갔다. 그렇게 뒤돌아서 가는 가연의 뒷모습을 보면서 하람이 웃으면서 소리쳤다.

"야, 윤가연!! 아마 니가 오늘 같은 모습만 보여줬다면 아마 나는 강나래가 아닌 널 좋아했을 것 같다. 잘 가라!!"

하람은 그 말을 마치고 웃으면서 뒤돌아 뛰어갔지만 가연은 하람의 말에 너무 놀라 그 자리에서 굳어진 채 하림이 사라지는 모습을 멍하니 지켜보았다. 그렇게 있던 가연의 입가에 미소가 피어올랐다.

"이하람, 오늘 사람 많이 놀라게 한다. 나도 그래. 너도 오늘 같은 모습 나한테 늘 보여줬다면 아마 나도 널 좋아했을 거야."

그날 이후 가연은 하람과 친구가 되었고 같이 나래의 병원에 갔다. 하지만 그곳에서도 늘 가연과 하람은 말싸움을 했다.

"이하람, 그만 하자. 나래도 있는데."

"그래, 이하동문이다."

"오~ 니가 그런 말도 아냐?"

"이래 봬도 내가 학교에서는 범생이였잖아. 하하하."

"지 욕하는지도 모르고 웃는 것 봐. 그치, 나래야?"

가연의 물음에 나래는 그저 조용히 미소만 지을 뿐이었다. 한참을 그렇게 있는데 휘승이 병실 안으로 들어왔다. 그러자 가연이 갑자기 손부채질을 하기 시작했다. 그걸 눈치 챈 하람은 나래에게 귓속말을 했다.

"밖에 나갈래?"

"그래."

하람은 나래를 휠체어에 옮겨 태운 후 밖으로 나왔다. 그런 나래와 하람을 따라나오려는 휘승을 가연이 웃으면서 붙잡고 병실 문을 닫자 휘승의 고함 소리가 들려왔다. 그 소리에 하람과 나래는 서로의 얼굴을 보면서 웃었다.

"밖에 참 오랜만에 나오지?"

"응."

"이럴 줄 알았으면 너한테 잘해주는 건데… 그렇지?"

"아니, 난 니가 지금 내 옆에 있어주는 것만으로도 좋은걸. 오빠도 그랬어. 후회한다구. 나한테 못되게 군 거… 나 미워한 거… 하지만 난 그러지 않았으면 좋겠어. 사람이 후회하게 하면 자꾸 반복하게 하니까. 어렸을 때 말야, 나는 아빠란 존재를 몰랐어. 엄마랑 둘이서 살았으니까. 그런데 엄마가 돌아가시고 나서 아빠란 존재를 알았을 때 솔직히 나는 아빠를 인정하고 싶지 않았어. 난 매일 밤 눈물로 잠을 이루시는 엄마를 옆에서 보면서 자랐으니까. 그런데 엄마, 우리 엄마 땅속에 묻던 날 아빠가 우시더라. 그래서 알았어. 나를 붙잡고 우시면서 미안하다고, 그런 말을 하셨어. 그런데 이번에 나 아픈 거 아시고 그러시더라. 또 미안하다고. 난 싫어. 나 같은 사람 때문에 다른 사람이 아파하는 거."

"강나래, 너 천사냐?"

"응? 무슨 뚱딴지 같은 소리야. 하람아, 나 노래 불러주면 안 돼?"

"싫은데."

"음, 노래 불러주면 그동안 니가 나한테 못해줬던 일 봐줄게."

"좋아. 딱 한 번만 불러주지."

그러면서 싱긋 웃는 나래를 보고 하람은 목청을 가다듬고 나래만을 위해서 노래를 불렀다. 유일하게 알고 있는 팝송을 그때처럼 그녀를 위해 불렀다. 그런데 왜 이렇게 눈물이 고이는 것인지 하람은 알지 못했다. 이제는 앙상하게 말라 버린 나래를 보면서 왜 이렇게 눈물이 나는 건지 자신도 그 이유를 알지 못했다. 노래가 끝이 나고 하람이 벤치에서 내려오자 나래가 박수를 치면서 환하게 웃었다. 그런데 다른 누군가의 박수 소리가 들려왔다.

"와, 정말 훌륭한 목소리군요."

"누구시죠?"

정장을 차려입은 남자가 그들을 향해서 걸어왔다. 하람은 나래를 자신의 뒤로 숨기면서 그를 쳐다보았다.

"하하하, 너무 경계할 것은 없어요. 그냥 우연히 이곳을 지나다가 듣게 되었는데 참 좋은 목소리를 갖고 있군요. 사람을 행복하게 만드는 무언가가 있어요. 그럼."

"저, 저기요!!"

뒤돌아서서 가는 그 남자를 나래가 불러 세웠다. 그 남자가 뒤돌아서자 나래가 웃으면서 말을 이어갔다.

"저기 혹시 그쪽 일 하시는 분이세요?"

"네?"

"어. 그러니까 가수 그런 거요."

"하하하. 글쎄요."

"맞죠? 맞구나!! 하람이요, 가수해도 될 목소리예요? 그렇죠?"

"강나래!!"

갑작스런 나래의 말에 하람은 놀라서 소리를 쳤다. 그러자 중년의 남자는 웃으면서 말을 이어갔다.

"하하하. 네, 상당히. 저 마스크에 그 목소리면 가능성이 크죠. 그런데 본인이 싫으면 못하는거 아니겠어요? 그럼."

"저, 저기요, 명함 있으시면 한 장만 주시겠어요?"

"아가씨가 왜?"

"나중에, 나중에 필요할 거예요. 아마."

나래의 말에 그 남자는 살짝 미소를 지어 보이면서 웃었다. 그리고는 자신의 안쪽 주머니에서 명함 한 장을 꺼내서 나래의 손에 쥐어주었다.

"꼬마 아가씨와 나는 뭔가 통하는 게 있네요. 그런데 어디 아픈 거같은데 빨리 나아요. 내 딸도 여기 병원에 있는데. 그럼."

그렇게 뒤돌아서서 가는 남자의 뒷모습을 나래는 사라질 때까지 바라보았다. 그런 나래를 하람은 나래의 휠체어를 밀어 병원 안으로 들어갔다. 그리고 그녀에게 화를 냈다.

"강나래, 너 아까 무슨 짓이야?"

"아깝잖아. 그리고 그 아저씨, 분명히 나랑 통하는 데가 있어. 니 목소리를 알아보다니."

"난 노래 안 해!! 쓸데없는 짓 하지 말고 명함 버려!!"

"난… 난 니가 가수 되면… 나 이 세상에 없어도… 니 목소리 들을 수 있잖아. 그래서."

"그런 말 하지 마. 곧 죽을 사람처럼 그렇게 말하지 마."

나래의 말에 하람은 자연스럽게 고개가 숙여졌다. 그리고 나래는 자신의 눈에서 눈물이 떨어짐을 느꼈다.

"하람아, 난 니가 그 목소리로 세상 사람들한테 행복을 줬으면 좋겠어. 정말이야."

나래는 자신의 손에 든 명함을 하람의 손에 쥐어주고 자신의 병실로 들어갔다. 그러나 하람은 병실 문 앞에서 몸을 돌려 자신의 집으로 갔다.

'쉽게 말하지 마. 강나래, 넌 쉽게 죽지 않을 거야. 넌… 넌 강하니까.'

학교를 끝나고 나래의 병원으로 향하던 하람은 휘승이 병원 안으로 뛰어들어 가는 것을 보았다. 휘승은 하람에게 나래가 위독하다는 말을 했다. 그리고 같이 병실로 뛰어들어 간 하람과 휘승은 산소 마스크를 쓴 채 누워 있는 나래를 볼 수 있었다. 이미 혼자서 숨을 쉬기 힘들 정도로 그녀의 몸은 많이 약해져 있었다.

"휘승아, 오늘 밤이… 고비라는구나."

그 말은 다시는 볼 수 없다는 이야기. 이 고비를 넘기지 못하면 나래는 정말 자신이 말한 대로 새처럼 그들의 곁을 날아가 버린다는 이야기였다. 더 이상 휘승은 아무 말도 하지 못하고 병실을 나가 버렸다.

"휘승이 좀 보고 올게. 우리 나래 좀 부탁해."

나래의 아버지가 나간 후 하람은 천천히 나래의 곁으로 다가갔다.

"강나래, 아니지? 니가 그렇게 쉽게 갈 리가 없잖아. 그렇지? 나 아직 너랑 하고 싶은 게 너무 많은데. 나래야, 제발 가지 마… 나래야."

하람은 마르다 못해 거의 뼈밖에 남지 않은 나래의 손을 잡고 눈물을 흘렸다. 너무나 늦게 알아버린 사랑. 나래는 힘없이 손을 벗어 하람의 얼굴을 만졌다. 그리고 산소 마스크를 천천히 뺐다.

"하람아. 나 니 노래…마지막으로 듣고 싶어. 그렇게… 해줄 거지?"

숨이 끊어질 듯한 목소리로 나래를 애써 밝게 웃으면서 고개를 끄덕였다. 노래를 부르면서 하람은 흘러내리려는 눈물을 참아냈다. 느낄 수 있었다. 이것이 마지막이 될 거라는 것을.

지금 그녀가 자신에게 보여줬던 미소가 마지막이 될 걸이라는 것을. 그것이 그녀의 마지막 미소가 될 것이라는 것을.

"까악! F.Y.S!!"

커다란 공연장은 가득 매운 사람들, 그리고 화려한 조명과 무대 시설. 팬들의 환호 속에 한 남자가 마이크를 들고 등장한다. 그의 등장에 팬들의 함성 소리가 더욱더 커졌다.

"여러분, 안녕하세요!! F.Y.S의 이하람입니다! 엔딩곡은 어디선가 푸른 하늘을 날면서 노래를 부르고 있을 그 친구에게 바치겠습니다!! Whenever I'm weary from the battles that rage in my head."

'김나래. 듣고 있는거지? 이 노래, 너를 위해서 처음 부른 이 노래 기억하지? 너만 위해 노래하고 있어. 너만을 위한 노래라는 나의 노래를 들어줘. 언제까지나.'

노래를 부르는 내내 하람의 머리 속은 나래이와 함께했던 시간들로만 가득 찼다. 그녀의 환한 미소와 작은 벤치 위에서 노래를 부르던 그 모습. 달빛 아래에서 했던 첫 키스 모든 게 생생하게 떠올랐다. 예전에는 눈물만 흘리게 하는 추억들인데. 오늘은 신기하게도 웃음이 나왔다. 하람의 마음속은 행복으로 가득 찼다.

"Now and forever I will be your man. 영원히 당신의 사람이 되겠습니다!!"

그의 마지막 외침과 함께 콘서트가 막을 내렸다. 하람은 자신의 팔에 맨 손수건에 살짝 입을 맞추었다. 그리고 떠나보냈다. 그의 마음 한 구석에 자리 잡고 놔주지 않았던 그녀를, 이제는 행복한 추억이 되어버린 그녀의 기억과 함께 날려 보냈다.

사람들이 가끔 내게 묻습니다. 왜 가수가 되었냐구. 전 그때마다 농담처럼 말합니다. 한 사람을 위해서 노래를 부르고 싶었다구.

사람들이 가끔 내게 묻습니다. 왜 본명이 아닌 F.Y.S 라고 이름을 지었냐구. 전 그때마다 웃으면서 말했습니다. For Your Song 의 약자라구.

사람들이 가끔 내게 묻습니다. 왜 콘서트의 마지막 엔딩 곡을 왜 내 노래가 아닌 Now And Forever를 부르냐구. 그때마다 저는 말합니다. 한 사람만을 위해서 그 한 사람을 위한 노래를 그 노래의 가사처럼 영원토록 그 사람만을 위해서 부르고 싶다고.

새하얀 벽과 옅은 소독약 냄새로 가득 찬 병실. 커다란 창에서 쏟아지는 햇빛에 이마에 땀이 맺힌 것도 모른 채 나래가 열심히 무언가를 만들고 있다. 가만히 앉아서 그저 그녀의 모습을 지켜보고만 있던 휘승은 궁금해서 그녀에게 물었다.

"뭐 하는 거야?"

"아, 오빠, 언젠가 하람이는 뛰어난 가수가 될 거야."

"뭐라구?"

"얼마 전에 어떤 사람이 하람이한테 가수 해볼 생각 없냐고 그랬어."

휘승은 이해할 수 없는 나래의 말에 그녀를 어리둥절하게 바라보았다. 그러자 그녀는 늘 그랬던 것처럼 환하게 웃어 보이면서 말을 이어갔다.

"내 말이 틀림없을걸. 잊을 수 없었어, 그 목소리. 하람이는 그 목소리로 세상 사람들을 행복하게 해줄 거야. 모든 사람에게 행복을 주는… 나에게 행복을 주었듯이. 됐다!!"

"이게 뭐야?"

푸른빛의 손수건을 자랑스러운 듯 펼쳐 보이는 나래. 그리고 그 손수건에 수놓아진 것은 작은 새였다. 하늘을 힘차게 날고 있는 조그만한… 새.

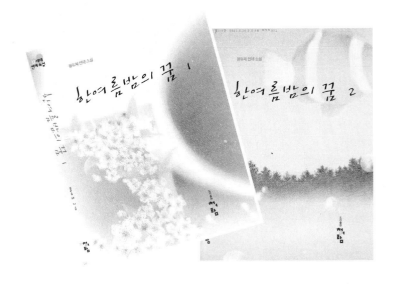

불유체 N세대 연애 소설

『한여름밤의 꿈』

내성적인 성격의 노처녀 오세령.
그녀는 늘 고등학교 시절을 그리워하며 잦은 꿈을 꾼다.
항상 그녀의 꿈에 찾아오는 신유성.
그는 세령의 고등학교 시절을 가득 메우는 꿈의 남자이다.
그러던 어느 날 천 번의 꿈과 함께 세령은 과거 속으로 돌아가고
그곳에서 잊고 있었던 2학년 때의 짝 지석원과 다시 재회하게 되는데…
"…변하지 않는 게 있다면 좋겠다."
누구나 한 번쯤 상상해 봤을 그런 꿈의 이야기!

● 전 2권 9,000원

도서출판 **청어람**   E-mail : eoram99@chol.com
부천시 원미구 심곡1동 350-1 남성빌딩 3층 우420-011   ☎ 032-656-4452   FAX 032-656-4453

절세검도미녀 N세대 연애 소설

『위험한 룸메이트』

자신을 지극히 평범하게 생각하여 매력을 인정하지 않는 소극적인 성격의 소아랑.
그런 그녀의 주변에 등장한 최고의 킹카와 퀸카들.
공교롭게도 그녀는 킹카들과 룸메이트가 되는데…
과연 그녀는 마냥 평범한 걸까?

"넌 니가 안 예쁘다고 생각하는 거야?"
"솔직히 예쁘지 않잖아요…….."
"누가 그래, 니가 안 예쁘다고?"
"네?? 누가 그랬다기보다는 그냥 일상적으로 생각할 때……."
"사람은 누구나 다 자신의 모습에 완벽히 만족할 수는 없어.
니가 매력이 없다면 천하의 킹카 신보혁과 성천우가 너한테 빠졌겠어?
특히 어리버리한 그 눈망울은 굉장히 매력적이야.
네가 모르고 있었던 것뿐이야."

 전 3권 9,000원

도서출판 **청어람**
부천시 원미구 심곡1동 350-1 남성빌딩 3층 우420-011

E-mail : eoram99@chol.com
☎ 032-656-4452 FAX 032-656-4453

크리스탈 N세대 연애 소설

『다섯 개의 별 엔젤로스』

입양아의 비밀과 4년 동안의 길고 긴 불면증의 실체.
그리고 별들의 타락.
다섯 남자 주인공들의 우정 속에서 피어난 단 하나의 여자.
정의와 사랑으로 세계를 지키는 똥 '강지원'의
쿵닥쿵닥 어지러운 러브스토리.

"죽어버릴 만큼 사랑해 버린걸요······."

 전 2권 9,000원

도서출판 **청어람**
부천시 원미구 심곡1동 350-1 남성빌딩 3층 우420-011

E-mail : eoram99@chol.com
☎ 032-656-4452 FAX 032-656-4453

꺼미^-^ N세대 연애 소설

『The Girl』

"아! 벼, 별똥별이다!!"
까만 하늘을 가로지르며 떨어지는 별똥별 하나.
하늘에서 별똥별이 떨어진다. 떨어지는 별똥별에 소원을 빌면
그 소원이 이루어진다던데 난 무슨 소원을 빌어야 할까?
"별똥별님, 모두 행복하게 해주세요. 우리 모두 웃으면서 행복할 수 있게 해주세요."
소원을 빌었다. 빠르게 떨어지는 별똥별을 놓쳐 버릴세라
빤히 쳐다보며 우리 모두 웃으면서 행복할 수 있게 해달라고 빌었다.
바보같이…
바보같이 그 별똥별이 그 아이인 줄도 모르고.
안녕… 내 사랑아, 안녕.

● 전 2권 9,000원

도서출판 **청어람**   E-mail : eoram99@chol.com
부천시 원미구 심곡1동 350-1 남성빌딩 3층 우-420-011 ☎ 032-656-4452 FAX 032-656-4453

펄 발렌시아 N세대 연애 소설

『감.추.고.싶.은.이.야.기.』

가슴속 가득 외로움을 숨기고 살아온 그녀 민혜원.

밝은 웃음으로 자신을 포장해 온 따스한 신사 지수혁.

차가운 카리스마 뒤에 더없이 여리고 맑은 영혼을 지닌 이민우.

사랑하고 싶지만 사랑할 수 없었다. 혼자 행복하자고 모두에게 상처일 마음을 펴 보일 수 없었다.

안 되는 줄 알면서도 도저히 감춰지지 않는 절실함.

아니라고 부정해도 금세 되살아나고 마는 가슴 저림.

처음부터 사랑일 수밖에 없던 그대가… 아직도 내게는 감추고 싶은 이야기입니다.

● 전 3권 9,000원

도서출판 **청어람**
부천시 원미구 심곡1동 350-1 남성빌딩 3층 우420-011　☎ 032-656-4452　FAX 032-656-4453

E-mail : eoram99@chol.com